Sabine Rädisch

Friesenteetage

Sabine Rädisch

Friesenteetage

Roman

FOREVER

Forever by Ullstein
forever.ullstein.de

MIX
Papier
FSC® C083411

Originalausgabe bei Forever
Forever ist ein Verlag der Ullstein Buchverlage GmbH, Berlin Oktober 2019 (1)

Umschlaggestaltung:
zero-media.net, München
Titelabbildung: © FinePic®
Innengestaltung: deblik Berlin
Gesetzt aus der Quadraat Pro powered by pepyrus.com
Druck- und Bindearbeiten: CPI books GmbH, Leck

ISBN 978-3-95818-500-5

Regensburg

Ein Liebespaar schlenderte über das helle Kalksteinpflaster vor der neuen Gemeindehalle, einem schlichten Bau aus Holz und Glas. Auf dem Platz stand ein Baum, darunter eine Bank mit einem etwa zehnjährigen Jungen und einem gleichaltrigen Mädchen. Beide aßen Eis und lachten einander zu.

Kerrin hatte dieses Schlussbild bewusst für ihre Präsentation gewählt. Obwohl es nur eine Animation war, hörte sie in ihrer Fantasie das Kinderlachen und roch beinahe den Honigduft der blühenden Linde.

Doch das Publikum interessierte sich nicht für Kerrins Idyll. »Wir brauchen keinen geschleckten Marktplatz«, tönte es stark bayerisch gefärbt aus den hinteren Reihen. »Und erst recht keine Gemeindehalle. Gebts uns lieber ein neues Vereinsheim für die Fußball-Jugend.«

Und eine Frau ganz vorne – schweinchenrosa Wollkostüm und Perlenkette – schrie: »Wer soll denn das bezahlen?«

»Der kleine Mann mal wieder!«, rief der Mittfünfziger neben ihr, der größer war als die meisten anderen um ihn herum. Beinahe hätte Kerrin gelacht, aber das kam natürlich nicht infrage. Stattdessen setzte sie ihr Pokerface auf und suchte Augenkontakt zu der jungen Gemeindemitarbeiterin, die ihren Blick ängstlich erwiderte. Sie stand dicht an der Tür, hatte die Schultern hochgezogen und die Hände fest ineinandergekrallt. Zu Beginn der Bürgerversammlung hatten die Finger noch eine Raute geformt.

Als Kerrin auf sie zutrat, zuckte die Frau zusammen. Herrschaftszeiten, dachte Kerrin, wenn der Bürgermeister schon zu spät kommen muss, warum hat er nicht wenigstens jemanden mit Erfahrung und guten Nerven geschickt? Sie setzte ein Lächeln auf und sagte: »Frau Kagerer, fragen Sie bitte mal nach, ob sich der Herr Bürgermeister in seinem Büro gemeldet hat.«

Einmal mehr war Kerrin froh über ihr gutes Personengedächtnis, denn als die junge Frau ihren Namen hörte, kam Leben in sie. Wie ein scheues Eichhörnchen flüchtete sie aus dem mit düsterer Eiche getäfelten Sitzungssaal. Die schwere Tür wäre mit einem Rumms hinter ihr ins Schloss gefallen, hätte Kerrin nicht beherzt zugegriffen und sie leise geschlossen. Dann dimmte sie das Licht heller und trat weit in den Raum hinein, dicht vor die erste Reihe. Auge in Auge fiel es den Leuten erfahrungsgemäß schwerer, sie zu beschimpfen.

»Vielleicht ist Bürgermeister Rohrbichler ja in der Baustelle am Ortseingang stecken geblieben«, sagte Kerrin. Einige lachten, andere standen auf und drängten zum Ausgang. Manche schimpften leise vor sich hin, das Schlusslicht bildete die Frau im rosa Kostüm. Diesmal schloss sich die Tür tatsächlich mit einem Knall. Kerrin wartete in Ruhe ab, bis sich der Tumult gelegt hatte, dann sprach sie weiter. Sie konnte nichts dafür, dass die Gemeinde sich bisher die Öffentlichkeitsarbeit gespart hatte. Nun waren einige Leute sauer, weil sie nicht in die Entscheidung eingebunden worden waren. Kerrin konnte das verstehen.

»Den Beschluss über die Ortserneuerung haben Ihre Gemeinderäte nach einer Vorlage der Verwaltung gefasst. Sobald der Bürgermeister da ist, können Sie alles mit ihm diskutieren. Ich präsentiere heute nur die Planung.«

»Wer weiß, wie die an den Auftrag gekommen ist«, murmelte jemand, und Kerrin sagte: »Die Gemeinde hat sich für mich entschieden, weil ich auf Infrastruktur spezialisiert bin.«

»Infrastruktur!«, schnauzte der große kleine Mann aus der ersten Reihe. »Straßen und Kanalrohre, das könnte die Firma Grumpl-Bau auch ohne Expertin. Warum planen Sie kein Glasfaserkabel! Wir warten schon lang genug auf schnelles Internet.«

Kerrin ließ sich nicht aus der Ruhe bringen, schließlich war das nicht ihre erste Bürgerversammlung – nur die erste, die sie ohne Unterstützung eines oder einer Gemeindeverantwortlichen bestritt. Außerdem hatte sie eine langwierige Lungenentzündung hinter sich. Laut ihrer Ärztin sollte Kerrin jetzt auf Kur an der Nordsee sein, statt in diesem zugigen Saal zu stehen. Doch als Freiberuflerin konnte sie es sich nicht leisten, noch länger auszufallen. Ihre Freundin und Büropartnerin Sofia war in den letzten Monaten oft genug für Kerrin eingesprungen. Heute konnte sie sich dafür revanchieren: Sofia hatte ihre Tochter mit einer Gehirnerschütterung vom Schulsport abholen müssen und wollte den Rest des Tages bei ihr bleiben.

Sofia hatte das neue Ortszentrum geplant und die Gemeindehalle entworfen. Kerrin kümmerte sich um Straßen, Plätze und alles, was unsichtbar darunterlag. Sie atmete tief durch und sagte sich, dass alles in Ordnung war. Wie immer bei öffentlichen Veranstaltungen trug sie ihr dickes, rotblondes Haar in einem beeindruckend strengen Knoten und hatte einen taillierten Hosenanzug an. Heute in Blau mit weißer Bluse und Manschettenknöpfen, die ihrer Oma gehört hatten. Nur die Armbanduhr ihres Opas hatte sie anzulegen vergessen. Ohne das vertraute Gewicht am Handgelenk fühlte Kerrin sich unsicher, und die gewohnte Routine wollte sich einfach nicht einstellen. Dabei war die Präsentation bisher sehr gut gelaufen. Den schwierigeren Teil über Sofias Planung hatte sie schon gemeistert. Jetzt musste sie nur noch die Zeit bis zum Eintreffen des Bürgermeisters Rohrbichler überbrücken.

»Danke für das Stichwort«, sagte sie und klickte auf einen Übersichtsplan, der in verschiedenen Farben den Verlauf von Ver- und Entsorgungsleitungen zeigte. »Die Gemeinde fährt hier ganz klar eine Mehrspartenstrategie und nutzt die Synergieeffekte, die sich bei der Sanierung …«

Endlich ging die Tür auf, und Rohrbichler kam herein, hinter ihm Frau Kagerer. Der Bürgermeister entschuldigte sein Zuspätkommen damit, dass er auf der Versammlung des örtlichen Tourismusverbandes aufgehalten worden sei.

»Da wurden Weichen gestellt für die Zukunft unserer Gemeinde und die Arbeitsplätze in der Region«, sagte er. Rohrbichlers Gesichtsfarbe ließ vermuten, dass diese Weichenstellung an einem Ort mit Bierausschank stattgefunden hatte. Trotzdem wirkte er vollkommen präsent und nickte ihr freundlich zu. »Wie ich sehe, hat Frau Würschinger die Zeit gut genutzt.«

Rohrbichler dankte für Kerrins Vortrag und lobte die gute Zusammenarbeit. Sie lächelte zustimmend und setzte sich in die erste Reihe neben Frau Kagerer. Gemeinsam hörten sie Rohrbichler zu, der nun frei über die Kosten sprach. Nur hin und wieder notierte er ein paar Zahlen und Stichworte auf das Flipchart, und das Wunder geschah: Die Anwesenden gaben ihm zehn Minuten Gnadenfrist, bevor sie ihn mit Fragen bombardierten.

»Die Dame vom Ingenieurbüro hat gesagt, es ginge schon im Sommer los mit den Arbeiten?« Der junge Mann in der dritten Reihe wirkte offen und interessiert, während hinter ihm Gemurmel aufkam. Er saß neben einer gleichaltrigen Frau und hatte ein Kleinkind auf dem Schoß. Im Gegensatz zu den Erwachsenen war das Kind bisher erstaunlich ruhig geblieben. Es saß mit dem Rücken an seinen Vater gekuschelt und blickte aus großen Augen nach vorne. Vielleicht spürte es die Vibrationen, während der Mann sprach: Er hatte eine ruhige, volltönende Stimme, in der kein Hauch von Vorwurf lag.

»Ja, das war der Plan«, sagte Rohrbichler und schaute zu Kerrin hin. »Leider sind die beantragten Fördergelder noch nicht bewilligt. Wie es aussieht, können wir erst im Herbst ausschreiben, Baubeginn wäre dann erst nächstes Jahr im Frühling.« Das Gemurmel wurde lauter, aber niemand schimpfte. Die Tatsache, dass es erst in einem Jahr losgehen würde, gab den Leuten Gelegenheit, sich darauf einzustellen. Für Kerrin war der neue Zeitplan eine Überraschung. Sie hatte den Ausschreibungstext schon auf ihrer Festplatte, aber nun würde sich alles in die Länge ziehen. Die Zeit, die Kerrin eigentlich für die Bauüberwachung eingeplant hatte, wurde nun frei. Der Teil von ihr, der sich nach der Krankheit noch schwach und überfordert fühlte, war erleichtert. Ihre innere Finanzministerin schlug Alarm: Sie hatte fest mit dem Honorar für den Auftrag gerechnet. Sie musste sich etwas einfallen lassen, um das auszugleichen.

Als Kerrin gegen zehn nach Hause zurückkam und die zugehörigen Büroräume im Erdgeschoss betrat, sah sie Jan in seinem Zimmer am Schreibtisch sitzen. Sie erkannte Zeichnungen von Bodenprofilen auf dem einen Bildschirm und Text auf dem anderen, den er auf Hochformat gestellt hatte. Sie blieb einen Moment an seiner Schwelle stehen, während er fertig tippte, und betrachtete die vertraute Linie seines Nackens. Schließlich schwang er auf seinem Bürostuhl zu ihr herum, nahm seine markante Brille ab und schaute sie überrascht an. Es wirkte, als tauchte er aus tiefster Konzentration auf.

»Kerrin«, sagte er, und sie konnte sehen, dass er sich freute. Ihr wurde warm ums Herz, aber auch ein bisschen bang. Letzten Sommer hatte sie ihn aus einer Laune heraus nach oben in ihre Wohnung eingeladen. Von da an war er mindestens einmal pro Woche über Nacht geblieben. Kerrin fragte sich manchmal, ob er nicht vor allem aus praktischen Gründen gern bei ihr übernachtete, denn er wohnte zwanzig Kilometer außerhalb von Regensburg, und das Pendeln kostete ihn viel Zeit und Nerven. Dagegen sprach, wie aufmerksam er sich während ihrer Lungenentzündung um sie gekümmert hatte. In dieser Zeit war ihr Sexleben auf der Strecke geblieben.

Kerrin war nicht sicher, ob man von einer Liebesbeziehung sprechen konnte und was das möglicherweise für ihre Bürogemeinschaft bedeutete. Das Haus gehörte Kerrin, die Büroetage im Erdgeschoss teilte sie sich mit Jan und Sofia. Jan war Baugrundgutachter, Kerrin Bauingenieurin und Sofia Architektin. Jeder arbeitete auf eigene Rechnung, und manchmal wickelten sie gemeinsam Aufträge ab. Kerrin wollte nicht, dass irgendetwas dieses perfekte Arrangement durcheinanderbrachte. Doch nun hatte sich etwas Gezwungenes in ihren Umgang mit Jan geschlichen. Seit Wochen schob sie ein klärendes Gespräch hinaus.

»Na, wie ist es gelaufen?«, fragte er. Er lächelte, und obwohl Kerrin keine Lust hatte, über die Bürgerversammlung zu reden, musste sie sein Lächeln erwidern. Seine braunen, welligen Haare waren wie immer verstrubbelt. Das war bei ihm keine Frage des Stylings, sondern einfach seiner Angewohnheit geschuldet, sich beim Nachdenken weit im Stuhl zurückzulehnen und sich mit beiden Händen kreuz und quer über den Kopf zu streichen. Genauso wie sein Dreitagebart signalisierte, dass er Wichtigeres zu tun hatte als jeden Tag ans Rasieren zu denken. Auf diese Weise sah er immer ein bisschen verpeilt aus, doch das täuschte. Kerrin wusste, dass sie sich auf ihn verlassen konnte.

»Lass gut sein«, sagte Kerrin, und er verstand sofort: »Okay, es ist ja auch schon spät. Wir könnten uns was zu essen bestellen. Ich sterbe vor Hunger.«

Kerrin sparte sich die Fragen, warum er nicht längst etwas gegessen hatte und warum er immer noch hier war. Stattdessen nickte sie und sagte: »Gute Idee.«

»Schinken-Champignon?«, fragte er und griff zum Telefonhörer. Kerrin schüttelte den Kopf. »Komm, lass uns heute mal direkt in die Antica Mola gehen.« Kerrin hatte zwar nicht vorgehabt, das Haus heute noch einmal zu verlassen. Doch wenn Jan etwas beim Lieferdienst bestellte, gäbe es keinen Grund, ihn nicht in ihre Wohnung im ersten Stock zu bitten und eine Flasche Wein zu öffnen, und das wollte sie heute nicht. Sie hatte Lust auf heiße Pasta vom Teller und frischen Salat. Anschließend wollte sie schnell ins Bett, und zwar allein.

Jan unterdrückte ein Gähnen und nickte: »Gerne.«

Während er den Rechner runterfuhr und sich fertig machte, legte Kerrin die Laptoptasche in ihr eigenes Büro und joggte hoch in ihre Wohnung.

Auf dem Weg zum Bad fiel ihr Blick in das Wohnzimmer: Sie hatte es heute Morgen noch aufgeräumt. Jetzt lockte ihr Sofa mit frisch aufgeschüttelten Kissen und einer ordentlich zusammengefalteten Kuscheldecke, die nur darauf wartete, dass Kerrin sich darin einwickelte. Am besten nach einer wunderbar heißen Dusche. Ein Käsebrot mit Radiccio und ein Glas Rotwein, alleine vor dem Fernseher – das war es, was sie jetzt eigentlich brauchte. Doch es war zu spät. Unten wartete Jan auf sie, und er hatte es offensichtlich nur ihretwegen so lange im Büro ausgehalten.

Also machte sie sich frisch und tauschte den Hosenanzug gegen Jeans, T-Shirt und Pullover. Dann löste sie den strengen Knoten, bürstete ihr Haar und ging zurück nach unten. Jan wartete schon im Hausflur und lächelte sie an, was Kerrin unangenehm berührte. In diesem Moment ging das Treppenlicht aus. Jan trat an ihr vorbei und öffnete die Tür. Dabei stieg Kerrin sein frischer, mineralischer Geruch in die Nase. Jan war durch und durch ein Draußen-Mann, im Büro wirkte er stets wie eingesperrt. War das nicht das totale Klischee, ein Geologe, der nach Boden roch? Den Geruch seiner Haut hatte sie immer gemocht. Doch selbst das war keine Basis für eine langfristige Beziehung.

Fünfzehn Minuten später saßen sie mit einer Karaffe Weißwein und einer Kerze zwischen sich in der Pizzeria. Die Tische um sie herum leerten sich bereits.

»Du siehst müde aus«, sagte Jan. Seine Hand auf der Tischdecke schob sich über ihre. »Es war ja auch ein langer Tag für dich.«

Sie warf einen Blick auf ihr Smartphone. »Schon elf«, sagte sie. Dabei kratzte es tief in ihrer Lunge, sie musste husten. Jan sah sie besorgt an. »Alles in Ordnung?«

»Ja, natürlich. Ich war letzte Woche zur Nachkontrolle bei der Lungenärztin. Ich soll für einen Monat auf Kur, am besten ans Meer. Die ist lustig. Ich habe keine Ahnung, ob meine Krankenversicherung das bezahlt, vom Verdienstausfall ganz zu schweigen.«

»Du könntest dir Rezepte für ambulante Anwendungen geben lassen«, schlug Jan vor.

»Wenn ich nicht endlich wieder richtig anfange zu arbeiten, geht das Büro hops.«

»Lieber das Büro als du«, sagte er, und Kerrin schnaubte. Das hatte sie nun gar nicht hören wollen. »Ich kann es mir nicht leisten, noch länger auszufallen.«

»Sofia hält doch alles am Laufen.«

»Nur die dringenden Sachen. Der Rest bleibt liegen.« Natürlich hatte

Sofia ihren Job nicht vollständig übernommen. Nicht so sehr, weil sie es nicht konnte, sondern weil ihr eigenes Büro florierte.

Sofia hatte zusammen mit Kerrin Bauingenieurwesen studiert, aber im Gegensatz zu Kerrin keinen Abschluss gemacht. Sie scheiterte an einer der letzten Prüfungen – vor allem deshalb, weil sie damals bereits ein Kind hatte und ihr Freund nach einem Jahr Zusammenleben mit Freundin und Tochter das Handtuch warf. Anstatt aufzugeben, setzte Sofia zwei Semester aus und wechselte dann zur Architektur, während Kerrin erste Berufserfahrungen als Bauingenieurin sammelte. Später starteten sie gemeinsam in die Freiberuflichkeit. Über die Jahre hatten sie einiges voneinander gelernt und sich gegenseitig vertreten, doch Kerrin war mehr als zwei Monate weg gewesen. Zu lang, um zwei Büros gleichzeitig zu führen, auch für ein Organisationstalent wie Sofia. Kerrin hatte einige Aufträge absagen müssen und sich nicht um neue kümmern können. Ihre Geldreserven schmolzen dahin. Jan oder Sofia würden ihr sicher etwas leihen, wenn sie sie darum bäte. Aber das kam nicht infrage. Lieber würde sie das Dachgeschoss vermieten, falls Marion, ihre Mutter, die Räume nicht für sich beanspruchte. Immerhin war es Marions Elternhaus, in dem Kerrin wohnte und arbeitete.

»Was würdest du tun, wenn du seit Jahrzehnten in einem Haus zur Miete wohntest und der Eigentümer plötzlich anfinge zu sanieren?«, fragte Kerrin. »Und zwar so, dass es dir das Leben schwer macht? Den Garten komplett umgraben, die befestigte Zufahrt wegreißen und in eine Schlammpiste verwandeln ...«

»Bei so einer alten Hütte muss das wohl mal sein.« Er grinste sie an: »Gerade du solltest das wissen.«

»Komm, so schlecht ist mein Haus nicht beieinander.« In den letzten Jahren hatte sie das eine oder andere repariert, für eine Generalsanierung fehlte ihr das Geld.

»Willst du uns rauswerfen?«, fragte er und wirkte plötzlich verunsichert.

»Quatsch. Ich bin froh, dass ich euch als Mieter habe. Eine Sanierung würde ich rechtzeitig mit euch besprechen. Vor allem mit Sofia, immerhin ist sie Architektin.«

»Um was geht es dann?«

»Das Haus meiner Mutter. Sie lebt in Wyk auf Föhr.«

»Ich weiß«, sagte Jan.

Kerrin war überrascht. Sie konnte sich nicht erinnern, wann sie ihm zuletzt von ihrer Mutter erzählt hatte. Zumal sie vor seiner Scheidung kaum einmal über Privates gesprochen hatten. Während seiner schwierigen Trennungsphase hatte er sich nicht Kerrin anvertraut, sondern Sofia. Sie war offener als Kerrin und gleichzeitig verschwiegen. Und sie war eine großartige Zuhörerin, während Kerrin manchmal das Gefühl hatte, dass der Beruf bereits ihr gesamtes Einfühlungsvermögen aufzehrte.

»Sie wohnt seit fünfunddreißig Jahren in dem Haus«, erklärte sie. »Aber es wurde laufend instand gehalten. Marion glaubt, dass die Eigentümerfamilie das Haus zurückhaben möchte, um es an Feriengäste zu vermieten. Sie hat ihre Keramikwerkstatt dort und verliert ihre Existenzgrundlage, falls sie ausziehen muss. Die Mieten auf Föhr sind mit den Jahren unerschwinglich geworden. Wahrscheinlich muss sie auf das Festland ausweichen.«

Außer mit Jan hatte Kerrin noch mit niemandem darüber gesprochen, nicht einmal mit Sofia. Diese war seit der Trennung alleinerziehend und hatte eine Wohnung im Haus ihrer Eltern. Ohne die Hilfe ihrer Familie hätte Sofia kein Architekturbüro aufbauen können. Inzwischen war ihre Tochter Laura dreizehn und wurde immer selbstständiger, Sofia arbeitete fast Vollzeit. Für sie war das Zusammenleben dreier Generationen unter einem Dach ideal, und sie verstand nicht, dass Kerrin so wenig Kontakt zu ihrer Mutter hatte.

»Und wohin?«, fragte Jan. »Will sie zurück nach Regensburg?«

»Keine Ahnung, aber ich fühle mich verpflichtet, Marion die Räume unterm Dach anzubieten. Meine Großmutter hat sie in der Erbfolge übergangen, indem sie mir das Haus hinterließ. Das Verhältnis zwischen den beiden war nicht das Beste.«

»Deine Mutter hatte sicher gute Gründe, Regensburg den Rücken zu kehren. Was ist mit deinem Vater? Kann der nicht helfen?«

»Ich habe keine Ahnung, wer er ist. Ich weiß nicht mal, ob er von der Insel stammt oder von hier. Marion sagt, er sei ein liebenswerter Mensch, aber leider schon verheiratet gewesen. Mehr ist aus ihr nicht herauszubekommen.«

Jan nahm seine Brille ab, legte sie auf das Tischtuch und rieb sich mit den Fingern über die Druckstellen auf dem Nasenrücken. Ohne den Filter seiner Brillengläser wirkte der Blick seiner braunen Augen ungewöhnlich intensiv und warm.

»Verrückt«, sagte er. »Vielleicht ging sie weg, weil er von hier ist und sie ihn vergessen wollte? Oder deine Mutter war einem reichen Erben versprochen, bandelte aber mit einem mittellosen Künstler an. Einem Dichter vielleicht, und es kam zu einem Duell im Morgengrauen …«

Kerrin musste schmunzeln. »Du solltest Bücher schreiben.«

»Ja, historische Romane«, sagte Jan, und beide lachten. Dann sagte sie: »Manchmal glaube ich, es ist Anton.« Anton war Kerrins Nachbar, und sie hatten einen guten Kontakt. Fast so, als gehörte er zur Familie.

Jan lachte wieder. »Den hätte ich auch gern als Vater, er ist ein feiner Kerl. Allerdings alt genug, um dein Opa zu sein. Was steht denn in deiner Geburtsurkunde?«

»Nichts. Es ist kein Vater eingetragen.«

Jan schüttelte den Kopf. »Dass es das heutzutage noch gibt.«

Jans Pizza kam, und Kerrin bat ihn anzufangen, bevor das Essen kalt wurde.

»Danke«, sagte er, und sie sah, dass er sich nur mühsam beherrschte, um nicht zu schlingen. Ihr selbst ging es kaum anders, als der Kellner ihre Gnocchi mit Radicchio und Gorgonzola brachte. Sie fühlte sich regelrecht ausgehungert.

»Es belastet dich offensichtlich, dass du nicht weißt, wer er ist«, sagte Jan zwischen zwei Bissen. »Du solltest das mit deiner Mutter klären. Erst recht, falls ihr zusammenzieht. Warum besuchst du sie nicht und spannst ein paar Tage aus? Das ist die Gelegenheit, nebenbei machst du deine Kur.«

»Ich kann mich nicht entspannen, wenn ich mich gleichzeitig um dieses heikle Thema kümmern muss. Ich habe Marion schon so oft nach meinem Vater gefragt, aber sie hat jedes Mal abgeblockt.«

»An deiner Stelle würde ich nicht lockerlassen. Stell dir einfach vor, wie gut du dich fühlen wirst, wenn du das mit ihr geklärt hast.«

Kerrin schob schweigend zwei Gnocchi in den Mund. Seit wann war Jan auf der Psycho-Schiene unterwegs? Früher hätte er nicht viel zu ihren Schilderungen gesagt, sondern sie in den Arm genommen und sie zu trösten versucht. Sie hatte wenig Hoffnung, dass ihre Mutter diesmal anders reagieren würde als sonst. Trotzdem sagte sie: »Vielleicht hast du recht. Mein jährlicher Besuch ist eh überfällig.«

»Ihr seht euch nur einmal im Jahr?«

»Unser Verhältnis ist nicht so eng. Ebenso wenig wie das zwischen Oma und ihr.«

»Warum?«

Dass Jan sie so direkt fragte, versetzte Kerrin einen Stich. »Keine Ahnung«, sagte sie. »Meine Kindheit war okay. Erst in der Pubertät wurde es schwierig.«

Jan lächelte: »Bei wem nicht. Zwischen meinen Eltern und mir flogen dauernd die Fetzen. Irgendwann legte sich das.«

»Bei mir nicht, oder meine Pubertät dauerte einfach länger als deine. Ich konnte es kaum erwarten, wegzuziehen. Oma nahm mich liebevoll auf, als hätte ihre mütterliche Seite eine Generation übersprungen. Ich habe es genossen, mich von ihr umsorgen zu lassen, ich hatte ja auch Nachholbedarf. Marion kam mir nie vor wie eine Mutter, sie behandelte mich wie eine Erwachsene. Wenn ich krank war, packte sie mich ins Bett, stellte mir eine Kanne Tee hin und ging in ihre Werkstatt. Ich konnte zwar nach ihr rufen, aber oft hörte sie mich nicht.«

Jetzt rutschte Jans Hand wieder näher an ihre. Erst stießen die Finger zusammen, dann legte er entschlossen seine lange, schmale Hand auf ihre. Die Berührung war tröstlich, aber hatte sie ein Recht darauf?

Spürte Jan, dass sie sich innerlich von ihm entfernt hatte? Versuchte er, das Auseinanderdriften durch diese kleinen Gesten aufzuhalten? Oder hielt er sie ganz selbstverständlich für ein Paar? Es wäre leicht für Kerrin gewesen, einfach da weiterzumachen, wo sie vor ihrer Krankheit aufgehört hatte. Sie hätte endlich in einer festen Beziehung ankommen und das Gefühl genießen können, zu jemandem zu gehören. Zu jemandem, der klug und warmherzig war und der bereits bewiesen hatte, dass er auch in Krisenzeiten zu ihr stand. Jan war der sichere Hafen, den das Leben ihr anbot. Und nun streichelten seine Finger auch noch ihr Handgelenk. Ein zartes Beben ging durch ihren ganzen Körper.

Doch bei der Vorstellung, Tag für Tag neben ihm aufzuwachen, legte sich ein schwerer, dunkler Schatten über sie. Sie hatte dieses Gefühl auch früher schon gespürt, lange vor Jan. Eigentlich immer, wenn eine Beziehung enger wurde. Es musste also an ihr liegen. Vielleicht sollte sie sich endlich einmal über dieses Gefühl hinwegsetzen, damit alles ins Lot kam.

Sie zog die Hand fort, fuhr sich nervös durch das Haar und fasste es im Nacken zusammen, aber sie hatte kein Haargummi dabei, um einen Zopf zu binden. Stattdessen legte sie die Hände in den Nacken. Dabei merkte sie, wie verspannt sie war. Jans Hand spielte jetzt mit dem Weinglas. Er schien es ihr nicht übel zu nehmen, dass sie sich ihm entzogen hatte, und kommentierte es nicht. Stattdessen sah er sie aufmerksam an und fragte: »Deine Oma war also fürsorglicher? Auch das ist ja keine Seltenheit. Omas haben mehr Freiheiten als Mütter.«

»Ich durfte oft die Ferien bei ihr verbringen und fand es herrlich. Deshalb stand für mich früh fest, dass ich zum Studieren nach Regensburg gehe. Mein Opa ist vor meiner Geburt gestorben, aber Oma erlebte noch meine ersten Berufsjahre mit. Als sie mir das Haus vererbte, hätte Marion ihr Pflichtteil einfordern können, aber sie meinte, das Haus wäre bei mir besser aufgehoben. Als wollte sie nichts mehr damit zu tun haben.«

»Das klingt plausibel, wenn sie sich mit ihren Eltern nicht gut verstand. Warum auch immer.«

»Mhm. Vielleicht sollte ich wirklich zu ihr fahren.«

»Ja, tu das. Nebenbei kurierst du dich aus.«

»Ich weiß nicht. Jetzt im Januar ist es doch eiskalt da oben.«

»Nicht mehr als hier. Der Winter an der Nordsee hat auch seinen Reiz.«

Kerrin lächelte: »Du lässt wirklich keine Ausrede gelten.«

Zum Schluss bestellte Jan sich einen Espresso. Er musste noch eine halbe Stunde Auto fahren, um nach Hause zu kommen. Zum Glück waren die Straßen trotz der Frosttemperaturen frei.

Kerrin erinnerte sich an ihren letzten Winter auf Föhr. An leuchtend klare, kalte Tage, die tief stehende Sonne und den Blick über das Wattenmeer zu den Halligen. Manchmal war mit bloßem Auge jedes einzelne Haus auf den Warften zu erkennen gewesen, an anderen Tagen war da nichts als heller Dunst am Horizont. Als schwebte die Insel in einem Niemandsland, ohne Verbindung zur Außenwelt. Diese Tage hatte sie besonders geliebt.

Kerrin winkte dem Kellner, und bevor Jan protestieren konnte, zahlte sie für beide. Gemeinsam liefen sie zurück zu Kerrins Haus. Jans verschlammter Geländewagen parkte in der Einfahrt, und er gähnte nahezu demonstrativ, als er sagte: »Na dann.«

»Komm gut heim«, sagte Kerrin. Jetzt hätte sie sich umdrehen und ins Haus gehen sollen. Stattdessen küsste sie Jan. Es fühlte sich gut an. Für Jan anscheinend auch. Warum sonst sollten seine Hände unter ihre Jacke wandern? Sie ließ es zu, dass er sie ganz nah an sich heranzog, weitere Küsse einforderte, sie sanft in Richtung Hauseingang schob.

»Wollen wir reingehen?«, fragte er leise, und es fühlte sich so endgültig an. Als wäre ihr Schicksal ein für alle Mal besiegelt, wenn sie jetzt mit ihm ins Bett ging. Der Klang seiner Stimme war dunkel, fast beschwörend, und jagte Kerrin einen heißen Schauer über den Rücken. Doch es war nicht die Vorfreude auf mehr, sondern das Gefühl, dass ihr der Boden unter den Füßen weggezogen wurde. Wie in einem dieser Albträume, in denen man vor etwas weglief, voller Angst und ohne

Hoffnung auf Entrinnen. Und schon legte sich der Schatten wieder über sie.

Obwohl sie aufgehört hatten sich zu küssen, bekam Kerrin kaum noch Luft. Ihr Herz raste, und sie kämpfte gegen den Impuls, ohne ein weiteres Wort ins Haus zu gehen. Sie spürte, wie sie äußerlich erstarrte und Jans Arme herabsanken.

»Lieber nicht«, sagte sie.

»Verstehe.« Er trat einen Schritt zurück und vergrub die Hände in den Jackentaschen. Dann atmete er tief durch. »Das gilt nicht nur für heute Abend, nehme ich an?«

Kerrin schüttelte langsam den Kopf. »Es tut mir leid. Ich kann nicht.«

Jan sah sie an. In seinem Gesicht konnte sie lesen wie in einem offenen Buch. Er war nicht nur verletzt, sondern auch genervt. »Darf ich fragen, warum?«

Kerrins Antwort kam ganz von selbst, bevor sie darüber nachdenken konnte. »Ich habe das Gefühl, dass du mehr willst als ich«, sagte sie. »Und das kann ich nicht bieten. Im Sommer, das war magisch, aber dann ...«

Kerrin brach ab. Egal was sie jetzt noch sagte, es konnte nur verletzend sein.

Jan sah sie lange an. Schließlich antwortete er: »Meine Ex-Frau hat mir vorgeworfen, ich sei unreflektiert. Hätte keine Ahnung von meinen Gefühlen. Natürlich fand ich das furchtbar ungerecht. Nach der Trennung musste ich mich dann mehr mit mir selbst beschäftigen als je zuvor. In mir war ein einziges Chaos. Als es endlich aufwärtsging, verliebte ich mich in dich. Dann hast du dich zurückgezogen. Erst dachte ich, es läge an der Lungenentzündung. Aber du hast unsere Beziehung mit Absicht versanden lassen, habe ich recht?«

»Nein, ich wollte das gar nicht. Mir wurde erst nach und nach bewusst, dass ich auf dem Rückzug bin. Anscheinend bin ich diejenige, die keine Ahnung von ihren Gefühlen hat«, sagte Kerrin und merkte selbst, wie bitter das klang. »Tatsächlich bin ich nicht bereit für eine Beziehung. Es macht mir Angst.«

»Verstehe. Ich werde dir nicht hinterherlaufen.«

»Natürlich nicht«, sagte Kerrin. Sie war erleichtert. Gleichzeitig wunderte sie sich, dass er so kampflos aufgab. Sie hatte nicht gesagt, dass sie ihn nicht liebte. Er hätte sie fragen können, wovor genau sie Angst hatte und was sie brauchte, um es zu überwinden. Doch offenbar hatte er sich schon eine Erklärung zurechtgelegt. Er atmete scharf ein, und seine Augenbrauen wanderten nach oben, bevor er sagte: »Weißt du, deine Familiengeschichte klingt arg schräg. Vielleicht solltest du das aufarbeiten, bevor du dich auf jemand Neuen einlässt.«

»Hey, du bist Baugrundgutachter, kein Psychologe!« Kerrin verstand, dass Jan verletzt war. Trotzdem empfand sie seine Bemerkung als Schlag unter die Gürtellinie.

»Ich gehe den Dingen eben gern auf den Grund. Das ändert nichts daran, dass du mit mir Schluss machst.« Seine Stimme wurde kratzig. Ihr selbst steckte auch schon ein Kloß im Hals.

»Es tut mir wirklich leid, Jan.«

»Schon gut«, sagte er, und natürlich war gar nichts gut. Er wandte ihr den Rücken zu und ging zu seinem Auto. Kerrin drehte sich ebenfalls um und schloss die Haustür auf. Im Treppenhaus ließ sie sich Zeit, bis das Licht wieder ausging. Vom ersten Stock aus konnte sie beobachten, wie Jan die Scheiben seines Autos freikratzte und schließlich einstieg. Fast hoffte sie, dass es nicht anspringen und ihr damit einen Vorwand liefern würde, nach unten zu rennen und ihn doch noch hereinzubitten. Aber der Motor startete zuverlässig, und der Wagen rollte aus der Einfahrt. Erst als die Rücklichter aus ihrem Blickfeld verschwunden waren, ging Kerrin in ihre Wohnung. Die Stille, die sie empfing, tat ihr gut. Sie war froh, jetzt allein zu sein. Trotzdem fragte sie sich, ob sie den Fehler ihres Lebens gemacht hatte. Jan war ein wunderbarer Mensch, als Freund und auch als Mann. Er hatte es nicht verdient, dass sie ihn so abservierte. Und doch war sie unglaublich erleichtert.

Dann begann sie zu frieren. Ihr war so kalt, dass ihre Zähne klapperten. Sie drehte die Heizung auf und schenkte sich ein Glas Rotwein ein, ging ins Wohnzimmer und wickelte sich in ihre Kuscheldecke. Sie war todmüde, aber sie konnte jetzt nicht ins Bett gehen. Dort wäre sie ihren Gedanken schutzlos ausgeliefert gewesen. Stattdessen schaltete sie den Fernseher ein und geriet mitten in eine Traumlandschaft: Im Hintergrund sah man steil abfallende Klippen. Hoch über dem Meer warf sich eine Blondine gerade in die Arme eines Typen mit weißem Sakko und Achtzigerjahre-Föhnfrisur, als bräuchte sie für den Rest ihrer Tage nichts anderes mehr. Dann wurde der Abspann eingeblendet. Irgendwas mit *Liebe in Cornwall*. Kerrin wurde wütend. Von wegen große Liebe. So ein Mist! Sie selbst konnte nicht das Produkt einer solchen Liebe sein, sonst wäre sie mit Mutter und Vater, mit einer vollständigen Familie groß geworden. Hätte womöglich Geschwister. Ja, eine kleine Schwester, über die sie schützend ihre Hände halten würde. Oder eine große, die sie jetzt um Rat fragen könnte. Doch ihre einzige Familie war Marion, ihre Mutter. Jan hatte recht, sie musste sie zur Rede stellen. Es war ein guter Zeitpunkt. Sie brauchte das Nordseeklima, um ganz gesund zu werden. Sie konnte ihren Laptop mitnehmen und von unterwegs arbeiten.

Der Morgen danach

Am nächsten Morgen wachte Kerrin um sieben auf. Sie rekelte sich ausgiebig, ging in die Küche und befüllte die Espressomaschine. Mit einem Becher Milchkaffee kehrte sie ins Schlafzimmer zurück und kuschelte sich noch einmal unter die Bettdecke. Zum Glück war Samstag, sie konnte sich ausruhen und musste Jan nicht gleich wieder unter die Augen treten. Ein bisschen Abstand würde ihnen beiden guttun.

Sie war froh, jetzt allein zu sein, aber sie spürte auch ein leichtes Ziehen in der Herzgegend, wenn sie an ihn dachte. Seit fünf Jahren teilten sie nun die Büroetage, und Kerrin wollte nicht, dass sich irgendetwas änderte. Weder durch ihre Affäre noch durch die Abfuhr, die sie ihm erteilt hatte. Sie hoffte, dass sie nach einer Weile zu ihrem normalen Alltag zurückkehren konnten, in dem sie Freunde und gute Kollegen waren. Er hatte ähnliche Vorstellungen von Ordnung und Sauberkeit wie Kerrin und Sofia, und ihre gemeinsamen Kaffeepausen hatten genau die richtige Länge. Kerrin mochte die Gespräche mit ihm und auch das Schweigen. Manchmal gingen sie mit Sofia essen, oft auch nur zu zweit. Sie brachten einander zum Lachen, wenn eine Besprechung schlecht gelaufen war oder ein Auftraggeber nervte, und Jan erzählte gern Anekdoten aus seinem Arbeitsalltag. Während Kerrins Lungenentzündung hatte er sie im Wechsel mit Sofia im Krankenhaus besucht. Als sie wieder zu Hause war und noch schwach auf den Beinen, war er für sie einkaufen gegangen. Ein paar Mal hatten er und Sofia zusammen in ihrer Wohnung gekocht.

Sie hatte sich nie dafür bedankt. Sie hatte ihn nur gestern zum Essen eingeladen und ihn anschließend aus ihrem Leben gekickt, oder zumindest aus ihrem Bett.

Kerrin nahm einen Krimi zur Hand, aber ihre Gedanken schweiften immer wieder ab. Sie dachte an die notwendige Kur, ihre Auftragsflaute und immer wieder an Jan.

Sie stellte die halb geleerte Kaffeetasse beiseite, schwang die Beine aus dem Bett und ging ins Bad. Der Raum war der einzige, den sie nach dem Tod ihrer Großmutter grundlegend renoviert hatte: Die alten, moosgrünen Fliesen waren durch eine großzügige Natursteinwand und Bodendielen ersetzt worden. Anstelle einer Badewanne hatte sie sich für eine Dusche mit Glaswänden und Massagedüsen entschieden. Sie duschte für ihr Leben gern. Umgeben von Wasserdampf, der zitronigen Note ihres Shampoos, weichem Licht und sanfter Musik fielen alle Alltagssorgen von ihr ab. Anschließend cremte sie sich ausgiebig ein, massierte sich die Füße und ruhte ein paar Minuten in dem Korbsessel, eingewickelt in ein flauschiges Handtuch. Heute kürzte sie die Zeremonie ab, um nicht ins Grübeln zu geraten.

Die übrigen Räume hatte sie mit einem Mix aus Alt und Neu eingerichtet: In der Küche stand Omas Anrichte mit dem weißen, fast gummiartigen Lack neben einem modernen Induktionsherd und der Küchenzeile aus Massivholz. Die soliden, aber nicht besonders wertvollen Wohnzimmermöbel hatte sie ablaugen lassen und selbst neu lackiert. Die Kunst dabei war, die Erbstücke so aussehen zu lassen, als wären sie nur auf alt getrimmt. So passten sie perfekt zu den Neuerwerbungen aus dem Möbelhaus. Schade, dass ihre Mutter sie noch nie besucht hatte. Sie war überhaupt nie hier gewesen, solange Kerrin sich erinnern konnte. Stattdessen war Oma nach Wyk gefahren und hatte Kerrin über die Ferien abgeholt, bis sie alt genug war, die Fahrt mit dem Zug allein zu machen. Daher hatte Kerrin keine Ahnung, ob Marion es gut fand, was sie aus ihrem Elternhaus gemacht hatte, oder ob es ihr schlicht egal war. Bei Oma hingegen war sie absolut sicher, dass diese sich über Kerrins Möbelrecycling gefreut hätte. Sie war sparsam gewesen, hätte aber bestimmt nicht gewollt, dass Kerrin in einem Museum lebte.

Nachdem Kerrin sich fertig angezogen und frischen Kaffee gekocht hatte, ging sie mit ihrer Tasse ins Büro hinunter. Auch hier traf sie auf Relikte aus der Vergangenheit: Kerrins Opa war Immobilienmakler gewesen, und sein Schreibtisch stand noch immer in ihrem Zimmer. Ein dunkles Ungetüm aus Kirschbaumholz, das sie aus Bequemlichkeit behalten hatte, und ein bisschen auch aus Nostalgie. Einer Nostalgie aus zweiter Hand, da sie ihren Opa nie kennengelernt hatte. Noch so eine Fehlstelle auf der männlichen Seite der Familie. Als Kerrin das Haus übernahm, hatte sie jahrzehntealte Unterlagen in dem Büro gefunden. Kerrin hatte nur einen flüchtigen Blick hineingeworfen und sie dann entsorgen lassen. Heute wünschte sie, sie hätte die Sachen genauer angesehen. Vielleicht wüsste sie dann heute mehr über ihren Großvater.

Oma hatte selten über ihren verstorbenen Mann gesprochen, und Marion schon gar nicht. War er akribisch gewesen, oder hatte er seine Geschäfte mit leichter Hand geführt? Hatte er leutselig oder reserviert, freundlich oder streng hinter seinem Schreibtisch gesessen, an dem Kerrin nun täglich arbeitete? Kerrin wusste nur, dass ihr Opa nicht lang vor Marions Umzug nach Föhr gestorben war.

Das Geräusch des Schlüssels in der Haustür ließ sie erschrecken und jagte ihr einen heißen Schauer durch die Brust. War das Jan? Gestern hatte er besonnen reagiert, doch nun hatte er eine Nacht darüber geschlafen und wollte ihr vielleicht die Meinung sagen.

Zu Kerrins Erleichterung sah sie im nächsten Moment Sofia auf der Schwelle stehen. Sie ließ ihre Tasche fallen und schälte sich hastig aus ihrem dunkelblauen, warmen Walkmantel.

»Hier ist es ja total überheizt«, behauptete sie. Unter dem Mantel trug sie Jeans und ihren engen schwarzen Rollkragenpullover. Jedenfalls glaubte Kerrin, dass es dieser Pulli war, denn darüber trug Sofia einen voluminösen gestrickten Loopschal aus flauschiger Wolle. Es sah aus, als hätte sie sich ein exotisches Tier um den Hals geschlungen, dessen fliederfarbenes Fell Sofias kurze aschblonde Haare zu verschlucken schien. Auch ihre Gesichtsfarbe war rosig, vermutlich hatte sie die fünf Kilometer von ihrer Wohnung hierher mit dem Fahrrad zurückgelegt.

Sie genoss es, am Wochenende in die Stadt zu radeln statt wie sonst mit dem Auto, das sie beruflich brauchte. Es gab wenig, das sie davon abhalten konnte. Zehn Grad unter null gehörten nicht dazu, außer es war glatt oder der Schnee verstopfte die Fahrradwege.

»Na, bist du fleißig?«, fragte sie.

»Nicht so richtig«, sagte Kerrin. »Ich will nur eine Sache von gestern abschließen.«

»Ich auch. Ich suche kurz was für einen Kunden raus, danach gehen wir frühstücken.«

Kerrins Laune besserte sich schlagartig. Sie hatte noch nichts gegessen, und bei der Aussicht, mit Sofia reden zu können, stellte sich ihr Appetit wieder ein. Außerdem fand sie es entlastend, dass Sofia sie vor vollendete Tatsachen stellte, Kerrin brauchte nur noch Ja zu sagen.

Gegen zehn saßen sie einander im Café Goldenes Kreuz gegenüber, und Kerrin sank tief in einen der altmodischen Kaffeehaus-Sessel. »Das Frühstück geht auf mich«, sagte sie. »Danke noch mal, dass du meinen Job gerettet hast, während ich krank war.«

Sofia lachte. »Ich spiele gerne Feuerwehr. Inzwischen stapeln sich bestimmt die Anfragen bei dir.«

»Leider nein.«

»Oh. Und sonst? Wie läuft's mit Jan? Du hast in letzter Zeit gar nichts von ihm erzählt.«

»Ich habe mich gestern von ihm getrennt.«

Kerrin beobachtete, wie innerhalb einer Sekunde verschiedenste Empfindungen über Sofias Gesicht flogen. Überraschung. Missbilligung. Hoffnung? All das vermischte sich zu einem Ausdruck, den Kerrin noch nie an ihrer Freundin gesehen hatte und den sie darum nicht deuten konnte. Endlich öffnete Sofia den Mund, um etwas zu sagen. In diesem Moment wurde das Frühstück serviert, und Sofia schenkte der Kellnerin ihr gewohntes, breites Lächeln.

»Danke«, sagte sie und nahm sich sofort eine Baguettescheibe, die sie hingebungsvoll butterte. Dann türmte sie Rührei darauf und fixierte das Ganze mit einer Scheibe Käse, wie sie es immer machte.

Während Kerrin überlegte, wie viel sie noch von der Geschichte erzählen wollte, war ihr Sofia schon einen Schritt voraus. »Hast du mal wieder kalte Füße gekriegt? Der arme Jan.«

»Mir tut es ja auch leid«, sagte Kerrin. »Was soll ich machen, wenn die Liebe sich verflüchtigt?«

»Du gibst ihr ja gar keine Chance, sich zu entwickeln«, sagte Sofia. Sie hatten dieses Gespräch schon zu oft geführt. Sofia vertrat die Meinung, dass Kerrin zu anspruchsvoll sei. Dabei war das gar nicht der Punkt. Ab einem gewissen Grad der Vertrautheit wurde sie plötzlich unsicher, und dann zerbröckelte alles.

»Und wie sieht es bei dir aus?«, fragte Kerrin.

»Wenn der Richtige da draußen rumläuft, wird er mich schon finden«, sagte Sofia. »Am besten direkt nach Lauras achtzehntem Geburtstag.«

»Nur noch fünf Jahre, bis du deinen Traummann triffst«, meinte Kerrin, und beide lachten.

Dann sagte Kerrin: »Glaubst du, dass ich wegen meiner Familiengeschichte beziehungsunfähig bin?«

»Wie kommst du denn darauf?« Sofia schien so überrascht, dass Kerrin erleichtert aufatmete. Dann wiederholte sie, was Jan am Vorabend zu ihr gesagt hatte.

»Mann, der muss gerade reden. Was der mir in seiner Scheidungsphase alles erzählt hat ... aber im Ernst: Wenn dich das so beschäftigt, dann such dir eine nette, mitfühlende Therapeutin.«

Es tat Kerrin gut, dass Sofia ihre Partei ergriff. »Klar beschäftigt es mich«, antwortete sie. »Es könnte doch sein, dass er recht hat. Ich hatte keine männlichen Bezugspersonen, und ich bin wütend auf Marion, weil sie mir meinen Vater verschweigt.«

»Jetzt machst du mir fast ein schlechtes Gewissen.«

»Das ist was anderes. Laura weiß, wer ihr Vater ist. Er hat euch verlassen, das ist nicht deine Schuld.«

»Aber sie sehen sich kaum.«

»Weil Laura sich bewusst dafür entschieden hat. Das habt ihr beide ihr ermöglicht, ohne Geheimnistuerei. Darum ist es jetzt auch keine große Sache für sie.«

»Warten wir's ab. Ich gebe mein Bestes, wie deine Mutter bestimmt auch. Sag ihr noch mal, wie wichtig es für dich ist, die Wahrheit über deinen Vater zu wissen. Selbst wenn er ein verurteilter Mörder oder anonymer Samenspender sein sollte.«

Kerrin ließ den Atem zwischen ihren Lippen entweichen wie aus einem Luftballon. »Jetzt hör aber auf. So schlimm wird es schon nicht sein.«

»Dann rede mit ihr. Wolltest du nicht zu ihr fahren, kurz bevor du krank wurdest?«

»Das stimmt. Ich möchte sie tatsächlich besuchen. Auch wegen Jan und mir. Ein bisschen Abstand kann nicht schaden, oder? Nur das Geschäft macht mir Sorgen.«

»Nimm deinen Laptop mit und arbeite von unterwegs«, sagte Sofia. »Und lass mich noch ein bisschen länger hier die Stellung halten.«

»Das wäre super.« Bevor sie es sich anders überlegen konnte, holte Kerrin ihr Smartphone heraus und schrieb eine Nachricht an ihre Mutter.

Hallo, Marion, ich nehme ein paar Tage frei. Ist es dir recht, wenn ich zu dir komme? LG, K.

Die Antwort kam keine fünf Minuten später.

Das wäre wunderbar! Hoffe, du hast ein bisschen länger Zeit als letztes Mal. Wann kommst du?

Als Gruß hatte sie geschrieben: *Deine M.*, was sowohl *Marion* als auch *Mama* bedeuten konnte.

»Siehst du?«, jubelte Sofia. »Sie freut sich auf dich.« Sie klang so aufgeregt wie eine Dreizehnjährige vor dem Ferienlager. Dabei fuhr sie nicht mal selber weg.

»Scheint so«, meinte Kerrin verblüfft. So überschwänglich schrieb ihre Mutter sonst nie.

Montag!, textete sie zurück. Dann fragte sie Sofia: »Ist es wirklich in Ordnung für dich, dich noch länger um mein Büro zu kümmern?«

Sofia lachte: »Klar. Sag mir nur, was ich machen muss.«

»Die Post durchsehen und weiterleiten, wenn es was Wichtiges ist.«

»Und der Abnahmetermin bei UTX? Den kann ich auch übernehmen, kein Problem.« Sofia hatte Kerrin bei einigen Terminen vertreten und kannte nicht nur die Firma, sondern auch das Projekt.

»Das ist nett von dir, aber das brauchst du nicht. Die Projektleiterin dort hat gekündigt, und der Neue muss sich erst einarbeiten.«

»Und die ausführende Firma hat sich darauf eingelassen, den Termin zu verlegen?«, wunderte sich Sofia. Denn ohne Schlussabnahme gab es vorerst kein Geld für das Bauunternehmen – und auch kein Honorar für Kerrin.

»Ja. Ehrlich gesagt bin ich erleichtert. Ich hatte mich schon gefragt, wie ich das körperlich durchstehen soll, stundenlang in der Kälte auf dem Firmengelände rumzulaufen.«

»Dann erhol dich mal gut auf Föhr.«

Kurz darauf verabschiedeten sich die Freundinnen voneinander. Sofia wollte noch einkaufen, und Kerrin ging nach Hause. Sie würde tatsächlich nach Föhr fahren! Ihre Vorfreude wuchs mit jeder Minute, und ihr wurde klar, dass sie den Tapetenwechsel dringend brauchte.

Zu Hause fuhr sie den Laptop hoch und rief die Seite der Bahn auf. Nebenbei stellte sie fest, dass ihre alte Schulkameradin Mareike online war. Sie lebte in Hamburg und hatte ihr vor ein paar Monaten über Facebook geschrieben. Seitdem waren sie wieder locker in Kontakt.

Während Kerrin versuchte, sich den Sparpreis 1. Klasse für eine nicht ganz so ideale Zugverbindung am Montag zu sichern (sie würde in Dagebüll gerade so die letzte Fähre erreichen, aber nur wenn der Zug pünktlich war), ploppte eine Nachricht von Mareike im Chat auf, und Kerrin verabredete sich spontan mit ihr. Sie konnte schon am nächsten

Tag fahren und bei Mareike übernachten. Am Montag blieb ihr dann genug Zeit, um von Hamburg nach Föhr zu gelangen.

Das lief ja wunderbar!

Da entdeckte sie eine Nachricht von Jan in ihrem Postfach.

Hallo, Kerrin,

kommende Woche arbeite ich von zu Hause aus. Du verstehst sicher, dass ich dich erst mal nicht sehen möchte. Blöde Situation ... aber ich komme klar. Ich hoffe, du auch.

Grüße, Jan.

Kerrin widerstand der Versuchung, sich noch einmal zu entschuldigen. Stattdessen schrieb sie, dass sie selbst in den nächsten Wochen nicht ins Büro kommen würde und er sich nicht einzuschränken brauchte.

Dann ging sie in ihre Wohnung und packte ihren kleinen Rollkoffer. Sie genoss es, einmal keine Hosenanzüge und Blusen einpacken zu müssen, und griff zu Jeans und Pullovern. Außerdem legte sie noch ein schlichtes, olivfarbenes Wollkleid dazu; sie hatte es letzten Winter gekauft, aber noch keine Gelegenheit gefunden, es zu tragen.

Am frühen Nachmittag bekam sie Hunger, öffnete ihren großen Kühlschrank und checkte den Gemüsevorrat. Sie konnte einen Eintopf aus allem machen, was noch da war. Kurz entschlossen rief sie Anton an.

»Hast du zu Mittag gegessen?«, fragte sie, und er verneinte: »Allein habe ich nicht so viel Lust, weißt du.«

Kerrin lud ihn ein, herüberzukommen. Sofort veränderte sich seine Stimme, und Kerrin konnte hören, dass er sich freute. »Ich bringe uns einen schönen Sancerre mit.«

Als ehemaliger Weinhändler hatte Anton immer einen guten Tropfen zu Hause. Seine Frau war schon vor Jahren gestorben, und die beiden Töchter lebten in München und Wien, doch er genoss den Ruhestand, so gut es ging. Mit Mitte siebzig reiste er immer noch zu

Weingütern in ganz Europa, hielt Seminare und schrieb Artikel für ein Food-Blog.

Er war überrascht, dass Kerrin so spontan zu ihrer Mutter fuhr, und versprach, ein Auge auf das Haus zu haben.

»Grüß Marion von mir«, sagte er. »Ich hoffe, ihre Wohnsituation klärt sich bald.«

»Woher weißt du denn davon?«, fragte Kerrin erstaunt.

»Wir telefonieren hin und wieder. Ich finde, sie sollte nach Regensburg zurückkommen. Es ist so viel Zeit vergangen ...«

»Wie meinst du das?«

Er rutschte unbehaglich auf seinem Stuhl hin und her und schob sein halb volles Glas von einer Seite zur anderen.

Kerrin schaute ihn an und wartete auf weitere Erklärungen.

»Dein Großvater ist seit Jahrzehnten tot, und du wohnst jetzt hier und füllst das Haus mit neuem Leben.« Er stand auf. »Entschuldige mich.«

Er ging hinaus in den Flur, und gleich darauf hörte sie die Toilettenspülung rauschen. Sie wurde das Gefühl nicht los, dass er das Gespräch absichtlich unterbrochen hatte.

»Wie geht es dir?«, fragte er, als er zurückkam.

Kerrin zuckte mit den Schultern. »Könnte besser sein. Während ich krank war, konnte ich weder Rechnungen schreiben noch Akquise betreiben. Außerdem verzögern sich zwei Projekte, sodass ich mein Honorar erst später bekomme. Meine Reserven reichen noch für ein paar Wochen.«

»Dann trifft es sich doch gut, dass du nach Föhr fährst. Je schneller du dich erholst, desto besser. Lass dich an der Nordsee durchpusten, danach geht alles besser.«

»Ich hoffe es«, sagte Kerrin. In Gedanken war sie immer noch mit dem beschäftigt, was Anton vorhin gesagt hatte. »Was hat denn Opa damit zu tun, ob Mama zurückkommen möchte oder nicht?«, wollte sie wissen.

»Das fragst du sie lieber selbst. Ist noch was vom Eintopf da?«

Anton war fitter als so mancher zwanzig Jahre Jüngere, und er hatte einen gesunden Appetit. Doch seine Bitte um einen Nachschlag wirkte wie ein Ablenkungsmanöver. Kerrin wollte ihn nicht weiter bedrängen und lenkte ein.

»Oder lieber gleich die Nachspeise?«

Anton nickte erleichtert und stand auf, um ihr beim Tischabräumen behilflich zu sein. In der Küche nahm er die Dessertschälchen und die Cremespeise entgegen, die Kerrin aus dem restlichen Quark, der Sahne und dem Saft einer Zitrone gezaubert hatte.

Unterwegs

Im ICE nach Hamburg war nicht viel los, der Sitz neben ihr blieb leer. Sie zog das Magazin aus der Tasche, das sie aus einer Laune heraus gekauft hatte. Eine dieser schön aufgemachten Zeitschriften mit Kreativteil, Achtsamkeitstraining und anderen Anstößen für ein besseres Leben, für die Kerrin im Alltag weder Zeit noch Muße fand. Es machte ihr Freude, wenigstens davon zu lesen. Auch wenn sie dabei Sehnsucht nach einem leichteren, freieren Leben bekam. Sie wusste weder, wie so ein Leben aussehen würde, noch wie sie dort hinkam. Doch mit jedem Halt des Zuges wurde ihr leichter ums Herz.

Sie lehnte sich zurück, stöpselte Kopfhörer ein und döste ein wenig. Fast pünktlich kam der Zug in Hamburg an. Mareike holte sie am Bahnsteig ab und nahm sie mit in ihre Wohnung, wo sie seit Kurzem wieder allein lebte. Sie hatte sich von ihrer Jugendliebe getrennt, die Kerrin noch aus der gemeinsamen Schulzeit kannte. Seitdem war viel passiert, sie hatten einander Jahre nicht gesehen. Bei Bier und Brötchen quatschten sie bis Mitternacht.

Als Kerrin endlich in Mareikes bequemem Gästebett lag, war sie zwar todmüde, doch ihre Gedanken hielten sie wach. Fünfzehn Jahre war Mareike mit ihrem Lebensgefährten zusammen gewesen, bevor die Beziehung auseinanderging. Sie hatten sich einvernehmlich getrennt, Mareike schien es gut zu gehen. Und doch machte die Sache Kerrin zu schaffen: In der Liebe gab es einfach keine Garantie, auch bei den anderen nicht. Eigentlich hätte sie das trösten können, aber Kerrin fühlte sich frustriert. Genauso frustriert wie sie war, wenn ihr jemand sein oder ihr wunderbares Eheleben vor Augen führte, während sie selbst es nie lange in einer Beziehung aushielt. Jan war ohne sie viel besser dran. Bald würde er die Liebe seines Lebens treffen und über seinen Irrweg lachen.

Als sie am nächsten Morgen gegen halb zehn wieder am Bahnhof Altona stand, fühlte sie sich schwach und zittrig. Sie hatte kaum geschlafen. Seit der Krankheit meldete ihr Körper sich immer sofort, wenn sie ihn vernachlässigte. Doch sie musste ja heute nichts Besonderes leisten, der Zug rollte auch ohne ihr Zutun in Richtung Küste, und die größte Herausforderung bestand darin, rechtzeitig in den Zug Richtung Dagebüll umzusteigen.

Hier wurden riesige Koffer an ihr vorbei durch das Abteil gerollt, und die Leute plauderten über Dubai oder Mallorca, sprachen begeistert von den üppig blühenden Pflanzen im Süden. Die meisten Reisenden waren offenkundig Föhrer oder Amrumer, die jetzt Ende Januar aus dem Winterurlaub in wärmeren Gegenden zurückkehrten. Kerrin fühlte sich, als hätte sie ebenfalls einen längeren Auslandsaufenthalt hinter sich. Sie genoss die heimatliche Sprachmelodie um sich herum, hier und da meinte sie vertraute Gesichter zu entdecken. Doch niemand erkannte sie. Ihre Schulfreundinnen von damals lebten sicher längst in größeren Städten auf dem Festland wie Mareike. Sie war einfach zu lang weg gewesen, fast ihr halbes Leben hatte sie in Regensburg verbracht.

Es war Mittag, als sie in Dagebüll auf die Fähre umstieg. Sie suchte sich einen Sitzplatz, von dem aus sie einen guten Blick durch die Panoramascheiben hatte. Auch wenn dort kaum etwas zu sehen war außer grüngraues Meer und ein Stückchen Küste. Der Kellner kam und fragte sie mit charmantem osteuropäischem Akzent nach ihren Wünschen. Kerrin bestellte heiße Schokolade.

Gemächlich glitt das Schiff ins Wattenmeer hinaus. An Bord war es still, und Kerrin spürte, wie auch sie zur Ruhe kam. Ihre Gedanken schweiften zurück nach Regensburg, zu dem Gespräch mit Anton.

Wusste er etwas über ihre Familie? Kannte er die Antwort auf die Frage, die sie ihrer Mutter schon so oft gestellt hatte: *Wer ist mein Vater?*

Sie war noch nie auf die Idee gekommen, Anton danach zu fragen. Doch bei dem gemeinsamen Mittagessen war sie hellhörig geworden. Was hatte er mit seinen Andeutungen über Opa gemeint? Und warum war er ihr ausgewichen? Falls er etwas wusste, konnte er entweder ehrlich zu Kerrin sein oder loyal gegenüber ihrer Mutter. Kerrin wollte ihn nicht bedrängen, doch wenn Marion hartnäckig weiter schwieg, würde sie Anton fragen.

Als Kerrin die Fähre verließ, war der Himmel klar und blau. Allerdings fegte ein schneidender Wind über die Mole. Eilig schlüpfte sie in ihre Handschuhe und zog den Schal fester um sich. Als sie unbedacht durch den Mund einatmete, schnitt ihr die frische Meeresbrise beinahe die Luft ab. Das fing ja gut an! Trotzdem beschloss sie zu Fuß zu gehen. Nach der langen Reise konnte sie ein bisschen Bewegung gebrauchen, außerdem hatte ihr die heiße Schokolade Energie verliehen. Ihr wurde warm, während der Koffer hinter ihr
herratterte. Es fühlte sich fast an wie damals, wenn sie aus den Ferien bei ihrer Oma zurückkehrte.

Links erstreckte sich das Meer, rechts die Promenade. Das Café Steigleder hatte auch im Winter geöffnet und war proppenvoll. Daneben lag die Milchbar, dann kam das Schuhgeschäft. Und dieser Laden mit bunten Kleidern und sommerlichen Accessoires, der seine Schließung ankündigte. Schade. An das hochpreisig aussehende Einrichtungsgeschäft konnte sie sich nicht erinnern. War das bei ihrem letzten Besuch auch schon da gewesen?

Kerrin zog weiter und musste feststellen, dass sie ihre Kondition unterschätzt hatte. Der Zuckerkick der heißen Schokolade war verpufft, und ihr Magen knurrte. Immerhin war es schon zwei Uhr nachmittags. Eine halbe Stunde später bog sie endlich in die Straße ihrer Kindheit ein.

Das Haus lag in einer Wohnstraße nicht weit vom Leuchtturm Olhörn. Es war quadratisch, hatte weiß verputzte Wände und ein Dach aus dunklen, fast schwarzen Ziegeln. Damit bot es nichts von der Reetdach-Romantik schmucker Ferienhäuser, doch ein Ferienhaus hatte es ja auch nie sein wollen. Die ersten zwanzig Jahre ihres Lebens war es Kerrins Zuhause gewesen. Seit sie ausgezogen war, wohnte ihre Mutter alleine hier.

Kerrin stellte fest, dass der alte Schuppen neben dem Haus weg war. Darin hatte immer ihr Fahrrad gestanden. Stattdessen lag ein Baum auf dem Rasen, der Stamm mehrfach durchgesägt, aber noch nicht weggeräumt, und daneben Teile des Gartenzauns. Wo einmal ein Plattenweg zur Haustür geführt hatte, sah Kerrin Schotter und aufgebrochene Erde. Zum Glück war der Boden gefroren. Wenn er wieder auftaute, würde hier eine Schlammpiste entstehen.

Kerrin zog den Rollkoffer die letzten Meter bis zur Haustür und klingelte. Nichts geschah. Marion rechnete sicher erst später mit ihr. Zwar hatte sie von unterwegs eine SMS mit ihrer Ankunftszeit geschrieben, doch vielleicht hatte Marion sie nicht gelesen.

Obwohl Kerrin so selten kam, hatte Marion darauf bestanden, dass sie ihren Hausschlüssel behielt. Kerrin steckte ihn ins Schloss, doch die Eingangstür war gar nicht abgeschlossen. Normalerweise ließ Marion die Tür nur offen, wenn sie zu Hause war. Kerrin stellte ihren Koffer im Flur ab und trat in die Wohnküche. Dort war es warm, und ein großer Edelstahltopf stand auf dem Herd. Es duftete herrlich nach Eintopf. Ihre Mutter machte sich nicht viel aus Essen, meistens schmierte sie sich nur ein Brot und arbeitete dann weiter. Offenbar hatte sie heute Kerrin zuliebe etwas Warmes vorbereitet. Kerrin widerstand der Versuchung, den Deckel zu lüften.

»Mama?«, rief sie, aber niemand antwortete. Vielleicht war Marion in der Werkstatt nebenan? Nein. Auch nicht in ihrem kleinen Schlafzimmer und erst recht nicht im Bad oder im winterschlafenden Garten hinter dem Haus. Kerrin ließ den Koffer in der Wohnküche stehen und stieg die Treppe hinauf. Mit jeder Stufe kehrten Erinnerungen zurück: Da hing ein gerahmtes Foto von ihr und ihrer Schultüte an der Wand neben der Treppe, darüber eins aus der vierten Klasse. Stufe für Stufe wurde die Kerrin auf den Bildern älter. Sie erinnerte sich an die vielen Tage, an denen sie nicht schnell genug in ihr Dachzimmer gelangen konnte. Kerrin schlief immer noch darin, wenn sie zu Besuch war, aber fast all ihre persönlichen Sachen hatte sie mit nach Regensburg genommen oder weggeworfen. Neben dem Schlafraum unter der Dachschräge gab es eine Schrankküche und ein kleines Bad, sodass sie sich in der schlimmsten Phase ihrer Pubertät ganze Wochenenden hier oben hatte verbarrikadieren können. Das Refugium unterm Dach würde eine perfekte Ferienwohnung abgeben, doch soweit Kerrin wusste, hatte ihre Mutter noch nie an Urlaubsgäste untervermietet.

Jetzt war Kerrin oben. Aus ihrem ehemaligen Zimmer hörte sie den Klang einer Geige, unterlegt mit keltischer Harfe. Wahrscheinlich von einer CD, die sie selbst am Ende ihrer Jugendzeit hier zurückgelassen hatte. Damals konnte sie nicht genug von melancholischer Musik bekommen – im Gegensatz zu ihrer Mutter, die fröhliche und lebhafte Rhythmen mochte. Vorzugsweise britischen Pop oder lateinamerikanische Klänge. Die Tür war nur angelehnt, und Kerrin klopfte vorsichtshalber an. Ihre Mutter schien sie nicht zu hören. Sie trat trotzdem ein.

Haus am Leuchtturm

Marion saß mit dem Rücken zu Kerrin im alten Schaukelstuhl und schaute durch das Dachfenster in den grauen Himmel; einzelne Schneeflocken zerschmolzen auf der Scheibe. Von hinten sah sie aus wie immer: Der schlanke Hals und das nackenkurze, dunkelbraune Haar, in das sich ein paar graue Strähnen geschlichen hatten. Als Kind hatte Kerrin es geliebt, auf ihrem Schoß zu sitzen, die Arme um ihren Hals zu schlingen und die kleinen Finger in diese Haarwirbel am Hinterkopf zu zwirbeln. Es kam selten vor, dass Kerrin länger auf Marions Schoß sitzen durfte. Schon als Kind spürte sie Marions unbändige Energie, nie hielt es sie lange auf einem Platz. Deshalb war es Kerrin ein bisschen unheimlich, sie dort im Schaukelstuhl zu sehen. Es wirkte, als hätte sie sich seit Stunden nicht von der Stelle gerührt. Nur der Stuhl bewegte sich leicht. Durch die Stäbe seiner Lehne konnte Kerrin das alte türkisfarbene Sweatshirt erkennen, das Marion oft beim Arbeiten trug. Dazu verwaschene Jeans mit ausgefransten Säumen und selbst gestrickte Ringelsocken. Ein Fuß stand auf dem Boden und wiegte ganz sanft den Stuhl vor und zurück, den anderen hatte sie auf der Sitzfläche abgestellt. Ihre Arme umschlangen das angewinkelte Bein, und ihr Kinn ruhte auf dem Knie, als würde sie intensiv über etwas nachdenken. Oder so, als wüsste sie nicht mehr weiter. Kerrin machte es ratlos, sie so zu sehen.

Dann schien Marion zu spüren, dass jemand im Zimmer war, und sie stellte abrupt das Schaukeln ein. Langsam drehte sie sich um. Ihr Gesichtsausdruck wirkte abwesend, doch ihr Blick war klar und ruhig. Sie hatte die Lippen aufeinandergepresst, ihre Mundwinkel wiesen nach unten und zitterten leicht. Kämpfte sie mit den Tränen?

Manchmal schien es Kerrin, als wüsste sie gar nichts über ihre Mutter. Wahrscheinlich ging es Marion mit ihrer Tochter genauso. In diesem Moment erhaschte Kerrin einen Blick hinter die Fassade, die unerwartete Nähe fühlte sich schmerzlich schön an. Sollte sie wieder gehen, bis Marion sich gesammelt hatte? Ihr Blick hielt Kerrin zurück. Stumm tauchte er in ihren und hieß sie willkommen. Marion glitt ohne Hektik aus dem Stuhl, mit einer beinahe mühelosen Bewegung. Sie zog ein Taschentuch aus ihren Jeans und putzte sich die Nase.

»Hallo, Kerrin. Schön, dass du da bist. Ich hatte dich erst später erwartet.« Ihr Mund formte ein kleines Lächeln, als wäre nichts gewesen. Marion kam auf sie zu und umarmte sie kurz – zu kurz, um einander wirklich zu spüren. Aber immerhin eine herzliche Geste.

Schon war Marions altes, geschäftiges Selbst zurück: »Hast du Hunger? Ich habe Kürbissuppe gekocht«, sagte sie. »Muss ich nur kurz aufwärmen.«

»Perfekt«, sagte Kerrin. »Nach zwei Tagen Zugfahrt und einem feucht-fröhlichen Abend bei Mareike ist Kürbissuppe genau das Richtige. Ich habe einen Zwischenstopp in Hamburg eingelegt, deshalb bin ich schon da.«

»Ach so. Wie geht es Mareike?«

»Ganz gut«, sagte Kerrin und war froh, von ihrer Schulfreundin erzählen zu können statt von sich, während Marion vor ihr die Treppe hinunterging.

Der Tisch in Marions Wohnküche war schnell gedeckt. Kerrin holte zwei von den graublauen Keramikschalen aus dem Schrank, legte Besteck dazu, stellte zwei Gläser daneben und einen Krug mit Wasser und Sanddornsaft zum Mischen. Es war alles noch an seinem Platz, und Kerrin fand sich mühelos zurecht, während Marion die Suppe aufwärmte und mit einer letzten Prise Curry abschmeckte. Sie ließ eine Schöpfkelle in den Topf gleiten und stellte ihn in die Mitte des Tisches. Dazu öffnete sie eine Packung Knäckebrot.

»Zu Bäcker Hansen habe ich es nicht mehr geschafft«, sagte sie. »Wenigstens ist die Suppe fertig.«

»Sie riecht fantastisch!« Kerrin griff nach dem Schöpflöffel. »Knäckebrot ist voll okay. Aber jetzt erzähl mal – was ist hier los? Der Vorgarten sieht schrecklich aus. Was hat sich Winter nur dabei gedacht?« Von Marions Vermieter wusste Kerrin kaum mehr als den Nachnamen. Ursprünglich stammte er vom Festland – aus Berlin, glaubte sie sich zu erinnern – und betrieb mit seiner Frau, einer Föhrerin, ein Hotel im Herzen der Insel.

Marion legte den Löffel neben den Teller. Obwohl die Suppe köstlich war, hatte sie kaum etwas davon gegessen, während Kerrin schon den Grund ihrer Suppenschale sehen konnte.

»Er ist gestorben«, sagte sie.

»Oh. War der schon so alt?«, fragte Kerrin. Was man halt so fragte, wenn man auf Heimatbesuch war und Geschichten von Leuten erzählt bekam, die man kaum oder nur vom Hörensagen kannte.

»Er hatte Krebs. Gestern war die Beerdigung. Die letzten Wochen war er nicht mehr ansprechbar. Nun hat seine Familie endlich freie Bahn.« Ihr kurzes Lachen klang schrill. »Seine Frau will das Haus für Feriengäste nutzen. Es bricht mir das Herz, wenn ich daran denke, dass ich bald ausziehen muss. Ist das nicht komisch?«

»Was soll daran komisch sein? Du hast lang und gerne hier gelebt, hast deine Freundinnen hier und deine Kundschaft.« Dann fiel Kerrin noch etwas ein. »Warst du mit Winter befreundet? Bist du seinetwegen traurig?«

»Ich bin nicht traurig. Nur nachdenklich.« Sie begann, wieder ihre Suppe zu löffeln. »Niko war einer meiner ersten Kontakte hier auf der Insel. Er war keine zehn Jahre älter als ich, knapp fünfundsechzig. Das lässt einen nicht kalt, wenn so jemand stirbt. Er hat mir sehr geholfen, als ich hier ankam, ohne Job und dazu noch schwanger.«

Das hörte Kerrin zum ersten Mal. Sie hatte geglaubt, dass sie auf Föhr gezeugt worden war.

»Warum bist du nicht in Regensburg geblieben, als du es gemerkt hast? Eine Schwangerschaft ist nicht gerade der richtige Zeitpunkt, um ein neues Leben anzufangen.«

Plötzlich lächelte Marion. »Warum nicht? Es ändert sich sowieso alles, wenn man ein Kind bekommt. In meinem Elternhaus konnte ich nicht bleiben. Mein Vater war kurz zuvor gestorben, und ich wollte nicht, dass du in ein Trauerhaus hineingeboren wirst. Später in deinen Ferien war es etwas anderes. Marlies war eine tolle Oma für dich, ich habe es euch beiden gegönnt.«

Erstaunt sah Kerrin ihre Mutter an. So deutlich hatte sie das noch nie formuliert. Marions Hand zitterte, als sie den Löffel zum Mund führte, und Kerrin fragte sich, was zwischen Marion und den Großeltern eigentlich vorgefallen war. Hatte Marlies ihr Vorwürfe gemacht, weil sie so jung ein Kind bekam? Anfang der Achtziger war ein uneheliches Kind doch keine Katastrophe mehr. Außerdem konnte Kerrin sich nicht vorstellen, dass Oma Marlies ein moralisches Problem damit gehabt hatte. Kerrin hatte sie als offene, tolerante Frau erlebt. Doch vielleicht war sie eine von den Omas, die mit ihren Enkeln viel lässiger umgingen als zuvor mit ihren Kindern.

Diese Frage konnte wohl nur Marion beantworten, doch Kerrin wollte sie heute Abend nicht mehr bedrängen. Schließlich hatten sie sich lange nicht gesehen, und es schien ihr nicht gut zu gehen. Mit Niko Winter hatte sie nicht nur den fairen Vermieter verloren, sondern scheinbar auch einen guten Freund, der ihr den Start auf der Insel erleichtert hatte. Nicht jeder hätte einer werdenden alleinerziehenden Mutter ohne festes Einkommen einen Mietvertrag für ein ganzes Haus angeboten. Er musste ein feiner Mensch gewesen sein.

»Warum bist du damals ausgerechnet nach Föhr gegangen?«, fragte Kerrin.

Marion zuckte mit den Achseln. »Ich wollte möglichst weit weg von zu Hause und fand es aufregend, auf einer Insel zu leben.«

Kerrin hatte das Gefühl, dass mehr dahintersteckte, als Marion im Moment preisgeben wollte.

»Falls du nach Regensburg zurückkommen möchtest, das Haus ist ja groß genug«, sagte Kerrin. »Wir könnten das Dachgeschoss für dich zu einer Wohnung ausbauen.«

»Auf gar keinen Fall!« Marion stand so abrupt auf, dass der Tisch wackelte und Kerrin ihr Glas festhalten musste.

»Wenn Winters glauben, dass ich klein beigebe, haben sie sich getäuscht. Meine Kündigungsfrist ist lang, und für eine Ferienunterkunft können sie sich nicht auf Eigenbedarf berufen.«

Damit drehte sie sich um und riss die Kühlschranktür auf. »Dessert?«, fragte sie. Kerrin konnte nur sprachlos nicken.

Nach dem Essen räumten sie gemeinsam auf. Marion wusch ab, und Kerrin trocknete das Geschirr. Marion hatte nie eine Spülmaschine besessen, und Kerrin war froh, etwas mit den Händen machen zu können. Das würde sie beide beruhigen. Eine Weile arbeiteten sie schweigend Hand in Hand.

Dann fragte Kerrin: »Wie läuft die Werkstatt?«

Marion lachte. »Zu gut, um schon damit aufzuhören. Ich produziere fleißig für die Märkte im Sommer. Und ab Biike kommen wieder Touristen.«

In früheren Zeiten waren die Lagerfeuer auf den Inseln entzündet worden, um die Walfänger zu verabschieden. Heute markierte das traditionelle Biike-Brennen das Ende des Winters und den Beginn der Saison. Das Fest lockte viele Gäste an, etliche Cafés und Restaurants beendeten um Biike ihre Winterpause.

Kerrins Mutter verkaufte ihre Keramik in einigen Läden auf der Insel. Außerdem kamen viele Einheimische seit Jahren zu ihr, wenn sie etwas Besonderes brauchten: eine Schale für den Eingangsbereich im Gästehaus, ausgefallene Vasen oder ein Wandrelief. Marion war eine feste Größe im Inselleben und nach all den Jahren mehr oder weniger eine Einheimische. Ihr Hochdeutsch klang nahezu neutral, nicht einmal mit ihrer Tochter sprach sie Bayerisch. Stattdessen hatte Kerrin den Regensburger Dialekt in den Ferien bei ihrer Oma gelernt und benutzte ihn heute gerne in der Stadt und auf der Baustelle. Doch viele merkten ihr an, dass sie im Norden groß geworden war, zumal ihr Marion einen friesischen Vornamen gegeben hatte. Sobald sie sich als Kerrin Würschinger vorstellte, hatte sie auf jeder Veranstaltung einen Aufhänger für den Small Talk.

Später ging sie hinauf in das Zimmer mit dem Schaukelstuhl. Auf dem Bett lag eine Patchworkdecke, die sie damals selbst geschneidert hatte. Die einzelnen Quadrate waren in warmem Rot, Braun und Ocker gehalten, und Kerrin mochte sie immer noch. Wie ihre Mutter arbeitete sie gern mit den Händen, und das war auch gut so. Seit sie das Haus und den Garten ihrer Großeltern übernommen hatte, gab es immer etwas zu werkeln. Wenn Marion zu ihr gezogen wäre, hätten sie gemeinsam etwas aus dem Dachgeschoss machen können.

Kerrin packte ihre Tasche aus und ging in das kleine Bad. Bald darauf lag sie in ihrem alten, bequemen Bett und knipste das Licht aus.

• • •

Sie musste sofort tief eingeschlafen sein, denn als Kerrin aufwachte, kam es ihr vor, als hätte sie gerade erst die Augen zugemacht. Dabei war es schon nach acht, und Kaffeeduft zog durch das Haus. Kerrin schlüpfte aus dem Bett und trat an das Dachfenster. Die Bäume im Nachbargarten schwankten unruhig unter einem trüben, schweren Himmel. Der Wind spuckte einzelne Schneeflocken auf die Scheibe, und das kleine Stück vom Meer, das man von hier aus sehen konnte, war nur zu erahnen. Ideal für einen gemütlichen Tag im Haus.

Marion hatte ein köstliches Frühstück vorbereitet. Neben dem Kaffee gab es Orangensaft, frische Brötchen von Bäcker Hansen und selbst gemachte Marmelade.

»Ich liebe dein Johannisbeergelee!«, sagte Kerrin, und Marion lachte. »Ich weiß. Kannst du dich noch erinnern, wie du mir beim Pflücken und Einkochen geholfen hast?«

»Ja, klar.« Ein warmes, heimeliges Gefühl stieg in Kerrin auf. Ihre

Nostalgie erhielt einen Dämpfer, als Marion sagte: »Die Johannisbeersträucher haben sie auch rausgerissen.«

Vor diesem Hintergrund genoss Kerrin das Marmeladenbrötchen mit einer gewissen Wehmut. Dann fiel ihr der eigene Garten ein. »Omas Beerensträucher habe ich letzten Herbst zurückgeschnitten«, sagte sie. »Zum Marmeladekochen bin ich leider nicht gekommen, aber Anton ist ein dankbarer Abnehmer.« Sie hatte auch noch einen Birn- und einen Kirschbaum im Garten. Kerrin beobachtete Marions Gesicht, während sie die Sprache auf Anton brachte. Ihr fiel nichts Ungewöhnliches auf. Nichts, das darauf hindeutete, dass Anton mehr für Marion war als ein netter Nachbar. Marion war damals zwanzig gewesen und Anton längst verheiratet, seine Töchter waren nur einige Jahre jünger als Marion. Es fühlte sich abwegig an, dass die beiden eine Affäre gehabt haben sollten. Viel eher hatte Marion sich Anton als väterlichem Freund anvertraut, so wie auch Kerrin es tun würde, wenn sie ein ernstes Problem hätte. Und wieder kam sie zu dem Schluss, dass Anton wusste, wer ihr Vater war. Falls sie bei Marion weiter auf Granit biss, würde sie ihn fragen.

»Ich soll dich übrigens von ihm grüßen.«

»Danke, grüß ihn zurück. Geht's ihm gut? Er mochte schon immer alle Sorten Obst, nicht nur flüssige Trauben.«

»Stimmt, er ist immer ganz wild darauf, bei mir zu ernten. Er backt Kuchen, macht Marmelade und Likör. Er meinte, so langsam könntest du nach Regensburg zurückkommen«, schob sie so beiläufig wie möglich ein.

»Wie meint er das?« Marion wirkte irritiert. Gleichzeitig begann sie mit dem rechten Mittelfinger am Nagelbett ihres Daumens zu kratzen. Das war neu, Kerrin hatte ihre Mutter selten nervös erlebt. Eher wurde sie wütend oder war innerlich abwesend, ganz in ihre Arbeit vertieft.

»Woher soll ich das wissen? Es hätte was mit Opa zu tun, sagte er. Mehr wollte er mir nicht verraten.«

»Keine Ahnung, was er damit sagen will«, behauptete Marion, dann wechselte sie das Thema.

»Übrigens, oben steht noch eine Schachtel mit Krimskrams von dir, schaust du die bitte mal durch? Nimm mit, was du aufheben willst, den Rest werfe ich weg.«

»Ich wusste nicht, dass ich noch Sachen hier habe«, wunderte sich Kerrin.

Nach dem Frühstück verschwand Marion in ihrer Werkstatt, und Kerrin ging nach oben, um die ominöse Schachtel durchzusehen. Sie stand in einer Wandnische im Flur, auf einem Bord über dem Putzzeug.

Kerrin zog sie heraus und nahm sie mit in ihr Zimmer. Es war eine richtig große und schwere Schachtel, sodass Kerrin sie auf dem Boden abstellte und sich im Schneidersitz davorsetzte.

In dem Karton waren alte Fotos von Schulfesten, etliche bunte Perlenarmbänder sowie eine Plüschrobbe, die Mareike ihr einmal geschenkt hatte. Sie wäre nett gewesen als Geschenk für Sofias Tochter Laura, aber selbst sie war schon zu alt dafür. Dabei schien es nicht lange her zu sein, dass Kerrin dieses Zimmer bewohnt hatte und jeden Tag zur Schule gegangen war. Als sie die Abiturfotos betrachtete, fand sie ihr Gesicht kaum verändert. Das Haar hingegen schon: Auf dem Foto trug Kerrin eine schreckliche Bob-Frisur und ein langes, blassgelbes Kleid, das überhaupt nicht zu ihrer Haarfarbe passte – einem ungewöhnlichen, rötlich schimmernden Mittelblond. Sie musste laut lachen, denn auf dem Foto sah sie älter aus als jetzt. Inzwischen trug sie das Haar lang, den Pony hatte sie mit dreißig herauswachsen lassen, und sie trug gut geschnittene Kleidung in kräftigen Farben.

Plötzlich hörte sie ein Geräusch auf der Treppe, und Kerrin schreckte auf. Marion konnte es nicht sein, denn aus dem Erdgeschoss drang laute Musik, untermalt vom gleichmäßigen Geräusch der Töpferscheibe. Marion stellte normalerweise beides ab, sobald sie den Raum verließ. Jetzt aber lief ein Stück mit dem Refrain *It's raining again* von dieser Band, die Kerrins Mutter sehr mochte und deren Name Kerrin partout nicht einfallen wollte. Wieder knarzte es. Kerrins Sinne schärften sich vor Anspannung. Dann wieder Stille, ausgefüllt von gedämpfter

Musik. Als würde jemand auf den Stufen innehalten. Jemand, der sichergehen wollte, dass niemand ihn oder sie bemerkt hatte. Kerrin stand auf und ging zur Zimmertür, lauschte noch einmal. Es half nichts, sie musste nachsehen. Falls es wirklich ein Einbrecher war, sollte die Überraschung auf ihrer Seite sein. Blitzschnell stieß sie die Tür auf und machte einen beherzten Schritt nach vorne zum Treppenabsatz. Im Flur war es dämmrig. Sie konnte nur eine dunkle Gestalt unter sich erkennen, wahrscheinlich ein Mann. Dort, wo das Gesicht sein sollte, waren jedenfalls dunkle Flächen. War es ein Vollbart – oder eine Maske, wie bei einem Banküberfall? Kerrin dachte nicht weiter nach. Sie schleuderte der Person das Erstbeste entgegen, was sie zur Hand hatte: die Plüschrobbe, die sie in der Eile unter den Arm geklemmt hatte. Kein besonders gefährliches Geschoss. Der Unbekannte auf der Treppe riss die Arme vor das Gesicht, machte einen Schritt rückwärts, schrie auf und fiel die Treppe hinunter. Auf dem kalten Fliesenboden im Flur blieb er liegen. Kerrin griff sich den Schrubber aus der Wandnische und hastete die Treppe hinab. Da unten lag ein Mensch, reglos und still – vielleicht war er bewusstlos oder sogar Schlimmeres! Ich muss ihm helfen, dachte Kerrin, und gleichzeitig: Ich muss ihn fesseln, bevor er zu sich kommt. Die Polizei rufen, den Rettungsdienst, was weiß ich … So stand sie schließlich vor ihm, den Schrubber wie eine Lanze in der Faust, und spielte die letzte Option durch: Was, wenn es gar kein Einbrecher war? Nun hörte sie eine Männerstimme ächzen und nahm im Halbdunkeln eine Bewegung wahr. Gott sei Dank – sie hatte ihn nicht umgebracht. Im Gegenteil. Er schien wieder zu sich zu kommen, und sein Fluchen klang höchst lebendig: »Verdammter Mist!«

Der Mann rollte mühsam auf die Knie und versuchte sich aufzurichten, stattdessen krümmte er sich und fiel seitlich auf die Fliesen zurück. Kerrin ließ den Schrubber sinken. Langsam glaubte sie nicht mehr, dass er ihr gefährlich werden konnte.

»Scheiße, tut das weh«, murmelte er.

Er hatte ein Knie in Richtung Brust gezogen und beide Hände um das rechte Fußgelenk gelegt. Ziemlich beweglich, der Typ.

»Entschuldigung«, war alles, was ihr einfiel. »Ich dachte, Sie sind ein Einbrecher.«

»Na klar«, knurrte er. »Denken ist eben Glücksache.«

Kerrin ärgerte sich. »Es war ein Versehen, und es tut mir leid, okay? Wer sind Sie denn nun, und was wollen Sie hier?«

Währenddessen sang Marion nichts ahnend in ihrer Werkstatt: *Na-na-na-na-na-na-naaaaa …*

Der Mann zu Kerrins Füßen versuchte noch einmal, sich aufzurappeln. »Jetzt hilf mir doch endlich«, sagte er, die Stimme schmerzverzerrt. Kerrin legte den Schrubber zur Seite und streckte dem Mann die Hände hin. Seine waren angenehm warm und griffen so fest zu, dass Kerrin beinahe umkippte, während sie ihm in eine Sitzposition half. Als er dabei den rechten Fuß bewegte, zuckte er zusammen. Dann lehnte er endlich an der Wand und atmete erleichtert aus.

Schließlich drückte sie den Lichtschalter neben dem Treppenaufgang. Sie blickte in ein Paar Augen, die den Knopfaugen ihrer Plüschrobbe nicht unähnlich waren: große Pupillen und leuchtend hellblaue Iris. Der Kerl hatte einen dunklen Vollbart und schwarz glänzende Locken, und er steckte in schwarzen Klamotten. Fast alles an ihm war schwarz. Auch die Jeans, die Kapuzenjacke und die Lederstiefel mit jeder Menge Sand im Profil. Das meiste davon lag auf der Treppe verstreut. Der Typ war etwa in ihrem Alter und sah, das musste sie zugeben, nicht schlecht aus …

Er musterte sie ebenso überrascht wie sie ihn. Dann scannte er die Umgebung und griff nach der Plüschrobbe. »Was ist das?«

Kerrin spürte, wie sie rot wurde. »Als du im Dunkeln auf mich zugekommen bist, habe ich Angst bekommen und sie unwillkürlich nach dir geworfen.«

Er verdrehte die Augen. »*Du* hast *mich* erschreckt, damit das mal klar ist. Ich kann nicht glauben, dass ich wegen eines Plüschtiers k. o. gegangen bin. Mir brummt der Schädel, und mein Knöchel ist verstaucht. Mindestens.«

»Es tut mir wirklich leid.«

»Schon gut. Ist wohl einfach dumm gelaufen. Ich muss aus dem Schuh raus, bevor der Fuß anschwillt.«

Kerrin half ihm, seine Boots auszuziehen. Dann schnappte sie sich ein Kissen von der Garderobenbank und schob es ihm unter die Kniebeuge, sodass der verletzte Fuß entlastet war. Endlich verstummte auch die Musik. Kurz darauf stand Marion im Flur. Anders als Kerrin schien sie sofort zu wissen, was zu tun war. Sie holte einen Stuhl aus der Küche, und gemeinsam halfen sie ihrem Gast hinauf.

Dann erst fragte sie Kerrin: »Was ist hier los? Wer ist das?«

»Lian Winter«, sagte er. »Und Sie müssen Marion Würschinger sein.« Jetzt, nachdem er sich etwas gefangen hatte, klang seine Stimme so freundlich und warm, dass Kerrin ein Schauer den Rücken hinunterlief. Doch vielleicht war es auch der Schock. Sie spürte plötzlich, dass sie zitterte. Und auch Marion war blass geworden. Sie nickte nur, und Kerrin nannte ihren eigenen Namen.

Lian sah sie an. Seine Augen leuchteten wirklich eisblau. Trug er Kontaktlinsen? Trotz seiner lässigen Klamotten hatte er etwas Elegantes an sich, als wäre sein bevorzugter Aufenthaltsort der Golfplatz oder eine Segeljacht. Mit dem verletzten Fuß würde er in den nächsten Tagen weder auf dem einen noch der anderen eine gute Figur machen, weil Kerrin sich offenbar soeben für eine neue olympische Disziplin namens Plüschrobbenweitwurf qualifiziert hatte.

»Hast du etwas mit Herrn Winter zu tun, dem Vermieter meiner Mutter?«, fragte Kerrin das Naheliegende.

»Ja«, sagte er. »Er ist ... er war mein Vater.« Dann schaute er hinunter zu seinem Knöchel. Marion hatte eine Hand an das Treppengeländer gelegt, die Farbe kehrte langsam in ihr Gesicht zurück.

»Was ist denn passiert?«, fragte sie noch einmal, und Lian antwortete: »Ihre Tochter hat mich mit einem Stofftier k.o. geschlagen.« Lian hielt die Robbe schützend im Arm, während er Kerrin vorwurfsvoll ansah. Trotzdem wurde sie das Gefühl nicht los, dass er ein Lachen unterdrückte. »Ich wusste ja nicht, was da geflogen kam. Ich wollte dem Geschoss ausweichen und bin mit dem Fuß abgerutscht. Das tat so weh, dass ich ohnmächtig geworden und umgekippt bin. Oder umgekehrt. Ist ja auch egal.«

»Ich hole einen kalten Umschlag«, sagte Marion, und Kerrin blieb mit Lian zurück. »Tut mir leid«, sagte sie noch einmal. »Du hast dich einfach ins Haus geschlichen. Konntest du nicht klingeln wie jeder andere?«

»Habe ich, aber die Klingel scheint kaputt zu sein. Deshalb habe ich gerufen. Keine Reaktion. Also bin ich vorsichtig rein und hörte dich lachen. Ich war unschlüssig, ob ich raufgehen oder lieber der Musik im Erdgeschoss folgen sollte. Ich entschied mich dafür, oben an die Tür zu klopfen.«

Das klang plausibel, aber Kerrin blieb misstrauisch. Er gehörte zu der Familie, die ihre Mutter aus dem Haus vertreiben wollte. Doch er passte nicht zu dem Bild, das sie sich von den Erben gemacht hatte. Er wirkte nicht besonders arrogant, und er war nett zu ihr, obwohl er sich ihretwegen verletzt hatte.

»Ich habe dich wirklich für einen Einbrecher gehalten. Du hättest noch mal rufen sollen.«

Er machte ein zerknirschtes Gesicht und rieb sich die Stirn. »Trägst du immer Plüschgeschosse mit dir herum?«

Wider Willen musste Kerrin lachen. Dann kam ihre Mutter mit einem nassen Handtuch zurück. Sie zog Lians Hosenbein über dem verletzten Knöchel nach oben. Wieder verzog er das Gesicht. Ganz schön wehleidig, dachte Kerrin. Als Marion dann behutsam das Handtuch um seinen Fuß legte, hielt er still.

»Weißt du, dass ich das schon einmal gemacht habe?«, sagte Marion. »Du warst vier. Dein Vater kam nach einem Sturm vorbei, um sich zu vergewissern, dass mit dem Haus alles in Ordnung ist. Du bist im Garten herumgeturnt und von der Schaukel gefallen, die damals dort stand.«

Lian kratzte sich ratlos am Kinn. »Keine Ahnung. Ich kann mich nicht erinnern.«

Kerrin betrachtete Lian aufmerksam. In dem Alter, als sie sich hätten begegnen können, trug er vermutlich noch keine Haare im Gesicht. Aber diese eisblauen Augen wären ihr im Gedächtnis geblieben.

»Wo war ich denn, als Lian hier bei uns von der Schaukel fiel?«, fragte sie.

»Im Kindergarten«, sagte Marion. »Ihr seid fast gleich alt.«

Lian musterte sie interessiert. »Gut gehalten«, sagte er dann. »Ich hätte schwören können, dass ich älter bin als du.«

»Von wegen gut gehalten«, sagte sie. »Ich bin doch kein Gemüse. Bei dem Gestrüpp in deinem Gesicht ist das schwer einzuschätzen.« Kerrin biss sich auf die Lippen. Hatte sie das gerade wirklich gesagt? Andererseits, warum redete er so einen Quatsch?

Lian lachte schon wieder. Er schien fast alles, was sie sagte, lustig zu finden. Echt nervig, aber sie sollte froh darüber sein. Immerhin war sein Vater gestern beerdigt worden und er selbst dank Kerrin gerade die Treppe hinuntergefallen. Wie konnte sie das wiedergutmachen?

»Kann ich dich nach Hause fahren?«, fragte sie.

»Lass das mal lieber in der Inselklinik anschauen«, sagte Marion. »Um sicherzugehen, dass nichts gebrochen oder gerissen ist. Außerdem hast du vielleicht eine Gehirnerschütterung.«

»So wirres Zeug rede ich nun auch nicht«, sagte er, sah aber verunsichert aus.

»Trotzdem.« Sie wischte die Hände an ihrer Arbeitsschürze ab. »Ich bringe dich hin.«

»Ich mache das«, sagte Kerrin. »Schließlich bin ich an seinem Unfall schuld.«

Kerrin verstand sich selbst nicht. Sie hätte froh sein sollen, Lian loszuwerden. Stattdessen fühlte sie sich persönlich für ihn verantwortlich. Es war keine große Sache, Zeit mit ihm im Wartebereich der Klinik zu verbringen und dabei ein bisschen zu plaudern. Er schien ja ganz nett zu sein.

Marion klappte den Mund auf, als wollte sie protestieren. Schließlich nickte sie: »Okay. Nimm mein Auto.«

Marions kleiner Škoda stand in der tiefgefrorenen Einfahrt, die sich dank der Bauarbeiten in eine Buckelpiste verwandelt hatte. Kerrin fuhr so weit wie möglich an die Haustür heran, und Lian humpelte, auf die beiden Frauen gestützt, zum Auto. Als Kerrin damit vom Grundstück ruckelte und durch ein besonders tiefes Schlagloch fuhr, stöhnte er kurz auf. Offenbar war sein schmerzender Fuß mit der Fahrzeugwand kollidiert.

»Idiotisch ...«, hörte Kerrin ihn murmeln, aber sie war nicht sicher, ob sie ihn richtig verstanden hatte. Wer, wenn nicht er und seine Familie, hatte denn dafür gesorgt, dass das Grundstück aussah wie eine Baustelle?

Sie verkniff sich die Bemerkung.

Erinnerungen

Marion sah dem Auto nachdenklich hinterher. Sie hatte Lian nicht sofort erkannt. Auf Nikos Beerdigung hatte er einen eleganten Mantel getragen, die wilden Locken unter einer schwarzen Mütze verborgen und das Gesicht seltsam unbeteiligt. Als müsste er zu einem wichtigen Termin und würde auf dem Friedhof nur aufgehalten werden. Heute hingegen hatte sie den Schalk in seinen Augen blitzen sehen, genau wie bei seinem verstorbenen Vater, und sie hatte sein Lachen gehört. Die Rolle des trauernden Sohnes schien ihm nicht zu liegen. Wahrscheinlich hatte die Bestattungszeremonie ebenso unwirklich auf ihn gewirkt wie auf Marion: Der blumengeschmückte Sarg, der in das frisch ausgehobene Grab hinabgelassen wurde, die Bestattungspredigt der Pastorin und die unzähligen Trauergäste in Schwarz und Dunkelblau: Das alles konnte doch nichts mit Niko zu tun haben, diesem lauten, lebendigen Mann, den Marion seit Jahrzehnten kannte. Doch was wusste sie schon? Sie hatte ihn nicht bis zum Tod begleitet wie seine Familie. Sie wusste nur das, was man auf der Straße und im Supermarkt aufschnappte. Ihre Freundin Annette arbeitete bei Edeka an der Kasse und versorgte sie mit den neuesten Informationen aus zweiter oder dritter Hand. Lian lebte seit Jahren in Frankfurt, hatte aber seit der Diagnose seines Vaters fast jedes Wochenende auf Föhr verbracht.

Marions Kontakt zu Niko Winter hatte sich über viele Jahre hinweg auf die Dinge beschränkt, die mit ihrem Mietvertrag und dem Haus zusammenhingen. Manchmal bestellte er auch etwas in ihrer Keramikwerkstatt, oder sie trafen sich zufällig auf Veranstaltungen. Sie war überrascht, als sie vor gut zwei Jahren eine Mail von ihm erhielt. Und zwar nicht von seinem Geschäftsaccount, sondern über eine private Mailadresse. Als hätte er sie eigens angelegt, um ihr von seiner Krankheit zu berichten. Wenn sie seinen Worten Glauben schenken durfte, war sie die Erste, die von der Diagnose erfuhr, noch vor seiner Familie. Sie brachte ihre Betroffenheit zum Ausdruck und versuchte ihm Mut zuzusprechen, doch er antwortete nur: »Die Chancen stehen schlecht.«

Von da an mailten sie sich regelmäßig, aber er war kein großer Schreiber. Seine kurzen Nachrichten handelten oft von der Vergangenheit, und wenn er über die Kinder schrieb, dann meistens über Lian und wenig über seine Töchter. Es war so lange her, dass sie einander kennengelernt hatten. Damals hatte es noch nicht mal E-Mails gegeben, jedenfalls nicht für die breite Masse. Und nun war Niko tot.

Was für ein Zufall, dass Kerrin ausgerechnet jetzt beschlossen hatte zu kommen und dass sie dabei Lian begegnet war. Marion kam nicht umhin, die beiden miteinander zu vergleichen. Lian hatte sich nie Sorgen um sein Fortkommen machen müssen, seine Eltern besaßen genug Geld und hatten ihn von klein auf verwöhnt. Das Sterben seines Vaters war vermutlich das erste Mal, dass ihm etwas wirklich Schlimmes widerfuhr.

Soweit Marion wusste, hatte Lian Architektur studiert, aber nie richtig in seinem Beruf Fuß gefasst. Er jobbte in Frankfurt bei einer Art Spedition.

Ganz anders Kerrin, die sich ihr Studium selbst finanziert und dann aus eigener Kraft ein Ingenieurbüro aufgebaut hatte. Marion war stolz auf sie. Warum hatte sie ihr das noch nie gesagt? Weil sie fürchtete, dass es Kerrin unangenehm sein könnte? Kerrins Selbstständigkeit war die Folge ihrer eigenen Unfähigkeit als Mutter. Erst vor Kurzem hatte sie mit ihrer besten Freundin Annette, die ihren Sohn ebenfalls alleine großgezogen hatte, darüber gesprochen. Doch Annette hatte nur gesagt: »Mach dich nicht fertig, Marion. Es geht ihr gut.«

Marion hatte keine Ahnung, ob es Kerrin gut ging oder nicht. Sie sah dünn und blass aus. Kein Wunder nach der langwierigen Lungenentzündung. Warum hatte sie die überhaupt bekommen? Hatte sie nicht auf sich geachtet, zu viel gearbeitet?

Zum Glück wohnte Anton gleich nebenan, Marion telefonierte regelmäßig mit ihm. Von ihm wusste sie, dass Kerrin ihn selten um Hilfe bat, denn Kerrins beste Freundin Sofia war immer für sie da. Genau wie ihr Kollege Jan, mit dem sie seit dem letzten Sommer eine Beziehung hatte. Es musste etwas Ernstes sein, sonst hätte Kerrin ihr nicht am Telefon davon erzählt. Allerdings hatte sie ihn noch kein einziges Mal erwähnt, seit sie hier war.

Von Lian schien sie eher genervt zu sein. Jedenfalls verdrehte sie jedes Mal die Augen, wenn er über sie lachte. Typisch Kerrin. Sie hatte viel Humor, aber für einen unbeschwerten Flirt war sie nicht geschaffen. Dieser Jan war vermutlich ein Langweiler. Marion sollte es recht sein, solange ihre Tochter mit ihm glücklich war.

Sie selbst war in dieser Hinsicht kein Vorbild, das wusste Marion. Zwar hatte es in all den Jahren auf der Insel den einen oder anderen Mann gegeben, aber wirklich nahgekommen war ihr keiner. Mit einem festen Partner hätte sie vielleicht noch ein Kind bekommen, ein eigenes Haus gebaut oder eine Wohnung gekauft.

Stattdessen war sie nun den Winters ausgeliefert, die sie aus dem Haus am Leuchtturm vertreiben wollten. Gudrun Winter zählte nicht umsonst zu den erfolgreichsten Geschäftsfrauen der Insel. Sie war tüchtig und zäh und hatte Vermögen mit in die Ehe gebracht, doch ohne Nikos Ideen und seine Tatkraft hätte sie es nicht geschafft. Die beiden hatten einander gebraucht.

Marion betrachtete den zerklüfteten Vorgarten und den Gartenzaun, der in Einzelteilen auf einem Haufen neben dem Haus lag. Noch ein paar solche Aktionen, und Marion würde tatsächlich ausziehen müssen. Spätestens wenn die alte Öl-Heizung ausfiel, brauchte Gudrun nur die Reparatur hinauszuzögern, um Marion zum Aufgeben zu zwingen.

Noch war es nicht so weit. Seufzend schloss sie die Eingangstür und ging zurück in ihre Werkstatt, wo sie wieder ihre Supertramp-CD einschaltete und sich an die Arbeit machte.

6 Inselklinik

Kerrin hatte einen Rollstuhl ausgeliehen, um Lian vom Parkplatz in die Notaufnahme zu schaffen. Dort hatte es geheißen, dass es eine Weile dauern würde. Nun saßen sie schon über eine Stunde in der Wartezone. Lian hatte den verletzten Fuß hochgelegt und die Plüschrobbe an sich gedrückt. Er musste das Teil die ganze Zeit im Arm gehalten haben. Tat er das absichtlich, oder stand er unter Schock?

»Was wolltest du eigentlich bei uns?«, fragte Kerrin.

Lian knurrte. »Meine Mutter und meine Schwestern möchten wissen, was es kostet, das Haus zu Ferienwohnungen auszubauen. Da ich Architekt bin, habe ich den undankbaren Job bekommen. Ich war überrascht, wie verwüstet das Grundstück aussieht. So als hätte die Baufirma meiner Mutter plötzlich die Zusammenarbeit aufgekündigt.«

Kerrin winkte ab. Sie kannte das. »Die hatten bestimmt anderswo einen lukrativeren Auftrag, den sie zuerst fertig machen wollten«, sagte sie. »Wenn ihr Marion rauswerft, muss sie von der Insel wegziehen. Die aktuellen Mieten hier kann sie sich nicht leisten.«

»Meine Mutter sagte, Marion würde nach Regensburg zu ihrer Tochter gehen. Also zu dir – stimmt das nicht? Ich will niemanden auf die Straße setzen, aber auf meine Meinung kommt es offenbar nicht an. Die restliche Familie scheint es furchtbar eilig zu haben. Dabei steht noch nicht mal fest, wer das Haus erbt. Mein Vater ist erst vor wenigen Tagen gestorben, und ich bin die letzten Monate so oft zwischen hier und Frankfurt hin und her gependelt, wie ich konnte. Jetzt noch mein verletzter Fuß – ich weiß nicht, wie ich meine Arbeit schaffen soll, wenn ich nicht laufen kann.«

»Die geben dir bestimmt Krücken oder legen den Fuß in Gips. Ich kann ihn dir auch eingipsen, wenn es hier zu lange dauert. Ich bin nämlich Bauingenieurin und schrecke vor nichts zurück.«

»Sehr witzig«, sagte er mit ernstem Gesicht.

Einen Moment lang war Kerrins Optimismus gedämpft. Lian konnte Schmerzensgeld und sein Arbeitgeber Schadenersatz von ihr verlangen. Am besten rief sie gleich ihre Haftpflichtversicherung oder die Anwaltshotline an.

Noch bestand Hoffnung, dass es Lian nicht ganz so schlimm erwischt hatte. »Wo arbeitest du denn?«, fragte sie.

»Bei einem Dienstleister für Büroumzüge. In Frankfurt wechseln die Firmen häufig ihren Standort, fast immer muss räumlich irgendwas angepasst werden. Ich bin für die Logistik und den Innenausbau zuständig.«

»Klingt spannend«, sagte Kerrin.

Zu ihrer Überraschung lachte Lian. »Das nehme ich dir nicht ab. Die Arbeit ist eine Notlösung, ich bin nach dem Studium dort hängen geblieben. Die Konkurrenz ist groß, und feste Stellen für Architekten gibt es kaum.« Jetzt grinste er. »Nicht mal, wenn sie so gut sind wie ich. Für eins der wenigen Architekturprojekte, die ich verwirklichen konnte, habe ich sogar einen Preis bekommen.«

Kerrins Neugier war geweckt. »Ich wusste es«, sagte sie. »Du hast maßlos untertrieben. Vermutlich bist du weltberühmt und führst ein aufregendes Leben zwischen deinen Baustellen in Dubai und New York. Nur ich hatte keine Ahnung davon!«

»Genau. Bauingenieurinnen interessieren sich nun mal nicht für Gestaltung. Sonst wüsstest du von dem preisgekrönten Klohäuschen in Hanau.«

Kerrin prustete los. »Ein Klohäuschen?«

»Lach nicht. Das ist eine hundertprozentig sinnvolle Sache. Gehst du nicht gern auf ein Klo, das schick aussieht und anständig beleuchtet ist?«

Kerrin lachte noch mehr. »Na klar. Außerdem habe ich ein Faible für Sanitäreinrichtungen und Kanäle.« Sie erzählte ihm von ihren Projekten, vor allem von der letzten Bürgerversammlung, der Frau im schweinchenrosa Kostüm und wie Kerrin sich beinahe um Kopf und Kragen geredet hatte, während sie auf den Bürgermeister wartete.

Während sie plauderten, wurde Kerrin langsam ungeduldig. Sie hätte längst am Laptop sitzen und arbeiten sollen. Oder zumindest einen Termin bei der Kurärztin vereinbaren. Doch sie musste zugeben, dass sie sich gern mit ihm unterhielt. Sie spürte eine Leichtigkeit, die sich mit Jan nie eingestellt hatte. Ob Lian verheiratet war? Kerrin versuchte unauffällig einen Blick auf seine Hände zu werfen. Seine Finger wirkten kräftig, aber nicht grob. Kein Ehering. Bestimmt hatte er eine Freundin.

In diesem Moment wurde Lian aufgerufen. Kerrin ging nicht mit zu den Untersuchungen, aber er behielt die Plüschrobbe bei sich. Kerrin hörte noch, wie die Schwester, die ihn hinausschob, zu ihm sagte: »Was haben Sie denn da?«

»Die Tatwaffe«, antwortete Lian, und die Schwester kicherte.

Kerrin blieb im Wartezimmer zurück. Außer ihr saß dort nur noch eine Frau, die bereits versorgt worden war und jetzt auf ein Rezept oder einen Bericht zu warten schien. Ihre rechte Hand war ordentlich verbunden, sie lehnte mit geschlossenen Augen in ihrem Stuhl. Sie hatte ihre Daunenjacke an und den Reißverschluss bis oben zugezogen. Dabei war es im Wartezimmer ziemlich warm. Kerrin zog ihren Pullover aus und holte ihr Smartphone hervor.

Ein potenzieller Auftraggeber hatte versucht, sie anzurufen. Als die Frau mit der verbundenen Hand gegangen war, rief Kerrin zurück. Das Telefonat dauerte nicht lang: Der Auftrag ging an einen Konkurrenten, der wohl günstiger oder überzeugender gewesen war. Kerrin legte das Smartphone neben sich und starrte eine Weile auf den gegenüberliegenden Wartestuhl. Dann nahm sie sich ihre Mails vor. Sofia hatte ihr

Gesprächsnotizen und Post weitergeleitet, und sie versank bald in ihrer Arbeit.

Gegen Mittag fiel ihr auf, dass Lian immer noch nicht zurück war. Sie ging zur Anmeldung, wo der Pfleger gerade die Daten einer aufgeregten Mutter aufnahm.

Endlich war Kerrin an der Reihe. »Ich warte auf Herrn Winter. Wie lange dauert es denn bei ihm noch?«

»Den behalten wir hier. Hat Ihnen niemand Bescheid gesagt?«

Natürlich nicht, aber sie hatte sich auch nicht darum bemüht. Genau genommen hatte sie Lian vergessen, während sie arbeitete. Peinlich.

Zehn Minuten später stand sie an seinem Bett. Er lächelte ihr entgegen. »Das ist ja eine Überraschung. Ich dachte, du wärst nach Hause gegangen.«

»Nein, sie haben mir erst jetzt gesagt, dass du hierbleiben musst.«

Er war allein in einem Zweibettzimmer. Offensichtlich hatte er eine gute Krankenversicherung, oder auf der Station war nicht viel los.

Lian trug ein schwarzes T-Shirt, unter dem sich ansehnliche Brustmuskeln spannten. Seine Oberarme sahen aus, als könnte er locker beim Möbelschleppen mit anpacken. Die Haut hatte einen goldbraunen Ton, und das mitten im Winter. Auf dem linken Bizeps war eine kleine Tätowierung in Form eines Keltenkreuzes zu sehen. Kerrin trat näher. Natürlich nur um die ineinanderverschlungenen Knoten zu betrachten. Theoretisch. Lian blinzelte schläfrig.

»Habe ich dich eben geweckt?«, fragte sie.

Sein Lächeln wurde breiter. »Ich könnte mir Schlimmeres vorstellen als von dir geweckt zu werden.«

Jetzt bemerkte sie, dass sie selbst auch nur ihr T-Shirt trug. Ein weinrotes mit großzügigem Ausschnitt, aus dem der Rand ihres schwarzen BHs herausschaute. Aus Lians Perspektive bestimmt eine interessante Aussicht. Rasch wurstelte sie den Pullover aus dem Kleiderknoten, der sich mit dem Schal und der Jacke unter ihrem Arm gebildet hatte, und zog ihn über. Dann hob sie die Plüschrobbe auf, die neben das Bett gefallen war, und drückte sie ihm in den Arm. Als ihre Finger versehentlich den Keltenknoten streiften, bekam Lian Gänsehaut. Kerrin ebenfalls. Was war nur los mit ihr? Die Schrecksekunde im dunklen Treppenhaus hatte ihr wohl mehr zugesetzt, als sie dachte. Dazu die Reise, der lange Abend bei Kerstin, Jan ... es war einfach viel passiert in den letzten Tagen. Zu viel für eine, die Erholung nötig hatte. Deshalb war sie so durcheinander.

»Gefällt dir das Tattoo?«, fragte er.

»Ja, sehr«, sagte sie. »Ich mag Irland.«

»Ich auch. Während des Studiums war ich eine Weile in Dublin, und du?« Er lächelte immer noch entrückt. Was hatten die ihm bloß gegeben?

»Ich bin mal mit meiner besten Freundin rund um die Halbinsel Dingle gewandert. Einfach traumhaft.«

»Kann ich mir vorstellen.« Er blickte hinunter zu seinem Fuß. »Bei mir fällt Wandern in den nächsten Tagen aus.«

»Entschuldige«, sagte Kerrin. »Ich hoffe, du kannst hier bald wieder raus.« Was plapperte sie da nur vor sich hin? Es irritierte sie, Lian körperlich so nah zu sein. Wer so durchtrainiert war wie er, brauchte sicherlich Bewegung wie die Luft zum Atmen. Erst recht in einer Trauerphase. Doch er schüttelte den Kopf. »Hier habe ich wenigstens meine Ruhe, meine Familie geht mir eh bloß auf die Nerven. Ich könnte lesen oder zeichnen. Oder einfach nur schlafen.«

»Warum musst du überhaupt hierbleiben?«, fragte sie und setzte sich ohne nachzudenken auf den Rand von Lians Bett. »Ist dein Fuß so schlimm verletzt?«

»Nein, nur verstaucht«, erklärte er. »Aber ich habe ihnen dummerweise erzählt, dass ich bewusstlos war und mir schlecht ist. Das deutet auf eine Gehirnerschütterung, sie wollen mich beobachten.«

»Das tut mir echt leid. Kann ich was für dich tun? Brauchst du noch etwas?«

Wenn sie zuvorkommend war, verzichtete er vielleicht auf die Schadenersatzklage. Außerdem war sie kein Unmensch und er ein ziemlich netter Typ. Winter-Erbe hin oder her.

»Kann ich mit deinem Handy telefonieren? Meins ist im Auto, vor eurer Haustür.«

»Klar.« Kerrin reichte ihm ihr Smartphone und wollte aufstehen. Er schaute sie überrascht an. »Bleib ruhig hier. Ich rufe doch nur kurz meine Familie an.«

Sonst gab es wohl niemanden, der oder die sofort Bescheid wissen musste. Kerrin sah ihm dabei zu, wie er wählte und das Smartphone ans Ohr hielt. Am anderen Ende meldete sich niemand, und Lian sagte: »Bei meiner Mutter geht nur der Anrufbeantworter ran. Man kann nichts draufsprechen, und die Mobilnummern meiner Schwestern weiß ich nicht auswendig. Unser Hotel ist auch geschlossen.«

»Soll ich dir dein eigenes Handy holen?«

»Mir wäre es lieber, wenn du bei meinen Leuten vorbeifährst.«

Kerrin hatte keine Ahnung, warum er das vorschlug, und sie war auch nicht erpicht auf eine Begegnung mit seiner Familie. Sie wollte aber nicht ablehnen, nachdem sie ihm ihre Hilfe angeboten hatte.

»Ich soll persönlich beichten?«, fragte sie.

Er grinste sie an: »Strafe muss sein.«

»Also gut«, sagte Kerrin. Als ob es nicht Strafe genug wäre, sich von der Bettkante dieses zugegeben ziemlich gut gebauten Mannes losreißen zu müssen.

Als sie aufstand, war ihr ebenfalls flau im Magen. Dabei litt sie sicher nicht an einer Gehirnerschütterung wie er.

Süderende

Zwanzig Minuten später rollte Kerrin mit Marions Škoda durch die Straßen von Süderende. Lian hatte ihr gut beschrieben, wie sie zu seinem Elternhaus kam. Es lag am Ortsrand, direkt gegenüber dem Haupthaus des Familienhotels. Es hieß schlicht *Winters* und war kaum zu übersehen: ein lang gezogenes, weiß gestrichenes Gebäude mit klassischem Reetdach. Der Vorgarten wurde von einer niedrigen Steinmauer begrenzt, und über dem Eingang spannte sich ein Rosenbogen. Bei Sonne sicherlich das perfekte Nordsee-Idyll. Heute war der Himmel grau, und selbst die weißen Wände wirkten schmutzig. Kerrin versuchte sich das Ganze im Sommer vorzustellen: Blumen blühten, Bienen summten hin und her, Urlauber kehrten abends mit ihren Familienkutschen vom Strand zurück und versuchten, ihre Kinder noch vor der Haustür grob vom Sand zu befreien.

Jetzt im Februar lag alles verlassen da, und Kerrin stellte das Auto kurzerhand auf dem Gästeparkplatz ab.

Im Erdgeschoss des Klinkerbaus gegenüber brannte Licht. Kerrin öffnete die Autotür, und sofort blies ihr der eisige Wind ins Gesicht. Obwohl sie nur einmal kurz über die Straße musste, zog sie den Reißverschluss ihrer Jacke zu bis unter das Kinn.

Sie drückte den Klingelknopf neben der blau gestrichenen Eingangstür. Während sie wartete, spürte sie plötzlich ihr Herz klopfen, und ihr Hals wurde rau vor Nervosität. Sie stand vor dem Haus einer trauernden Familie, die sie nicht kannte, und brachte eine weitere unangenehme Nachricht. Ob sie ihr überhaupt aufmachen würden? Wenn ihr eigener Vater gerade gestorben wäre, hätte sie keine Lust auf unangekündigten Besuch. Glaubte sie jedenfalls. Kerrin würde nie erfahren, wie sich das anfühlte. In ihrem vaterlosen Leben klaffte schon immer eine Leerstelle. Es war schwer, um ein Phantom zu trauern.

Kerrin hob die Hand. Sollte sie noch einmal klingeln oder einfach wieder gehen? Da hörte sie leise Schritte im Haus. Endlich wurde die Tür geöffnet, zögerlich und auch nicht sehr weit. Eine Frau stand in Socken vor ihr, vielleicht ein paar Jahre älter als sie selbst. Sie trug einen grauen Strickpullover und schwarze Jeans. Über ihrer rechten Schulter lag langes, rötlich-blondes Haar, dick und kräftig wie die Mähne eines Islandponys. Sie kam Kerrin vage bekannt vor.

»Wir haben kein Zimmer frei«, sagte sie. Kein Gruß, keine Frage. Nur eine Feststellung. Kerrin rief sich in Erinnerung, dass die Frau gerade einen geliebten Menschen verloren hatte. Kein Wunder, dass sie ihr nicht vor Begeisterung um den Hals fiel. Trotzdem fühlte Kerrin sich zurückgewiesen. Wann war sie eigentlich so dünnhäutig geworden?

»Danke, ich suche kein Zimmer. Mein Name ist Kerrin Würschinger. Ich komme wegen Lian. Er hat sich bei uns im Haus den Fuß verstaucht und konnte Sie telefonisch nicht erreichen. Deshalb bin ich direkt hergefahren.«

Die Frau im Flur starrte Kerrin an. Erst nach einer Weile schien sie die Fassung wiederzugewinnen. »Den Fuß verstaucht?«, wiederholte sie. Sie öffnete die Tür ein Stückchen weiter. Kerrin hätte schwören können, dass sie auch die Augen verdrehte, aber es war ziemlich dunkel im Flur.

»Typisch Lian. Jetzt komm schon rein, bevor wir festfrieren.« Sie drehte sich um und schlappte in den dunklen Flur zurück. Kerrin folgte ihr und stand kurz darauf in einer gemütlichen Wohn-Essküche. Die Möbel waren aus hellem Massivholz, die Küchenzeile cremefarben lackiert. Bei Fliesen, Vorhängen und Sitzpolstern dominierten Weiß und Blau.

»Ich bin übrigens Flora, Lians Schwester. Bitte«, sagte sie und deutete auf den Esstisch. Kerrin nahm einen Stuhl mit Blick zum Fenster.

Wenig Aufregendes war zu sehen, nur ein Stück winterkahler Garten mit einem Strandkorb. Jedenfalls vermutete sie, dass sich unter der dunkelgrauen Hülle einer befand. Auf einer Seite des Gartens ragte eine Wand empor, als gäbe es auf der Rückseite des Hauses noch einen Anbau.

»Ich hole Gudrun, meine Mutter«, sagte Flora. »Sonst musst du alles zweimal erzählen.«

Sie riss die Tür auf und brüllte in den Flur: »Mutti, kommst du mal? Marions Tochter ist da.« Kerrin war überrascht, dass Flora sofort die Verbindung zu ihrer Mutter hergestellt hatte. Auf einer Insel war das wohl normal. Mit einem Rumms warf sie die Küchentür wieder zu. Dann fragte sie: »Trinkst du einen Kaffee mit?«

Ohne die Antwort abzuwarten, drehte sie sich weg, stapfte zur Küchenzeile und stellte den Wasserkocher an. Dann füllte sie Pulver in eine Bistrokanne. Kerrin zuckte mit den Schultern und sagte nichts. Flora war nicht außergewöhnlich nett, aber pragmatisch. Und Kerrin konnte jetzt einen Kaffee vertragen. Sie mochte auch die Zubereitung in der Cafetiere. Sympathisch, dass in dieser Küche, die wie frisch aus dem Landhauskatalog wirkte, kein moderner Espressoautomat zu finden war.

Kerrin hätte gern ihr Gewissen erleichtert und Flora erzählt, was passiert war. Doch während sie warteten, dass das Wasser zu kochen anfing, wandte Flora ihr den Rücken zu. Unter dem weiten Pullover wirkte sie dünn und zerbrechlich. Ihre Ellbogen bohrten sich spitz in die gestrickten Ärmel, als sie die Hände hob und den Kaffee aufgoss. Anschließend machte sie sich am Geschirrspüler zu schaffen, als wäre Kerrin gar nicht da. Sie war ganz anders als Lian, so viel stand fest.

»Kann ich mal auf die Toilette?«, fragte Kerrin und stand auf. Dabei gab sie eher ihrem Fluchtreflex nach als einem dringenden Bedürfnis. Floras abweisendes Verhalten war schwer zu ertragen. Sie drehte sich nicht einmal zu Kerrin um, während sie sagte: »Klar. Geh nach oben, es ist gleich die erste Tür nach der Treppe. Hier unten ist besetzt, glaube ich.«

Kerrin stand auf und schlüpfte in den Flur. Für jemanden, der ihr mit so viel Widerwillen begegnete, war Flora nun erstaunlich sorglos. Ließ sie Fremde immer allein im Haus herumlaufen? Was, wenn Kerrin plötzlich Rachegelüste für die Übergriffe auf Marions Haus überkamen? Sie hätte natürlich nie etwas grob angefasst. Und doch stellte sie sich vor, wie es wäre, etwas zu zerstören. Die schöne Vase zum Beispiel, die auf einer Kommode auf dem Treppenabsatz stand. Ein Schubs hätte genügt.

Vermutlich fehlte es Flora an Fantasie, während Kerrin ihre Aggressionen gerne in Gedanken auslebte. Für ihr tatsächliches Vergehen konnte sie allerdings nichts: Wie Flora gesagt hatte, nahm sie die erstbeste Tür, die sich ihr im oberen Stockwerk bot, und stand plötzlich in einem hübschen Schlafzimmer. Auf dem Bett lag eine helle Tagesdecke mit rotbraunen Zierkissen, die dem dämmrigen Licht im Zimmer einen warmen Ton verliehen. Das weiß lackierte Bett mit seinem hohen Kopf- und Fußteil wirkte wie eine gemütliche Koje. Auf dem Boden lag ein flauschiger, wollweißer Berberteppich. Das Zimmer war elegant und heimelig zugleich. Als Kerrin sich umwandte, stieß sie gegen das Tischchen direkt neben der Tür. Dabei fiel ein Bilderrahmen herunter. Zum Glück dämpfte der Teppich den Sturz, und das Glas blieb heil. Sie hob ihn auf, um ihn zu den anderen zurückzustellen. Das Design tanzte ein wenig aus der Reihe, im Gegensatz zu den Übrigen war er aus Metall. Als hätte ihn jemand nachträglich zu den älteren Holzrahmen hinzugefügt. Dabei war das Bild mindestens so alt wie die anderen. Haarschnitt und Hemdkragen des Mannes auf dem Foto wirkten altmodisch, wie aus den späten Siebzigern. Er sah auf eine verwegene Art gut aus: tief liegende Augen und breiter Mund, markante Nase, dunkler Teint. Das Foto war im Freien aufgenommen worden. Waren das etwa Orangenbäume im Hintergrund? Sein schwarzes Haar wurde vom Wind gezaust, und er hatte Ähnlichkeit mit Lian. Vielleicht ein Onkel oder der Opa, denn auf dem Familienbild daneben sah man einen anderen Mann. Er war blond, seine Frau dunkelhaarig. Die beiden Mädchen im Teenageralter ähnelten ihren Eltern. Eines davon war Flora, mit dem gleichen verkniffenen Gesichtsausdruck wie eben an der Haustür. Und der etwa zehnjährige Junge mit den leuchtend blauen Augen und dem frechen Grinsen musste Lian sein. Sein Lachen glich dem des blonden Mannes, und die Augen schien er von der Mutter zu haben, doch in allem anderen ähnelte er viel mehr dem Mann auf dem metallgerahmten Foto. War Lian ein Kuckuckskind, oder hatten Winters ihn als Pflegekind aufgenommen?

Interessant war auch das Bild, auf dem die drei Erwachsenen zusammen posierten: Die Frau stand in der Mitte und lächelte, rechts und links von ihr die Männer. Sie hatten beide einen Arm um sie gelegt und lachten in die Kamera. Sie standen in einer großen Halle mit einem Tresen im Hintergrund, möglicherweise ein Hotel.

Als Kerrin unten die Toilettenspülung rauschen und kurz darauf eine Tür schlagen hörte, erwachte sie aus ihrem Tagtraum. Was ging sie Lians Familie an, und warum schnüffelte sie hier so hemmungslos herum? Floras unfreundliche Art musste sie herausgefordert haben. Entschlossen wandte sie sich um und öffnete die Tür gegenüber, wo sie endlich die Toilette fand.

Als sie in die Küche zurückkam, standen drei weiße Tassen auf dem Tisch. Dazu Milch, Zucker und die Kaffeekanne.

Neben Flora lehnte nun eine weitere Frau an der Küchenzeile. Sie trug ein erdbraunes Hemdblusenkleid und darüber eine lange Wolljacke. Das Material sah weich aus und hatte eine ungewöhnliche Farbe: ein tiefes Rot, beinahe dunkelbraun. Aber eben nur beinahe. Die Farbe erinnerte an die Zierkissen oben auf dem Bett. Vermutlich war es ihr Schlafzimmer, in das Kerrin versehentlich eingedrungen war. Das musste Floras und Lians Mutter sein. Sie erkannte die Frau von den Fotos wieder. Sie war etwas älter als Marion und unbestreitbar attraktiv. Das Haar reichte ihr bis auf den Rücken und floss in weichen Wellen um ein oval geschnittenes Gesicht. Ihre hellen Augen waren gerötet.

Kerrin streckte ihr die Hand hin und stellte sich vor. Der Händedruck der anderen Frau war fest und energisch. »Gudrun Winter«, sagte sie. Ihr kalter Blick ließ keinen Zweifel daran, dass man sich weiterhin siezen würde.

»Entschuldigen Sie, dass ich so reinplatze«, sagte Kerrin. »Ich weiß von Ihrem Trauerfall. Mein Beileid.«

Anstelle einer Antwort setzte sich Gudrun an den Tisch, und Flora schenkte Kaffee ein.

Im nächsten Moment öffnete sich hinter Kerrin die Tür, und eine tiefe, weibliche Stimme rief erfreut: »Riecht es hier nach Kaffee?«

Kerrin drehte sich um. Die Frau zog gerade ihre Daunenjacke aus und warf sie über den nächstbesten Küchenstuhl. Darunter trug sie ein langärmeliges Poloshirt und Reithosen. Vielleicht war sie jünger als Flora, auf jeden Fall aber offener und lebendiger als diese.

»Ich bin Henriette, Floras Schwester«, sagte sie. »Oder Jette, wenn du möchtest.«

Ihre großen blauen Augen und das dunkle, störrische Haar erinnerten an Lian, und Kerrin konnte deutlich die Familienähnlichkeit zwischen ihm und den drei Frauen im Raum wahrnehmen. Vermutlich war vorhin die Fantasie mit ihr durchgegangen.

»Gehört das Auto auf dem Gästeparkplatz dir?«, fragte Jette und ließ sich auf einen Stuhl fallen, während Flora noch eine Tasse aus dem Schrank holte und auf den Tisch stellte. »Sie kommt wegen Lian«, sagte sie. Im Vergleich zu Jettes klang ihre Stimme kraftlos und gleichzeitig unangenehm schrill.

»Was ist mit Lian?«, fragte Gudrun.

»Er hatte einen Unfall«, sagte Flora, lehnte sich an die Küchenzeile und verschränkte die Arme vor der Brust. »Bei Würschingers zu Hause, wie es aussieht.«

»Einen Unfall?« Gudrun zog fragend eine Augenbraue hoch. Das war Kerrins Stichwort. Sie holte tief Luft und sagte: »Frau Winter, Lian ist bei uns auf der Treppe gestürzt. Sicherheitshalber habe ich ihn in die Klinik gefahren. Er bleibt dort über Nacht, wegen Verdacht auf Gehirnerschütterung. Er konnte Sie nicht erreichen und bat mich, bei Ihnen vorbeizuschauen. Vielleicht können Sie mir ein paar Sachen für ihn mitgeben, oder ich fahre Sie hin, wenn Sie möchten.«

»Wie ist das passiert? Ein sportlicher junger Mann wie mein Sohn wird wohl unfallfrei eine Treppe benutzen können. Oder ist das Haus, in dem Ihre Mutter wohnt, noch baufälliger, als ich dachte?«

»Es ist nicht baufällig.« Kerrin konnte nicht verhindern, dass ihre Stimme einen gereizten Ton bekam. »Das müssten Sie wissen, Sie sind doch die Vermieterin«, sagte sie. Als sie Gudruns gequälten Blick sah, bereute sie es.

»Bis letztes Jahr hat sich ausschließlich mein Mann darum gekümmert«, antwortete sie. »Für die übrigen Häuser haben wir einen Hausmeisterservice.«

Kerrin nahm sich vor zu googeln, wie viele Unterkünfte die Winters besaßen. Es schien ein richtiges Imperium zu sein und nicht nur eine größere Pension, wie sie gedacht hatte. »Was ist denn nun mit Lian?«, fragte Jette, und endlich konnte Kerrin alles erzählen. Und zwar genau so, wie es sich zugetragen hatte. Als sie die Plüschrobbe erwähnte, unterdrückte Jette ein Kichern, und ihre Mutter schenkte ihr einen bösen Blick. Jette räusperte sich, während das Schmunzeln weiterhin um ihre Mundwinkel zuckte. »Armer Lian«, sagte sie. »Ich fahre nachher bei ihm vorbei und bringe ihm alles, was er für die Übernachtung braucht. Bemüh dich nicht weiter, Kerrin.«

Flora stöhnte. »Was habe ich euch gesagt? Lian macht alles nur komplizierter. Mir reicht's jetzt, ich rufe nachher ein paar Firmen auf dem Festland an. Irgendjemand wird uns wohl ein Angebot für die Umbauarbeiten machen.«

»Gibt es auf der Insel niemanden?«, fragte Kerrin, praktisch orientiert wie immer, wenn es um Bauarbeiten ging. Sie merkte zu spät, dass sie sich damit auf die Seite der Winters begab. Andererseits: So wie es war, konnte das Grundstück nicht bleiben, es musste wieder hergerichtet werden. Ganz egal, ob Marion ausziehen musste oder nicht. »Euer Vater hatte sicher jemanden an der Hand, der kleine und größere Bauarbeiten erledigt.«

Gudrun kniff die Lippen zusammen, und Flora seufzte genervt. Nur Jette antwortete ganz selbstverständlich: »Doch, aber der Bauunternehmer ist ein alter Freund von unserem Vater. Er hat abgelehnt.«

»Mein Mann wollte nicht, dass das Haus verändert wird«, erklärte Gudrun. »Warum auch immer. Wenn Marion auszieht, ist das die Gelegenheit.«

»Meine Mutter möchte gern dort wohnen bleiben«, sagte Kerrin. »Ich bin selbst Bauingenieurin und arbeite häufig mit einer Architektin zusammen, die sich das Haus ansehen könnte. Wenn Sie wollen, organisiere ich die Instandhaltung. Natürlich immer in Absprache mit Ihnen. Sie würden weiter Ihre Miete bekommen und müssten sich um nichts kümmern.«

»Gute Idee«, murmelte Jette, während Flora Kerrin einen bösen Blick zuwarf. So langsam begriff sie, was Lian mit Strafe gemeint hatte.

Gudrun beugte sich weit über den Tisch in Kerrins Richtung, wobei sie ihren Kaffeebecher mit beiden Händen festhielt. »Vielleicht wissen Sie das nicht«, sagte sie herablassend. »Aber Ihre Mutter zahlt gerade mal dreihundert Euro Miete im Monat. Warm.«

Und das für hundert Quadratmeter Wohnfläche und Werkstatt, in bester Lage auf Föhr! Es geht eben nichts über einen uralten Mietvertrag, dachte Kerrin. Ihr war klar, dass Gudrun Winter diesen Zustand nicht mehr lange dulden würde. Falls sie Marion nicht zum Auszug bewegen konnte, würde sie ihr durch die Sanierungsarbeiten allerhand Unannehmlichkeiten bescheren und anschließend noch kräftig die Miete erhöhen. Das konnte für Kerrins Mutter ganz schön unangenehm werden.

Spaziergang am Strand

»Was für eine Familie«, stöhnte Kerrin. Auf dem Heimweg hatte sie beim Café Steigleder haltgemacht, jetzt saßen Marion und sie zusammen in der Küche und aßen Friesentorte.

»Flora und Gudrun sind mir nicht besonders sympathisch. Jette ist okay, glaube ich. Und Lian auch.«

Marion verzog das Gesicht. »Trotzdem tanzen sie alle nach Gudruns Pfeife. Ich bin gespannt, wer das Häuschen bekommt. Die Familie besitzt mehrere Grundstücke auf der Insel, die meisten davon hat Gudrun von ihren Eltern geerbt. Vielleicht hatte Winter selbst nicht viel zu verteilen.«

»Aber den Mietvertrag hast du von ihm bekommen?«

»Genau. Nur er ist – war – mein Vertragspartner.«

»Das spricht dafür, dass das Haus ihm allein gehörte.«

Marion zuckte mit den Schultern. Formale Dinge hatten sie noch nie interessiert. Kerrin dafür umso mehr. »Er wird doch wohl ein Testament gemacht haben. Spätestens, als er erfuhr, dass er todkrank ist«, überlegte sie. »Bestimmt hat er mit seiner Familie darüber gesprochen.«

Marions Gesicht blieb ausdruckslos, aber Kerrin bemerkte, dass sie wieder selbstvergessen an der Nagelhaut ihres Daumens kratzte. »Im Grunde ist es egal«, sagte sie. »Die wollen mich alle loswerden.«

»Jetzt warte doch mal. Mit Jette oder Lian könnte man sicher verhandeln. Vielleicht ist das sogar der Grund für Gudruns Eile. Sie weiß, dass der Erbe oder die Erbin deinen Rauswurf nicht mittragen werden, und möchte noch vor der Testamentseröffnung Fakten schaffen.«

Plötzlich beugte Marion sich vor und streichelte sanft ihren Arm. Eine ungewohnt liebevolle Geste, die Kerrin aus dem Konzept brachte. »Nett, dass du das sagst. Aber ich glaube nicht daran. Es ist alles zu deprimierend. Lass uns lieber eine Runde spazieren gehen. Die Sonne ist rausgekommen.«

Erst jetzt bemerkte Kerrin die Bahn aus Sonnenlicht, die quer über den Tisch fiel. Sie bekam ebenfalls Lust ans Meer zu gehen.

»Gute Idee.« Voller Vorfreude stürmte sie die Treppe zu ihrem Zimmer hoch, um sich wettertauglich anzuziehen. Oben musste sie kurz stehen bleiben, bis sie wieder zu Atem gekommen war. Gleich morgen würde sie einen Termin mit der Kurärztin vereinbaren und sich Anwendungen verschreiben lassen. Sie musste unbedingt wieder fit werden, schließlich wartete jede Menge Arbeit auf sie.

Eine Viertelstunde später stapfte sie mit Marion am Spülsaum des Südstrandes entlang und stemmte sich gegen den Wind. Es war tatsächlich einer dieser klaren Winternachmittage, an denen die Halligen ganz nah an die Insel heranzurücken schienen. Kerrin genoss den Spaziergang in vollen Zügen.

»Schau mal«, rief sie, »man kann sogar die einzelnen Häuser auf den Warften erkennen. Zumindest die Hauswände, die in der Sonne liegen.«

Marion lachte. »Ja, und? Du hast wohl vergessen, wie schön es hier ist.« Sie bückte sich nach einem glatt geschliffenen Stück blauem Glas und steckte es in ihre Manteltasche. »Mal sehen, was sich daraus machen lässt«, sagte sie. Sie hatte schon öfter Fundstücke vom Strand mit ihrer Keramik verarbeitet.

Jetzt griff Kerrin nach einer Muschel und einem eckigen, matt orangefarbenen Stein.

»Kein Bernstein«, sagte Marion automatisch, »aber hübsch.«

»Meinst du, ich könnte etwas Dekoratives daraus machen??«

Marion lachte. »Natürlich. Vielleicht ein Wandrelief mit einer Öffnung, in die du den Stein reinhängst. Schön genug für den Flur oder dein Wohnzimmer.«

»Klingt gut. Hilfst du mir dabei?«

»Na klar.«

»Als Kind habe ich dir öfter bei der Arbeit zugeschaut und auch mal geholfen, oder? Genau wie bei der Marmelade.«

»Ja, aber dann kamst du in die Pubertät und wolltest alles anders machen als ich. Und plötzlich war mein Mädchen groß und nach Regensburg gezogen.«

Kerrin war überrascht. Sie hatte immer gedacht, dass ihre Mutter sie leichten Herzens hatte ziehen lassen. Schließlich hatten sie viel gestritten, auch wegen der Vater-Frage, und sich irgendwann nicht mehr viel zu sagen gehabt.

»Ich wusste nicht, dass es dir so viel ausgemacht hat.«

Sie waren beide stehen geblieben und schauten einander an.

»Natürlich«, sagte Marion. »Aber ich hatte gehofft, dass es uns guttut, wenn wir etwas Abstand voneinander bekommen. Wenigstens hattest du dir Regensburg ausgesucht. Eine Stadt, die ich kenne und wo du Verwandte hast. Trotzdem habe ich dich vermisst.«

»Warum hast du nicht öfter angerufen?«

»Ich habe mich nicht getraut. Unser Verhältnis war ja nicht das Beste.«

Das erschien Kerrin wie eine Ausrede. All die Jahre hatte sie Distanz zu ihrer Mutter gewahrt, weil sie dachte, dass diese es so wollte. Und nun sagte Marion, dass sie sie vermisst hatte? In einem Film wäre dies der richtige Zeitpunkt gewesen, einander versöhnt in die Arme zu fallen, aber Kerrin hätte am liebsten geschrien vor Wut. Stattdessen sagte sie: »Tut mir leid, das verstehe ich nicht. Du hast mich immer in dem Glauben gelassen, dass es dir ganz recht ist, wenn wir uns nur einmal im Jahr sehen!«

»Ich dachte das Gleiche von dir.«

»Aber du bist meine Mutter!«, rief Kerrin. Trotz ihrer Empörung nahm sie zur Kenntnis, dass Marion um Fassung rang. »Ich weiß«, sagte sie schließlich. »Eine Mutter sollte immer gescheiter, großzügiger und weiser sein als das Kind, nicht wahr? Und immer wieder bedingungslose Liebe anbieten. Aber ich bin keine Göttin. Ich bin nur die Tochter meiner eigenen Mutter.«

»Was hat denn jetzt Oma damit zu tun! Du bist total behütet aufgewachsen. Opas Immobilienfirma ging gut, das weiß ich von Oma. Und Anton spricht heute noch gern von den Partys bei euch zu Hause.«

»Du hast ja keine Ahnung. Aber ich will mich nicht rausreden. Offenbar war ich nicht die Mutter, die du gern gehabt hättest. Ich kann die Zeit nicht zurückdrehen. Ich wünschte nur, wir würden uns ... wieder besser kennenlernen. Ich weiß so wenig davon, was dich wirklich bewegt. Immer, wenn ich anrufe, sagst du, es geht dir gut. Oder du spielst deine Probleme runter. Wenn Anton es mir nicht erzählt hätte, wüsste ich nicht, wie krank du warst. Ich hätte doch zu dir kommen können. Stattdessen hast du dich von deinen Kollegen versorgen lassen.«

»Denk mal ein bisschen nach, Marion. Du hast mich noch nie in Regensburg besucht, und als Oma starb, bist du nicht mal zur Beerdigung gefahren. Wieso hätte ich ausgerechnet dich um Hilfe bitten sollen? Du erzählst mir ja auch nicht alles.«

Marion seufzte. »Das stimmt. Ich habe über vieles nicht mit dir gesprochen, einfach weil es zu schmerzhaft für mich war. Aber ich möchte, dass du mich verstehst. Lass uns zu Hause weiterreden.«

Sie hakte sich bei Kerrin ein, aber Kerrin machte sich gleich wieder los. »Mir reicht es für heute. Ich gehe noch ein Stück allein, okay?«

»Natürlich«, sagte Marion. »Bis später.« Ihr Blick war so traurig, dass Kerrin ihr kurz die Hand auf den Arm legte, bevor sie sich abwandte. Dann ging sie hinauf zur Strandpromenade. Sie brauchte dringend Abstand. So war das immer zwischen ihnen gewesen: Jede Meinungsverschiedenheit endete in gegenseitigem Rückzug. Heute hatte sich Marion endlich etwas mehr geöffnet als sonst, und Kerrin hatte ihre Chance vertan.

Auf einmal fühlte sie sich, als steckte sie noch immer in der Pubertät. Dabei hatte sie sich erfolgreich von ihrer Mutter abgenabelt, hatte studiert und eine Firma aufgebaut. Sie war stolz darauf, auf eigenen Beinen zu stehen. Sie lebte in einer tollen Stadt in einer großen, wunderbaren Wohnung in ihrem eigenen Haus, hatte Sofia als beste Freundin und Anton als guten Nachbarn und väterlichen Ratgeber.

Trotzdem fehlte etwas. Sicherheit. Geborgenheit. Liebe. Das Gefühl, dass sie all das wirklich verdient hatte. Die Krankheit hatte ihr gezeigt, wie fragil ihre Existenz im Grunde war. Und die Sache mit Jan war auch keine Glanzleistung gewesen.

Würde es ihr besser gehen, wenn sie von Marion Antwort auf ihre Fragen bekam? Sie wollte ihre gute Meinung von Oma und Opa behalten. Und sie wollte wissen, warum ihr Vater sich aus der Verantwortung für sie und Marion gestohlen hatte. Dass er das getan hatte, stand für Kerrin fest, sonst hätte sie irgendwann mal von ihm gehört. Sie wusste nicht, was sie tun oder sagen würde, falls sie ihm eines Tages begegnete. Zumindest wollte sie endlich wissen, wer er war.

Sie ging zügig die Promenade entlang, ließ die Abzweigung zu Marions Haus links liegen und folgte dem Weg in Richtung Leuchtturm. Auf der Ostseite der Insel blies ihr der Wind noch härter ins Gesicht. Es war kaum jemand unterwegs. Sie ging wieder hinunter zum Wasser und am Strand entlang. Der Sand bremste sie. Es schien ihr wie eine Metapher für ihr ganzes Leben. Alles fühlte sich so mühsam an. Wütend stapfte sie zurück zur befestigten Promenade.

Sie lief weiter bis zum Hafen und wärmte sich im Reedereigebäude auf. Auf dem Rückweg durch die Stadt bog sie ein paarmal ziellos ab. Es dämmerte schon, als sie an der Inselklinik vorbeikam. Wie es Lian wohl ging? Inzwischen hatte Jette ihm sicher alles vorbeigebracht, was er brauchte. Kerrin spähte durch die erleuchteten Türen und Fenster in den Eingangsbereich. Niemand war zu sehen – schon gar nicht Lian. Am liebsten wäre sie noch einmal hineingegangen. Sie kannte niemanden mehr auf der Insel, mit dem sie hätte reden können. Lian kam natürlich auch nicht dafür infrage.

Stattdessen holte sie ihre Ohrhörer und das Smartphone heraus und wählte Sofias Handynummer. Während das Freizeichen ertönte, ging sie langsam weiter. Es dauerte eine Weile, bis ihre Freundin das Gespräch annahm.

»Hallo, Kerrin.« Sofia klang atemlos, als wäre sie quer durch die Wohnung zum Telefon gerannt.

»Bist du schon zu Hause?«, fragte Kerrin.

»Ja, ich gehe in ein paar Minuten zu einer Verabredung. Was gibt's? Hast du schon was rausgefunden?«

»Nein. Vorhin war ich mit meiner Mutter am Strand spazieren, aber ich habe sie vor den Kopf gestoßen und allein nach Hause gehen lassen. Außerdem ist ihr Vermieter gestorben, und seine Familie will sie aus dem Haus vertreiben. Dafür habe ich deren Sohn die Treppe runtergeschubst.«

Sofia lachte. »So weit also das Wichtigste in Kürze. Hat er sich das Genick gebrochen?«, fragte sie.

»Zum Glück nicht. Er soll der Familie helfen, Marions Haus zum Feriendomizil zu machen. Ansonsten wäre er ganz okay.«

»Wie okay? Gefällt er dir?«

»Er nervt.«

»Das glaube ich dir nicht.«

»Er ist Architekt. Die nerven immer.«

»Schon klar.«

»Architektinnen auch«, sagte Kerrin liebevoll. »Du bist die Ausnahme. Du bist kreativ *und* technisch versiert. Bei Lian bin ich mir nicht sicher, ob eins von beiden zutrifft. Außerdem finde ich ihn wehleidig.«

»Vielleicht hört er auf seinen Körper. Im Gegensatz zu dir.« Manchmal bekam sie von Sofia einfach keine Rückendeckung, und meistens hatte die auch noch recht damit. Kerrin war beinahe froh, dass das Gespräch von einer Stimme aus dem Hintergrund unterbrochen wurde. Bis sie erkannte, wer es war.

»Sofia, kommst du? Der Film geht um sieben los.«

Das war eindeutig Jan!

»Kerrin? Bist du noch dran?«

»Ist Jan deine Verabredung?«, fragte sie.

»Wir gehen ins Kino und essen vorher noch eine Kleinigkeit bei mir«, sagte Sofia.

»Du musst dich nicht rechtfertigen.«

»Nein, das muss ich wohl nicht.« Dann sagte sie länger nichts mehr. Vielleicht wusste sie selbst nicht, was hinter der Verabredung steckte. Spielte sie wieder einmal den Kummerkasten für Jan, oder entdeckte er gerade, dass Sofia sowieso viel besser zu ihm passte? Kerrin sah ein, dass sie das alles gar nichts anging. Es war doch schön, dass Jan in guten Händen war. Er würde mit Sofia einen netten Abend verbringen und nicht allein zu Hause Trübsal blasen. So einfach war das. Sie hoffte nur, dass ihre Freundin dabei auch auf ihre Kosten kam.

»Habt es gut, ihr zwei«, sagte Kerrin. Sie hörte, wie Sofia aufatmete.

»Danke«, sagte sie. »Wir telefonieren bald wieder. Dann erzählst du mir alles über diesen Lian.«

Kerrin legte frustriert auf. Das Gespräch war ganz anders verlaufen als gedacht. Hoffentlich hatte Jan nicht mitbekommen, was sie und Sofia geredet hatten. Sonst glaubte er womöglich, sie hätte bereits jemand Neuen.

Olof

Am nächsten Morgen war Marion schon bei der Arbeit, genau wie am Abend zuvor, als Kerrin von ihrem Spaziergang zurückgekommen war. Es war an ihr, auf das Gesprächsangebot ihrer Mutter zurückzukommen, aber das wollte sie nicht zwischen Tür und Angel tun. Sie frühstückte das letzte Johannisbeergelee mit einem aufgebackenen Brötchen, dann ging sie mit einem Pott Kaffee in die Werkstatt hinüber.

Als Kerrin durch die Tür kam, hatte ihre Mutter wieder diesen melancholischen Ausdruck auf dem Gesicht, der sich bei Kerrins Anblick jedoch in ein kleines Lächeln verwandelte. »Möchtest du arbeiten?«, fragte sie.

»Ja«, antwortete Kerrin und nahm sich eine Schürze von dem Haken neben der Tür. »Tut mir leid wegen gestern«, sagte sie.

»Schon okay. Als du so lange nicht zurückkamst, bin ich noch mal in die Werkstatt gegangen. Ich habe genug zu tun.«

»Kein Thema. Besser als wenn du auf mich gewartet hättest. Können wir heute Abend reden?«

Marion zog die Augenbrauen hoch und atmete scharf ein, bevor sie sagte: »Klar.«

»Ich höre mir alles in Ruhe an. Jedenfalls habe ich mir das vorgenommen. Und du darfst auch nicht kneifen. Ich möchte endlich wissen, wer mein Vater ist.«

Ihre Mutter lächelte unsicher. »Ich erzähle dir von ihm, und auch von deinen Großeltern. Versprochen.«

»Gut. Dann an die Arbeit.«

Die nächste Stunde verbrachte Kerrin damit, sich den Ton gefügig zu machen. Marion half ihr dabei, eine viereckige Platte zu formen und die Oberfläche mit einem Muster zu versehen. Dann brachte Kerrin vorsichtig kleine Löcher an, durch die sie später Schnüre ziehen konnte. Am unteren Rand würde sie ihre Strand-Fundstücke und weitere kleine Keramikobjekte aufhängen und eine Art Traumfänger daraus machen. Kerrin ging die Arbeit leicht von der Hand, und Marion lobte sie für ihr Geschick. Nun mussten die Sachen noch trocknen, bevor Marion sie brennen konnte.

Kerrin hatte gerade mit dem Aufräumen begonnen, als sie einen Glockenton hörte. Jedenfalls glaubte sie, dass es eine Glocke war. Vielleicht hatte sie sich auch getäuscht. Dann fragte Marion: »Hörst du das auch?«

Und wieder erklang ein Ton. Er schien direkt von der Haustür zu kommen. Dann setzte eine E-Gitarre ein. Vielleicht stand zufällig jemand mit einem Handy draußen. Diese kleinen Lautsprecher wurden auch immer leistungsfähiger. Trotzdem wischte Kerrin sich die Hände an ihrer Schürze ab und ging zur Tür. Marion folgte ihr. Die Musik war inzwischen ohrenbetäubend. Kerrin riss die Tür auf. Der Lärm wurde noch lauter, und sie sah sich dem breiten Kühlergrill eines alten Volvo gegenüber. Die Türen des Autos standen offen.

Genau in dem Moment, als Marion etwas sagen wollte, brach der Lärm ab, und sie schrie in die plötzliche Stille hinein: »Was zum Teufel soll das?«

Da schälte sich ein Typ mit schwarzer Lockenmähne und Vollbart aus dem Auto. »Das ist *Hells Bells* von AC/DC«, erklärte Lian.

»Ich weiß. Veranstaltest du hier draußen eine Ü40-Party?«

»Ich wollte nur rechtzeitig auf mich aufmerksam machen. Noch ein K.o. könnte ich nicht ertragen. Da habe ich Olof in die Einfahrt bugsiert und die Soundanlage aufgedreht«, sagte er, während er ein paar Krücken vom Rücksitz angelte.

Kerrin trat näher an den Wagen heran und fuhr mit der Hand über den glänzenden grauen Lack der Motorhaube, in dem sich ihre eigene Silhouette spiegelte. »Gut in Schuss, dein Olof.«

»Ja, er will einfach nicht kaputtgehen. Dabei ist er sogar ein Jahr älter als ich. Er gehörte mal meinem Vater. Ein Volvo 760, er hat ihn mir zum 18. Geburtstag geschenkt.«

»Alter Schwede«, sagte Marion. »Ich hatte ihn gar nicht so riesig in Erinnerung.« Kerrin schaute sie überrascht an. Wehmut lag in Marions Blick.

Kerrin umrundete die Limousine. Das Auto war eckig wie ein Schrank, das einzig Runde daran die Räder und die Modellnummer, die in großen Ziffern auf dem Kofferraumdeckel stand. »Ganz schön retro«, sagte sie voller Neid.

Lian grinste: »So einen hättest du wohl auch gerne.« Woher wusste er, dass sie sich für Oldtimer interessierte?

»Kann sein. Allerdings würde er bei mir die meiste Zeit in der Garage stehen. Der sieht aus, als wäre er für einen Großteil des Treibhauseffekts verantwortlich.«

»Ich kann dich beruhigen: Ich fahre ihn nur, wenn ich hier bin, ansonsten steht er ungenutzt bei meiner Mutter.«

»Apropos fahren. Wie bist du eigentlich hergekommen?«

»Mit Krücken von der Klinik hierhergehumpelt. Hat zwar eine Weile gedauert, ging aber ganz gut.«

Vielleicht ist er doch keine Mimose, dachte Kerrin, und abgesehen von der Fußverletzung beneidenswert in Form.

»Olof hat ein Automatikgetriebe, aber eine weitere Strecke kann ich trotzdem nicht fahren. Würdest du uns vielleicht nach Hause bringen?«

Seine hellblauen Augen waren unverwandt auf Kerrin gerichtet. Unwillkürlich huschte ein »Ja« über ihre Lippen, und etwas in ihr geriet ins Schleudern. Dabei hatte sie gar keine Lust, seiner unfreundlichen Mutter und der schnepfigen Schwester noch einmal zu begegnen.

»Wobei, kann dich Flora nicht abholen? Oder Jette?«

»Genau«, meinte Marion. »Wir stecken mitten in der Arbeit.«

Als Kerrin zu ihrer Mutter hinsah, lag etwas Verschwörerisches in ihrem Blick. Kerrin wurde in der Werkstatt nicht wirklich gebraucht. »Das macht nichts, ich warte so lange«, sagte Lian, ohne auf Kerrins Frage einzugehen. »Ich wollte mir sowieso das Haus ansehen. Wegen der Kostenschätzung, ihr wisst schon.«

Marions Blick schoss erneut zu Kerrin hin, als fragte sie sich, was schlimmer war: dass Lian das Haus betrat oder sich von Kerrin durch die Gegend kutschieren ließ. »Mit Krücken und einer Gehirnerschütterung?«, fragte sie. »Komm lieber ein andermal wieder. Fahr nur, Kerrin. Ich mache allein weiter.«

Lian zog mit einem kleinen Lächeln den Autoschlüssel aus seiner Hosentasche, reichte ihn Kerrin und humpelte um Olofs ausladende Motorhaube herum zur Beifahrerseite. »Mein Kopf ist völlig in Ordnung«, sagte er. »Aber was die Beweglichkeit betrifft, hat deine Mutter vielleicht recht.«

Kerrin gab sich geschlagen. »Ich hole meine Jacke«, sagte sie und ging mit Marion ins Haus.

»Du magst ihn«, stellte Marion fest. Es klang nicht begeistert.

»Er ist okay«, antwortete sie. »Ich bin schuld daran, dass er die Nacht im Krankenhaus verbracht hat. Da ist es das Mindeste, dass ich ihn jetzt nach Hause fahre. Für den Rückweg nehme ich den Bus. Vielleicht laufe ich auch ein Stück.« Sie schnappte sich ihre Jacke und ihren kleinen Rucksack, vergewisserte sich, dass Handy und Geldbeutel darin steckten, und ging wieder hinaus.

Olof war innen bequem und herrschaftlich wie das Wohnzimmer eines englischen Landhauses – und außen sperrig wie ein Schiff. Sobald Kerrin den Volvo aus der Einfahrt hinaus und auf die Straße manövriert hatte, schnurrte er behäbig dahin, während Lian sich auf dem Beifahrersitz entspannte. Jedenfalls schien er immer tiefer in das bequeme Polster zu sinken.

»Was hast du jetzt vor?«, fragte Kerrin. »Wirst du mich wegen Körperverletzung verklagen?«

Er lachte. »Nein. Und du? Immerhin hab ich so was wie Hausfriedensbruch begangen.«

Sie passierten den Flugplatz, wo gerade eine kleine Propellermaschine landete. Kerrin stieg aufs Gas, und Olof beschleunigte erstaunlich flott für sein Gewicht. Da mussten ja ordentlich PS unter der Haube sein. Es machte ihr Spaß, das Auto zu fahren.

»Dann sind wir wohl quitt«, sagte sie. »Wie geht's dir? Fühlst du dich besser?«

»Ja«, sagte Lian. »Nur der Fuß braucht ein wenig Ruhe. Die Ärztin hat mich für drei Wochen krankgeschrieben. Sie weiß, dass mein Vater gestorben ist, und meinte, ich solle mir eine kleine Auszeit gönnen. Das letzte Jahr war kräftezehrend.«

»Das klingt vernünftig. Die Arbeit kann warten.«

Zumindest, wenn man fest angestellt ist, dachte Kerrin. Laut sagte sie: »Ich hoffe, dein Chef hat Verständnis dafür.«

»Das muss schon mal drin sein. Ich bin so gut wie nie krank. Außerdem will ich sowieso einen neuen Job. Am liebsten würde ich als Architekt im Ausland arbeiten.«

Kerrin dachte an das keltische Tattoo auf seinem Oberarm. Vielleicht verschlug es ihn ja nach Irland – oder nach Dänemark, wo es einige angesagte Architekturbüros gab. Kopenhagen lag von hier aus sogar näher als Frankfurt.

»Vermisst du manchmal die Insel?«, fragte sie.

Aus dem Augenwinkel bemerkte sie, dass er sie überrascht ansah. »Nein, ich bin ja regelmäßig hier. Als mein Vater krank wurde, kam ich, so oft ich konnte. Ich hatte jedes Mal Angst davor, ihn noch hinfälliger zu sehen als beim letzten Besuch. Nur auf die Insel habe ich mich immer gefreut. Ich war viel draußen unterwegs, am Meer und über Land. Das hat mir die Kraft gegeben, das Sterben meines Vaters durchzustehen. Aber jetzt ist es Zeit für etwas Neues. Klar würde mir die Insel fehlen, aber ich kann später immer noch zurückkommen.«

»Das ist ja bei vielen so, dass es sie nach Jahren zurück in die Heimat zieht.«

»Und bei dir?«

»Keine Ahnung«, sagte Kerrin. »Ich habe die meiste Zeit meines Erwachsenenlebens in Regensburg verbracht. Dort ist inzwischen meine Heimat. Mit Föhr verbinde ich eher ungute Erinnerungen.«

Das Auto rollte jetzt durch das schmucke, winterschlafende Nieblum. »Schade, dass das Eiscafé zu hat«, sagte sie. »Sonst könnten wir einen Kaffee trinken gehen. Ich werde hier nachher aus dem Bus steigen und zu Fuß nach Wyk zurücklaufen. Der Weg am Meer ist traumhaft.«

Lian lachte. »Ach, ungute Erinnerungen, ja? So schön wie hier kann es in Regensburg gar nicht sein.«

»Woher willst du das wissen? Warst du schon mal dort?«

»Ich nicht, aber mein Vater. Irgendwann vor meiner Geburt. Eine Spritztour mit Olof, als der noch ganz neu war. Ich glaube, er kannte dort jemanden, bei dem er mal ein Weinseminar besucht hatte. Nette kleine Stadt, sagte er immer. Die Donau, die Steinerne Brücke, die verwinkelte Altstadt ... er selbst kam aus Berlin. Was verbindet dich denn mit Regensburg?«

»Meine Freunde und meine Firma«, sagte Kerrin wie aus der Pistole geschossen. »Und das Haus meiner Oma. Ich habe während des Studiums bei ihr gewohnt. Inzwischen ist sie gestorben.«

Kerrin spürte deutlich die Lücke, die ihre Großmutter hinterlassen hatte. Sie wusste, wie sich Trauer anfühlte. Auch wenn sie nie einen Vater gehabt hatte.

»Und was würdest du sonst noch vermissen?«, fragte Lian.

»Mein schönes Bad«, sagte sie. »Und den Balkon.«

Gleich würde er sie nach einer Beziehung fragen. Stattdessen lachte er und sagte: »Erzähl mir von deinem Bad.«

Kurz vor Süderende wusste Lian alles über ihre Hightech-Dusche mit Seitenbrausen, LED-Beleuchtung und Controller sowie ihr Lieblingsshampoo mit Zitronenessenz. Das fühlte sich intimer an als alles, was sie über ihre Ex-Freunde hätte berichten können. Und weil es nicht mehr darauf ankam, verriet sie ihm ihren geheimsten Weihnachtswunsch: »Wenn ich wieder Geld habe, lasse ich mir im Keller eine Sauna einbauen.«

»In der Sauna war ich schon ewig nicht mehr«, murmelte Lian.

»Wollen wir mal zusammen ins *Aquaföhr* gehen? Du bist doch noch ein paar Tage hier, oder?«

Das klang vollkommen unschuldig, aber vor ihrem geistigen Auge tauchten sofort Bilder auf. Lian, nur mit einem Handtuch bekleidet, und sie selbst ebenfalls nackt ... dabei wurde ihr auch ohne Sauna ziemlich heiß.

Zum Glück fragte er nicht weiter nach, sondern kuschelte sich noch tiefer in seine wattierte Kapuzenjacke und nickte ein. Jedenfalls waren seine Augen geschlossen und der Mund leicht geöffnet, als Kerrin in die Einfahrt vor seinem Elternhaus rollte. Sie drückte den Powerknopf an dem altmodischen CD-Radio.

Es dauerte nur einen Glockenschlag, um Lian wieder wach zu bekommen. Seine Hand schnellte nach vorne und schaltete die Musikanlage aus. »Bist du verrückt?«, fragte er, doch sie sah, wie sich die Lachfältchen rund um seine Augen vertieften.

Sie hielt ihm die Autotür auf, drückte ihm die Krücken in die Hand und trug seine kleine Reisetasche bis zum Eingang.

»Danke«, sagte er. »Und wie kommst du jetzt nach Hause? Ich kann dir ein Taxi rufen, aber das ist bestimmt nicht schneller hier als der Bus. Er fährt in einer guten halben Stunde. Möchtest du so lange mit reinkommen?«

Kerrin überlegte. Die Aussicht, in der Kälte herumzustehen, behagte ihr nicht, aber sie hatte auch keine Lust auf Gudrun oder Flora.

»Wir wären ganz für uns«, sagte Lian. Konnte er Gedanken lesen? Oder legte er Wert darauf, mit ihr allein zu sein? »Ich schlafe im Anbau«, sagte er. »Das war der Rückzugsort meines Vaters. Es wäre schön, jetzt ein bisschen Gesellschaft zu haben.«

Das klang, als würde er nicht allzu viel Zeit mit seiner Familie verbringen. Tatsächlich sagte er: »Hoffentlich laufen wir Gudrun oder Flora nicht über den Weg. Sie nerven mich dauernd wegen des Hauses deiner Mutter. Aber da können sie sich einen anderen Dummen suchen. Ich mache das nicht mehr mit – jetzt, wo ich weiß, dass sie gar nicht zu dir ziehen, sondern hierbleiben möchte.«

Kerrin atmete tief durch. Sie war froh, dass Lian so dachte, auch wenn es nichts änderte. »Ich trinke gern noch einen Tee bei dir«, sagte sie und trat hinter ihm ins Haus. Er durchquerte den schummrigen Flur, bog um die Ecke und öffnete die Tür zum Anbau. Kerrin trat hinter ihm ein, und die Atmosphäre änderte sich schlagartig: Sie standen in einem lang gezogenen, warm und hell erleuchteten Raum. In der Decke waren kleine Lampen eingebaut, und die komplett verglaste Wand am anderen Ende des Raumes ließ das Tageslicht herein. Draußen erstreckte sich die Marsch wie ein Panoramafoto.

Durch den Treppendurchlass in der Decke fiel ebenfalls Licht. In die Wand gegenüber war auf Augenhöhe ein Balken mit einigen Haken eingelassen, darunter stand eine Seemannskiste. Lian nahm ihr die Jacke ab und hängte sie an einen der Wandhaken.

»Cool«, sagte Kerrin, »ist das Schiffsholz?«

Lian nickte. »Er hat den Anbau erst vor vier Jahren nach meinen Entwürfen renovieren lassen«, sagte er und lächelte breit. »Vorher war hier nur ein dunkler Gang. Anstelle der Verglasung stand da ein riesiger Wandschrank, den kein Mensch brauchte, und das Treppenhaus war vom Rest des Flurs abgetrennt.«

»Es ist wunderschön«, sagte sie. Eine glatte Untertreibung. Alles hier wirkte einladend, klar, männlich. Der Blick in die Weite weckte eine Sehnsucht in Kerrin, die ihr fast die Tränen in die Augen trieb. Am liebsten hätte sie sich in den bequemen Polstersessel am Fenster gesetzt und endlos hinausgeträumt. Schnell wandte sie den Blick ab. Es war ihr peinlich, so von ihren Gefühlen überwältigt zu werden. Zum Glück schien Lian nichts davon zu merken.

»Danke«, sagte er und deutete mit seiner Krücke auf die Treppe. »Geh du voraus. Bei mir dauert's heute etwas länger.«

Im ersten Stock setzte sich das klare Design fort. Die Treppe führte auf eine Galerie, von der zwei Türen abgingen; eine ins Schlafzimmer und die schmale daneben ins Bad, vermutete Kerrin. Der Rest des Stockwerks war offen gestaltet. Eine kurze Wand trennte den Kochbereich vom Wohnzimmer, sie war gerade breit genug für einen großen Flachbildfernseher. Gegenüber stand eine graue Eckcouch.

»Bitte, mach es dir gemütlich«, sagte Lian, stellte die Krücken zur Seite und verschwand hinter der Küchenwand.

Auch hier oben im Wohnbereich gab es ein Panoramafenster mit Blick über die Felder und Wiesen. Wieder wurde Kerrins Blick magisch davon angezogen.

Sie hörte, wie Lian den Wasserkocher anstellte und mit Schranktüren und Schubladen klapperte. Sie machte es sich auf dem Sofa bequem und sah aus dem Fenster. Als Lian nach ihr rief, fühlte sie sich beinahe gestört. Doch natürlich ging sie hinüber, um ihm beim Tragen zu helfen. Die Küche war klein, aber zweckmäßig und bot ebenfalls einen großartigen Blick nach draußen.

»Es ist sehr schön hier. Gemütlich«, sagte sie.

»Ich hätte gern noch mehr Licht hereingebracht oder zum Garten hin einen Balkon und darunter eine Terrasse angebaut, aber das lehnte er strikt ab. Als wollte er sich vom Rest der Familie abschotten.«

»Sonst hätte er wohl gar nicht anbauen lassen. Das Haupthaus ist doch groß genug für eine Familie mit drei Kindern, oder?«

»Ja, klar.«

Sie nahm das Teetablett, trug es zum Couchtisch und setzte sich zurück auf das Sofa. Lian folgte ihr mit vorsichtigen Schritten und ließ sich neben ihr nieder. »Darf ich?«, fragte er und legte den verletzten Fuß auf dem kürzeren Teil des Sofas ab.

»Na klar.«

Eine Pause entstand. Kerrin war nicht sicher, ob Lian über seinen Vater reden oder lieber etwas anderes hören wollte. Er würde ihr hoffentlich sagen, wenn sie zu weit ging.

»War dein Vater sehr eigenbrötlerisch?«, fragte sie schließlich. Zu ihrer Überraschung lachte er.

»Nein, bestimmt nicht. Er war sehr gern unter Menschen und unterhielt sich mit jedem. Er konnte genauso gut auf einer Hochzeitsfeier sprechen wie eine Trauerrede halten.«

Dann legte sich ein Schatten auf sein Gesicht. »Nur manchmal wurde es ihm zu viel. Dann saß er stundenlang vor dem Fernseher und wollte niemanden sehen. Nur ich durfte zu ihm, er sah sich meine Hausaufgaben an und die Zeichnungen, die ich gemacht hatte. Das schien ihn aufzuheitern. Später begriff ich, dass er diese Auszeiten brauchte, um funktionieren zu können. Irgendwie fand er nicht das rechte Maß. Er arbeitete wahnsinnig viel, und zwischendurch brach er zusammen.«

Arbeit, dachte Kerrin. Sie hatte noch so viel zu tun. Unwillkürlich flog ihr Blick zur Uhr, und Lian fragte: »Langweile ich dich?«

Kerrin zuckte zusammen. Seine Stimme hatte einen kratzigen Unterton bekommen. Kein Wunder. Er verdiente ihre ungeteilte Aufmerksamkeit.

»Nein, ich höre dir sehr gerne zu«, sagte sie, und das war nicht gelogen. Der Klang seiner Stimme ließ sie seltsamerweise an dunklen Karamell denken, weich und bitter-süß. »Ich wüsste nur gern, wann der Bus geht. Ich habe ganz das Zeitgefühl verloren.«

Er sah ebenfalls auf die Uhr. »In einer Viertelstunde. Du kannst jetzt natürlich deinen Tee runterstürzen und aus dem Haus rennen, aber ich rufe dir auch gern ein Taxi – auf meine Kosten, immerhin hast du mich hergefahren.«

Kerrin wand sich auf dem Sofa. Sie wollte nicht kleinlich erscheinen. »Nein, das geht schon in Ordnung. Ich nehme den nächsten Bus. Oder den übernächsten.« Lian sah sie ruhig an. So lange, bis Kerrin es nicht mehr aushielt. Erst als sie wegschaute, lachte er. »Jetzt hast du ein schlechtes Gewissen.«

Damit traf er ins Schwarze. Plötzlich fühlte sich das Sofa unbequem an. Ihr linkes Schulterblatt war verspannt, und das Wollkissen neben ihrer Hand juckte. Sie schob die Hand zwischen die Knie und ruckelte sich auf ihrem Sitzplatz zurecht. Was war nur mit ihr los? Erst wurde sie beim Blick aus dem Fenster von Melancholie überschwemmt, jetzt fühlte sie sich schuldig und wütend zugleich.

Ein Schlürfgeräusch riss sie aus ihren Gedanken. Lian schaute sie über den Rand seiner Teetasse hinweg an, als wäre er selbst überrascht.

Dann brachen sie beide in Lachen aus. »Entschuldige. Der Tee ist noch ziemlich heiß.«

Kerrin nahm ihre Tasse und hielt sie an die Lippen. »Ja, das ist er.« Sie pustete, dann nahm sie ebenfalls einen klitzekleinen Schluck Tee und schaffte es, dabei kein Geräusch zu machen. »Für mich hat er genau die richtige Temperatur«, sagte sie. Doch plötzlich reizte der heiße Dampf ihre Atemwege, und sie musste husten. Sie stellte die Tasse weg und hustete immer weiter, bis Lian ihr besorgt eine Hand auf den Rücken legte. »Kann ich etwas tun?«, fragte er. Sicher glaubte er, sie habe sich verschluckt. Sie war dankbar, dass er ihr nicht automatisch auf den Rücken klopfte. Stattdessen ließ er seine Hand einfach liegen. Die Berührung tat ihr gut, und der Hustenreiz klang allmählich ab.

»Danke«, sagte sie und sah verwundert zu ihm auf. »Deine Hand ist wie ein Wärmekissen.«

»Das kommt von der heißen Teetasse.« Er lächelte. Dann zog er langsam seine Hand weg und strich dabei über ihren Rücken, bis seine Finger über ihrer Schulter in der Luft schwebten. Dabei sah er ihr tief in die Augen. Einen Moment lang dachte sie, er würde ihr gleich die Haare aus dem Gesicht streichen. Stattdessen griff er nach einer Decke und legte sie ihr um die Schultern.

»Ist dir kalt? Ich kann die Heizung höherstellen.« Er schien immer noch besorgt zu sein. »Du wirst doch nicht krank?«

Kerrin zog die Decke enger um sich. »Danke, alles gut. Vom Kranksein habe ich genug, genau genommen bin ich hier auf Kur.«

»Ich dachte, du besuchst deine Mutter.«

»Das auch.« Sie erzählte ihm von der Lungenentzündung. Er hörte aufmerksam zu, fragte nach und begriff sofort, dass die Zwangspause ein Problem für ihre Arbeit darstellte. Ohne nachzudenken erzählte sie ihm von ihren Existenzsorgen und ihrer speziellen Familiensituation. Nur die Tatsache, dass sie sich kürzlich von ihrem Freund getrennt hatte, sparte sie aus.

»Kein Wunder, dass du vorhin nicht ganz bei der Sache warst. Ich habe gemerkt, dass dich etwas beschäftigt … und dann texte ich dich mit Geschichten über meinen Vater zu.«

»Also bitte, ich habe dich doch nach ihm gefragt. Wir haben ja keinen Wettbewerb, wem von uns es schlechter geht. Und schließlich ist bei mir niemand gestorben.«

Seine Augenbrauen gingen kurz nach oben. Hatte sie etwas Unpassendes gesagt? Sie war nicht sicher. Dann lächelte er. Ein Lächeln, das sie mehr wärmte als jede Decke.

»Im Moment geht es mir kein bisschen schlecht«, sagte er. »Dir etwa?«

Kerrin überlegte, dann schüttelte sie den Kopf. »Nein. Morgen gehe ich zur Ärztin, lasse mir Kuranwendungen verschreiben und mich runderneuern. Und das Geschäft«, sie schnippte mit den Fingern, »das halte ich nebenbei am Laufen.«

Jetzt war er es, der auf die Uhr sah. »Klingt nach einem guten Plan. Übrigens hast du schon wieder den Bus
verpasst.«

»Schon wieder?«, fragte sie verwirrt. »Ich sagte ja, ich nehme den Nächsten – oder auch den Übernächsten.«

»Wie du willst. Ich habe Zeit. Und ein Gästebett.« Sein Lächeln deutete jede Menge Möglichkeiten an, und Kerrins Herz flatterte wie ein bunter Schmetterling. Lians Charme machte die Kühle, mit der sie gestern hier im Haupthaus empfangen worden war, mehr als wett.

Kerrin musste an die Bilder in Gudruns Schlafzimmer denken. »Sag mal … zeigst du mir ein Foto von deinem Vater? Du hast mir schon so viel von ihm erzählt, und ich sitze in seiner wunderbaren Wohnung. Da würde ich gern eine Vorstellung von ihm bekommen. Aber nur wenn es dir nichts ausmacht.«

»Im Gegenteil!« Seine Augen leuchteten, als er sein Handy herauszog und sich durch die Bilder scrollte.

»Hier«, sagte er schließlich und hielt ihr das Display hin. »Das war vor zwei Jahren.«

Der blonde Mann auf dem Foto war Anfang sechzig. Er hatte die weißen Hemdsärmel aufgekrempelt und hielt lächelnd ein geripptes Glas in die Kamera, im Hintergrund ein rustikaler Tresen.

»Das war in Frankfurt«, sagte Lian, und sein Gesicht wurde weich. »Ich denke gern an diese Tage zurück. Es kam selten vor, dass er sich mal von der Arbeit freimachte. Kurz darauf erfuhren wir von seiner Krankheit.«

Kerrin lächelte. »Er wirkt sympathisch. Aber besonders ähnlich seid ihr euch nicht.«

»Kein Wunder. Er ist nicht mein leiblicher Vater.«

»Ach so?« Kerrin versuchte, nicht allzu interessiert zu klingen. Offensichtlich hatte sie gestern die richtigen Schlüsse gezogen.

»Als meine Schwestern, also meine Halbschwestern, noch klein waren, hatten er und meine Mutter eine Krise. Eine Zeit lang gingen sie privat getrennte Wege. Meine Mutter wurde von einem anderen Mann schwanger – mit mir. Trotzdem kamen sie wieder zusammen. Ich nehme an, es war eine pragmatische Entscheidung, auch wegen der Firma.«

Kerrin war überrascht. »Und dein Erzeuger?«, fragte sie.

»Der lebt in der Nähe von Neapel. Ich habe ihn vor Jahren kennengelernt, aber seitdem nicht wiedergesehen. Für mich bleibt Nikolaus Winter mein Vater, und rechtlich gesehen ist er das auch, da er die Vaterschaft nie angefochten hat.«

»Ihr hattet offensichtlich eine gute Beziehung zueinander.« Kerrin spürte, wie Neid in ihr hochkam. Lians Geschichte entsprach ebenfalls nicht dem klassischen Schema von Vater-Mutter-Kind, doch im Gegensatz zu ihr hatte er sogar zwei Väter.

»Ich glaube, nach dem ersten Schock freute er sich, dass Jette und Flora einen Bruder bekamen – und dass er einen Jungen großziehen konnte. Seine eigene Kindheit war nicht so toll, und er tat alles dafür, mir einen guten Start zu ermöglichen.«

Unvermittelt fühlte Kerrin eine Träne auf ihrer Wange. Diesmal schämte sie sich nicht, ihre Gefühle zu zeigen. »Wow«, sagte sie, und Lian nickte. »Er war immer für mich da.«

Eine Weile saßen sie schweigend nebeneinander. Schließlich nahm Kerrin den letzten Schluck Tee, streckte sich und stand auf. »Jetzt muss ich wirklich los«, sagte sie mit einem Blick aus dem Fenster. Die Sonne stand schon tief. »Ich möchte gerne ein Stück laufen, solange es noch hell ist.«

Lian hatte sein Smartphone herausgezogen und wischte über das Display. »Du hast zwölf Minuten, das reicht locker. Wenn du aus dem Haus kommst, einfach rechts und dann zweihundert Meter die Straße runter.«

»Ich weiß«, sagte Kerrin. »Zumindest wenn die Bushaltestelle immer noch dort ist, wo sie früher war.«

Lian nickte. »Ist sie.«

Obwohl das Treppensteigen ihm Mühe machte, bestand er darauf, sie zur Tür zu bringen. Kerrin war dankbar, dass er sie durch Gudruns Wohnbereich begleitete. Auch wenn niemand zu Hause zu sein schien.

An der Haustür drehte sie sich noch einmal zu ihm um. »Tschüss dann«, sagte sie und blieb unentschlossen auf der Schwelle stehen. »Und danke für den Tee.« Er lächelte, dann stellte er seine Krücken zur Seite und umarmte sie. Es fühlte sich gut und vertraut an. »Bis bald«, sagte er.

Während Kerrin die Straße hinunterging, überlegte sie, ob sie ohne Stopp nach Wyk zurückfahren sollte. Es war ja schon später Nachmittag. Wo war nur die Zeit hingekommen? Sie hatte sich bei Lian so wohlgefühlt, dass sie gar nicht gemerkt hatte, wie der Tag verging. Doch bei jedem Blick aus dem Fenster hatte es sie auch nach draußen gezogen. Sie wollte den Wind spüren, den weiten Himmel sehen und das Meer, wo der Blick bis zum Horizont reichte.

Also sagte sie zum Busfahrer: »Ich möchte nach Nieblum.«

»Das trifft sich gut. Da fahre ich hin.« Er verzog keine Miene und händigte ihr die Fahrkarte aus. Lachend nahm Kerrin das Wechselgeld und stolperte zum nächsten Sitz, während der Bus anfuhr. Sie hatte die trockene Art der Leute hier vermisst.

Im Zentrum von Nieblum stieg sie aus und wusste einen Moment lang nicht, wohin sie sich orientieren sollte. Konnte man Wege, die man einmal in- und auswendig gekannt hatte, tatsächlich vergessen? Als Jugendliche war sie unzählige Male hier entlanggeradelt.

Sie holte ihr Handy heraus, um ihre Karten-App aufzurufen. Dabei entdeckte sie die SMS.

Danke für den schönen Nachmittag. Wann gehen wir in
die Sauna? Der Wellnessbereich im Ferienhaus
Regenpfeifer würde dir auch gefallen.

Sie kannte die Nummer nicht, doch die SMS konnte nur von Lian sein. *Danke gleichfalls*, schrieb sie zurück.

Woher kennst du meine Nummer? Und wo wohnt der
Regenpfeifer? Grüß Olof von mir.

Lian antwortete prompt.

Aus der Anrufliste unseres Telefons. In unserem
Ferienhaus bei Borgsum. Ich kann es dir gern zeigen.
Wann kommst du? Olof ruht sich aus.

Bei der Vorstellung, mit Lian in seinem privaten Wellnessbereich abzuhängen, wurde Kerrin jetzt schon heiß. Schnell schob sie das Smartphone in die Tasche. Darüber musste sie nachdenken.

10 Marions Geschichte

Außerhalb des Dorfes ging die Straße in einen Feldweg über, und am Meer traf Kerrin auf den Bohlenweg Richtung Wyk. Er war erst vor einigen Jahren gebaut worden. Ein Holzsteg, der zwischen Meer und Wäldchen durch die Dünen führte, geradeaus vereinzelte Reetdach-Häuschen und dazu der Wind, der einem den Kopf freipustete: Es gab nichts Schöneres. Wie es wohl wäre, wieder hier zu leben? Sie könnte täglich joggen oder radeln, an den Strand gehen und während der wärmeren Monate im Meer schwimmen. Weit weg von der Hektik der Großstadt, den Staus, den überfüllten Läden und Restaurants.

Aber natürlich stellte sie sich das zu romantisch vor. Auch die Insel Föhr platzte im Sommer aus allen Nähten, und anstelle der verstopften Autobahnen und Bundesstraßen war hier der Fährverkehr das Nadelöhr zur Welt. Und dann noch das Wetter: Wie lang würde sie die kühle, frische Brise und den Wind genießen, bevor sie sich nach südlicheren Temperaturen sehnte? Und wie lang die dunklen Wintermonate?

Selbst wenn sie hier auf der Insel eine Wohnung und einen Job fände, würde der Alltag sie schnell einholen. In Regensburg hatte sie ebenfalls viele Möglichkeiten und nutzte sie kaum: Die Donau, etliche Badeseen, Biergärten und Wanderwege lagen direkt vor ihrer Haustür, sowohl mit dem Fahrrad als auch mit dem Auto war man schnell auf dem Land. Doch oft fehlte ihr nach der Arbeit die Energie, um noch etwas zu unternehmen. Solange sich daran nichts änderte, brauchte sie nirgendwo anders hinzugehen. Die Selbstständigkeit war einmal der Inbegriff von Freiheit für sie gewesen, doch der permanente Stress setzte ihr zu. Sie spürte einen Knoten im Bauch, sobald sie an ihr Büro dachte. Seit ihrer Krankheit hatte sie Sehnsucht nach einem Leben in gemächlicherer Gangart. Sie verbrachte zu wenig Zeit in der Natur oder auch nur in ihrem Garten. Die Hängematte, die ihr Sofia vor fünf Jahren zum Geburtstag geschenkt hatte, verstaubte ungenutzt im Keller. Sie atmete tief ein und verbannte das ungute Gefühl an den Rand ihres Bewusstseins.

Stattdessen ließ sie den Nachmittag mit Lian Revue passieren. Obwohl sie über ernste Themen geredet hatten, hatte er auch mit ihr gelacht und geflirtet. Und wie liebevoll er von seinem Vater gesprochen hatte! Sie hatte seine Trauer gespürt, gleichzeitig besaß Lian eine Art von Leichtigkeit, die ihr fehlte. Er schien mit sich selbst im Reinen zu sein, was Kerrin momentan nicht von sich behaupten konnte.

Doch während der Autofahrt hatte er etwas gesagt, das sie irritiert hatte. Sie kam nur im Moment nicht darauf, was es war. Zwar hatte sie noch Lians wunderbare Stimme im Ohr, aber nicht den Inhalt. Falls es wichtig war, würde es ihr schon wieder einfallen. Im Moment war sie froh, wenn sie an nichts Unangenehmes denken musste. Das Gespräch mit ihrer Mutter würde aufregend genug werden, trotzdem freute Kerrin sich darauf. Sie wollte endlich alles über ihre Großeltern und vor allem über ihren Vater erfahren. Marion hatte es ihr versprochen.

Es dämmerte schon, als sie wieder bei ihrer Mutter ankam. Im Haus duftete es nach angebratenen Zwiebeln, und Marion stand in der Küche am Herd.

»Du warst ja lange unterwegs. Ich hoffe, du hast Hunger von deinem Spaziergang mitgebracht«, sagte sie, rührte um und legte den Deckel auf den Kochtopf.

Kerrin erwähnte nicht, dass sie die meiste Zeit bei Lian verbracht hatte. Sie wollte das wohlige Gefühl, das sie heute Nachmittag empfunden hatte, noch nicht teilen. Bis jetzt gehörte es nur ihr, und das war gut so. Dann würde sie etwas Schönes haben, an dem sie sich festhalten konnte, falls die Enthüllungen ihrer Mutter sie erschütterten.

»Stimmt. Ich hatte unterwegs zwar Tee, aber nichts zu essen«, sagte sie. Für den gesamten Weg von Süderende bis Wyk hätte sie zu Fuß drei Stunden gebraucht, in ihrer momentanen Verfassung und mit einer Kaffeepause in Nieblum auch vier oder fünf. Obwohl sie nicht direkt gelogen hatte, fühlte Kerrin sich unbehaglich. Und prompt drehte sich Marion zu ihr um und schaute sie prüfend an. »Ist alles in Ordnung?«, fragte sie. »Du siehst müde aus.«

»Müde, aber zufrieden«, sagte Kerrin und wandte sich dem Topf auf dem Herd zu. »Was gibt es denn?«

»Linsen-Orangen-Suppe mit Granatapfelkernen.«

Kerrin war überrascht. Schon wieder hatte sich ihre Mutter ungewöhnlich viel Arbeit mit dem Essen gemacht. »Das duftet wirklich gut. Mir läuft schon das Wasser im Mund zusammen.«

Marion lächelte. »Ich dachte, ich probiere mal etwas Neues aus, wenn du da bist. Die Suppe braucht noch eine Weile. Ich bestücke inzwischen den Brennofen. Kümmerst du dich bitte um den Salat?«

Marion ging in ihre Werkstatt, und Kerrin öffnete den Kühlschrank. Im Gemüsefach war eine Tüte mit Feldsalat. Sie wusch ihn gründlich und bereitete ein Dressing vor: Olivenöl, Zitronensaft, ein bisschen Honig und Senf und natürlich Salz und Pfeffer. Dann rührte sie noch einmal die leise köchelnde Suppe um und ließ sich schließlich auf das Küchensofa fallen.

Nach ihrer Strandwanderung fühlte sie sich angenehm erschöpft. Sie legte die Beine hoch und zog die Tageszeitung hervor, auf die sie sich versehentlich gesetzt hatte. Ihre Mutter hatte den Insel-Boten abonniert.

Kerrin überflog die ersten Seiten mit dem Weltgeschehen und las dann die Lokalnachrichten. Im Anzeigenteil stieß sie auf ein Stellenangebot des Amtes Föhr-Amrum. Es wurde jemand für das Bau- und Planungsamt gesucht. Vieles davon traute sie sich zu: Projektmanagement, Bauleitung, Betreuung von Ingenieur- und Architektenverträgen. Der oder die Kandidatin musste Allrounderin sein, vom Kanal bis zum Bebauungsplan. Nur mit Küstenschutz kannte sie sich nicht aus, und es würde ihr wohl schwerfallen, sich in eine öffentliche Verwaltung einzufügen. Aber der Job klang interessant. Falls sie ihr Büro tatsächlich aufgab, brauchte sie einen Plan B, und hier könnte sie ihren Marktwert testen. Fernab von Regensburg, wo keiner ihrer Geschäftskontakte davon erfahren würde und wo es um nichts ging.

Natürlich hatte sie nicht wirklich vor, nach Föhr zu ziehen. Trotzdem stellte sie es sich spannend vor, die Geschicke der Inseln mit zu lenken und zu gestalten – und dabei selbst Auftraggeberin zu sein und nicht darüber nachdenken zu müssen, ob ihre Rechnungen pünktlich bezahlt wurden.

Schließlich legte sie die Zeitung beiseite und begann den Tisch zu decken. Sie war gerade damit fertig, als Marion zurückkam. »Ich gebe nur noch das Dressing über den Salat, dann kann es losgehen«, sagte Kerrin.

»Perfekt«, sagte Marion, setzte sich und griff nach der Zeitung. Dabei fiel ihr die Stellenanzeige ins Auge. »Willst du dich bewerben?«, fragte sie und überflog die Anzeige, während Kerrin den Feldsalat in die graublaue Keramikschüssel umfüllte. »Vielleicht.«

»Finde ich gut«, sagte Marion.

Wieso dachte sie eigentlich, dass sie das etwas anging? Aber Kerrin hatte ja selbst die Zeitung offen liegen lassen. Sie wunderte sich nur über Marions Reaktion.

»Du warst doch immer gegen eine Festanstellung«, sagte sie.

»Das ist nicht wahr«, protestierte Marion.

»Wir hatten deshalb sogar Streit.«

»Ich erinnere mich. Es ging darum, dass du nicht mit auf die Klassenfahrt nach Hamburg konntest. Das tat mir ja auch leid. Aber du hast mir vorgeworfen, wenn ich Angestellte wäre wie andere Mütter, dann müssten wir nicht hungern.«

Kerrin war unangenehm berührt. »Habe ich wirklich hungern gesagt?«

»Ja, hast du! Vielleicht gab es nicht die neuesten Klamotten für dich, aber genug zu essen hatten wir immer.«

Kerrin schämte sich ein wenig für ihr früheres Ich, das so dramatisch gewesen war und auch ein bisschen ungerecht. Trotzdem sagte sie: »Manchmal hatte ich das Gefühl, als wäre ich die Mutter und du der Teenager. Am Ende hast du mir vorgeworfen, ich wäre spießig. Du. Mir.«

Statt einer Antwort griff Marion nach dem Besteck und verteilte den Salat als Vorspeise.

»Lecker«, sagte sie, nachdem sie das erste Salatbüschel in den Mund geschoben hatte. »Seit ich hier lebe, bin ich selbstständig. Also die meiste Zeit meines Berufslebens. Die Vorstellung, von den Launen eines Vorgesetzten abhängig zu sein, war mir zutiefst zuwider. Manchmal kamen mir Zweifel, wenn es finanziell eng wurde, aber letztlich konnte ich für uns beide sorgen. Darauf bin ich stolz. Das heißt nicht, dass ich generell gegen Festanstellungen bin. Ich bin nur überrascht, dass du einen Job hier auf der Insel in Betracht ziehst.«

»Tu ich gar nicht. Aber das Anforderungsprofil passt gut zu mir, und es reizt mich, meinen Marktwert zu testen.«

»Musst du das? Du bist doch gut in dem, was du tust, und es macht dir Freude. Ich bin stolz auf dich.« Kerrin hatte nie gedacht, dass sie das einmal von ihrer Mutter hören würde. Dabei hatte sie Marion oft von ihren beruflichen Erfolgen berichtet. Das war nicht allzu persönlich, und sie sprach gern darüber. Außerdem spürte sie, wie wichtig es Marion war, dass Kerrin gut für sich sorgen konnte. Vielleicht, weil sie selbst nicht die Mittel hatte, ihr unter die Arme zu greifen.

»Ja, das stimmt. Aber es läuft gerade nicht rund«, sagte sie. »Ich konnte zu lange nicht arbeiten. Vielleicht muss ich das Büro aufgeben.«

»Du weißt ja, dass mein Vater auch selbstständig war. Er war ein erfolgreicher Immobilienmakler, bis die Firma in eine Schieflage geriet. Bei ihm war ebenfalls eine Krankheit schuld.«

»Was fehlte ihm denn?«, fragte Kerrin und spürte die alte Ungeduld in sich. Die Geschichte ihrer Großeltern interessierte sie zwar, aber die Frage nach ihrem Vater brannte ihr noch mehr auf der Seele. Doch sie sagte sich, dass das Gespräch entspannter verlaufen würde, wenn sie Marion einfach reden ließ.

»Herbert, mein Vater, litt unter Stimmungsschwankungen. Heute würde man ihm eine bipolare Störung diagnostizieren. In den manischen Phasen arbeitete er wie besessen, schloss lukrative Geschäfte ab und war verrückt nach rauschenden Festen. Dann wollte er möglichst viele Leute um sich haben und unterhielt dreißig, vierzig Leute mit seinen amüsanten Geschichten. Das waren die berühmten Partys, von denen Anton dir erzählt hat. Deine Oma Marlies musste alles organisieren, sie war nach solchen Abenden vollkommen fertig. Nicht nur wegen der vielen Arbeit, sondern weil Herbert ebenfalls erschöpft war. Danach lief es manchmal monatelang ruhig, er ging ohne große Euphorie seiner Arbeit nach und war sehr liebevoll zu uns. Er brauchte viel Zeit für sich. Aber nicht so extrem wie in seinen depressiven Phasen, in denen er sich tagelang zurückzog. Das machte mir als Kind immer Angst, und ich verstand es auch nicht. Meiner Mutter brauchte ich damit nicht zu kommen. Sie tat so, als wäre das alles normal. *Er ist eben so*, sagte sie, oder *heute ist der Papa müde, lass ihn bitte in Ruhe*. Sie selbst hatte auch wenig Zeit für mich, schließlich musste sie sich während seiner depressiven Phasen allein um das Immobiliengeschäft kümmern.«

Kerrin dachte daran, was Lian über seinen Vater erzählt hatte. Auch er war gern unter Menschen gewesen und hatte sich dann unvermittelt zurückgezogen. Doch so extrem wie bei Opa Herbert hatte sich das nicht angehört.

»Marlies kam zunächst als Lehrling in seine Firma«, fuhr Marion fort. »Sie arbeitete sich hoch und wurde schließlich Herberts rechte Hand. In den Sechziger- und Siebzigerjahren hatte sie es als Frau in der Bau- und Immobilienbranche doppelt schwer.«

»Damals lag Regensburg noch im Dornröschenschlaf. Kein Vergleich mit dem Immobilienhype von heute.«

»Das stimmt, aber in der Nachkriegszeit war Wohnraum knapp, und mein Vater erkannte rechtzeitig den Trend.«

»Er muss gut verdient haben. Sonst hätte er sich kaum das Haus leisten können – eine richtige Villa.«

Marion nickte. »Anfangs lief alles gut. Meine Großeltern waren wohlhabend, und Herbert konnte studieren, bis ihm der Zweite Weltkrieg dazwischenkam. Mit Anfang zwanzig wurde er an die Ostfront geschickt. Danach kam er körperlich unversehrt zurück, aber er war nicht mehr derselbe. Die Dinge, die er getan und gesehen hatte, hatten ihn verändert. Trotzdem nahm er sein Wirtschaftsstudium wieder auf und gründete die Firma. Das weiß ich alles von Antons Mutter. Herbert redete nie über seine Zeit als Soldat, jedenfalls nicht mit mir.«

»Ich wusste nichts von Opas Krankheit. Oma hat mir immer nur erzählt, was für ein toller Mann er war und dass er große Feste liebte.«

Marion lachte auf, doch es klang kein bisschen fröhlich. »Klar, alles andere hatte sie ja immer verdrängt. Sie kannte meinen Vater schon lange, aber geheiratet haben sie erst 1961. Er war über vierzig, als ich geboren wurde.«

»Also fast doppelt so alt wie du, als du mich bekamst.«

Kerrin konnte sich den Einwurf nicht verkneifen. Sie wollte endlich zur Sache kommen. »Es muss schwierig für dich gewesen sein«, fuhr sie fort. »Dass deine Eltern ausgerechnet dann pleitegingen, als du Unterstützung gebraucht hättest.«

Marion schaute sie überrascht an. »Nein, so war das nicht. Es stimmt zwar, dass mein Vater sich verspekuliert hatte. In einer euphorischen Phase hatte er ein riskantes Immobiliengeschäft abgeschlossen, das sich als riesiger Verlust entpuppte. Marlies schaffte es mit viel harter Arbeit, die Firma zu halten. Herbert zog sich nach dem Desaster ganz aus dem Geschäft zurück, und nach seinem Tod verkaufte sie es für gutes Geld an einen langjährigen Geschäftspartner. Der übernahm sie und die anderen Mitarbeiter als Angestellte. Marlies hatte noch ein paar richtig gute Jahre, aber da war ich schon längst ausgezogen. Solange ich zu Hause wohnte, war sie immer angespannt, wegen der Verantwortung für die Firma und wegen Herberts Stimmungsschwankungen. Natürlich versuchte sie, das nicht zu zeigen, aber ich spürte es genau. Im Beruf war sie eine starke Frau«, schloss Marion ihren Bericht. »Du hast viel von ihr. Außerdem bist du mitfühlend und sensibel.«

Kerrin wusste nicht, ob sie sich über dieses Kompliment freuen sollte. Sie hatte ihre Oma geliebt, während es durch Marions Vergleich so klang, als wäre diese kalt und gefühllos gewesen. Auf Marion hatte es wohl so wirken müssen: Marlies hatte sie vor den Problemen im Hause Würschinger nicht geschützt, sondern sich vor ihren Mann gestellt. Marions Bedürfnisse hatten nicht gezählt.

Kerrin hätte gerne gewusst, ob ihr unbekannter Vater diese Lücke gefüllt hatte. Gleichzeitig dachte sie, dass Marion ein zu positives Bild von ihr hatte. »Na ja«, sagte sie. »Kurz bevor ich zu dir kam, habe ich meinen Freund ziemlich unsanft abserviert.«

»Eine Trennung ist nie sanft. Magst du mir davon erzählen?«, fragte Marion, während sie aufstand, um die leeren Salatschüsseln abzuräumen.

»Da gibt es nichts zu erzählen«, sagte Kerrin. »Bei der Vorstellung, jeden Tag neben Jan aufzuwachen, bekam ich plötzlich Angst. Er warf mir vor, beziehungsunfähig zu sein. Weil ich ohne Vater aufgewachsen bin und nicht mal weiß, wer er ist.«

»Vielleicht war dieser Jan bloß nicht der Richtige«, sagte Marion. Kerrin ärgerte sich. Nun waren sie endlich beim Thema, und Marion schwieg, während sie in aller Ruhe das Geschirr neben der Spüle stapelte.

»Und mein Vater? Der war wohl auch nicht der Richtige für dich?«

»Nein. Ich hatte mich getäuscht.«

»Los, jetzt sag schon, wer er ist.«

»Sofort. Ich hole nur noch eine Flasche Sancerre aus der Speisekammer. Dein Vater liebte diesen Wein.«

Sie drehte sich um und ging hinaus. Kerrin nahm den Suppentopf vom Herd und stellte ihn auf den Tisch.

Und plötzlich fiel es ihr wieder ein: Lian hatte erwähnt, dass Winter in Regensburg gewesen war. Er hatte dort jemanden besucht, der Weinseminare abhielt. Wie Anton. Lian hatte von einer Spritztour mit dem damals noch neuen Auto gesprochen, dem 760er-Volvo. Kerrin wusste, dass das Modell Anfang der Achtziger auf den Markt gekommen war, ein oder zwei Jahre vor ihrer Geburt. Ihre Mutter hatte das Auto sofort wiedererkannt, und ihr Gesicht hatte diesen melancholischen Ausdruck angenommen, als ob jede Menge Erinnerungen an dem Volvo hingen.

Kerrins Hals wurde enger, und ihr Herz begann wild zu klopfen. Als stünde sie am Ende eines langen, dunklen Flurs vor einer Tür und würde in schmerzhaft helles Licht getaucht werden, sobald sie sie öffnete. Reglos blieb sie neben dem Tisch stehen, bis Marion zurückkam. Kaum hatte sie die Küchentür hinter sich geschlossen, schleuderte Kerrin ihr entgegen: »Es ist Winter, nicht wahr?«

Marion stellte die Weinflasche unsanft auf der Anrichte ab. »Ja. Wie hast du es herausgefunden?«

»Zufall.« Kerrins Hals fühlte sich, als hätte sie Schmirgelpapier verschluckt.

»Jetzt setz dich erst mal. Du bist ja ganz blass.« Marion öffnete den Küchenschrank und nahm zwei Gläser heraus. »Wir lernten uns in Regensburg kennen und verliebten uns ineinander. Er sagte, er hätte sich von seiner Frau getrennt und ich könne später zu ihm kommen, wenn er alles geregelt hätte. Ein paar Wochen später merkte ich, dass ich schwanger war, und wollte zu ihm. Doch als ich hier ankam, hatte er sich mit Gudrun versöhnt. Sie bekam ebenfalls ein Kind. Das war ein Schock für mich. Ich musste ihm versprechen, nichts zu sagen. Im Gegenzug überließ er mir das Haus. Ich wusste nicht, wo ich sonst hinsollte. Ich wollte auf keinen Fall zurück zu meiner Mutter nach Regensburg.«

Kerrin kämpfte um ihre Selbstbeherrschung. Sie stand noch immer, hielt sich an der Tischkante fest. »Dann stimmt es also. Das ist so krass.« Sie fing an zu zittern, und ihre Zähne schlugen aufeinander wie bei Schüttelfrost. Doch die Worte schäumten nur so aus ihr heraus: »Die ganze Zeit wohnte er in unserer Nähe, und erst jetzt, wo er gestorben ist, erfahre ich von ihm. Das ist allein schon heftig. Aber wenn ich mir vorstelle, dass er den Sohn eines anderen wie seinen eigenen großgezogen hat, während ich noch nicht mal wissen durfte, dass er mein Vater ist! Ich fühle mich total verarscht, von dir und auch von ihm. Was habt ihr euch eigentlich dabei gedacht?«

Kerrin hatte sich mehr und mehr in Rage geredet. Am Ende schrie sie fast. Es war einfach zu viel.

Erst als sie das Glas auf dem Fliesenboden aufschlagen hörte, kam sie wieder runter. Sie sah, dass ihre Mutter fassungslos auf den Scherbenhaufen zu ihren Füßen starrte. Die Weinkelche waren ihr einfach aus der Hand gerutscht.

»Den Sohn eines anderen?«, fragte sie. »Lian ... ist nicht sein Kind?« Sie schwankte, und Kerrin sprang instinktiv auf sie zu und führte sie zum Sofa. Dort ließ Marion sich fallen wie ein Sack. Ihr Gesicht war blass und schmal.

»Das hast du nicht gewusst?«, fragte Kerrin ungläubig und begriff, dass sie nicht als Einzige getäuscht worden war.

Marion schüttelte den Kopf. »Ich glaube, wir könnten jetzt beide einen Cognac vertragen«, sagte sie.

Kerrin stieg vorsichtig über die Scherben hinweg und öffnete den Küchenschrank. Es hatte etwas Tröstliches, dass die Flasche stand, wo sie immer gestanden hatte. Es schien sogar die Gleiche zu sein wie früher. Eine ziemlich teure Marke, von der nur bei besonderen Gelegenheiten getrunken wurde. In Notfällen zum Beispiel. Kerrin öffnete sie, nahm zwei Wassergläser und schenkte ihnen beiden großzügig ein. Es war das erste Mal, dass sie zusammen mit ihrer Mutter Cognac trank. Als wäre sie erst jetzt erwachsen genug.

Sie fühlte sich total vor den Kopf gestoßen und verwirrt. Marion ging es wohl ähnlich. Eine Weile saßen sie sich schweigend gegenüber, die Cognacgläser in der Hand.

»Tut mir leid, dass ich rumgeschrien habe«, sagte Kerrin schließlich, aber das stimmte nicht ganz. Es hatte ihr gutgetan, ihre Wut herauszulassen.

»Ach was. Du hast ja recht.« Marion leerte das halbe Glas in einem Zug. »Ich bin froh, dass du noch mit mir redest. Zur Not auch lauter.«

Kerrin musste wider Willen lachen, auch vor Erleichterung. Endlich kam die Wahrheit auf den Tisch. Genau das hatte sie sich ja immer gewünscht. Auch wenn sie Angst davor gehabt hatte, weil sie wusste, dass es wehtun würde.

»Hattest du wirklich keine Ahnung, dass Lian nicht Winters leiblicher Sohn ist?«, fragte sie noch einmal.

Marion schüttelte den Kopf. »Ich bin genauso geschockt wie du. Aber das soll keine Entschuldigung sein.«

»Ich will auch keine Entschuldigung hören.« Kerrin war immer noch sauer, doch sie brannte darauf, mehr zu erfahren. Also lehnte sie sich zurück, verschränkte die Arme und sagte: »Versuch es lieber mit einer Erklärung. Ich will alles wissen. Wie du ihn kennengelernt hast. Ob du wirklich geglaubt hast, er würde seine Frau verlassen und mit dir – mit uns eine Familie gründen.«

»Ja, anfangs dachte ich das. Bis zu dem Zeitpunkt, als er mir von Gudruns Schwangerschaft erzählte. Er ließ mich in dem Glauben, dass Lian sein Sohn ist. Ein Kind der Liebe, das die überraschende Versöhnung mit Gudrun besiegelte.« Sie lachte bitter. »Dass er mich so anlügen konnte! Eher hätte ich Gudrun zugetraut, dass sie ihm ein Kuckuckskind unterjubelt.«

»Vielleicht konnte es gar nicht von ihm sein«, überlegte Kerrin. »Lian sagte, dass die beiden damals eine Auszeit voneinander genommen hatten.«

Plötzlich blitzte in Kerrins Erinnerung ein Bild auf: Sie saß in ihrem Zimmer über den Hausaufgaben, und es klingelte an der Haustür, ihre Mutter war in der Werkstatt. Kerrin lief nach unten und öffnete. Draußen stand ein groß gewachsener, dünner Mann und lächelte sie freundlich an. Er hatte ihr eine Kleinigkeit mitgebracht, einen Luftballon vielleicht oder Schokolade. Wahrscheinlich wechselten sie auch ein paar Worte miteinander, über die Schule oder darüber, dass Kerrin in den Ferien zu ihrer Oma fahren würde. Dann kam ihre Mutter aus der Werkstatt und begrüßte den Mann mit einem Lächeln auf dem Gesicht. Sie schien sich über den Besuch zu freuen. »Möchtest du Kaffee?«, fragte sie, und Kerrin ging zurück nach oben, während Marion und Winter scheinbar langweilige Erwachsenengespräche am Küchentisch führten. In den folgenden Jahren war der Mann zwar selten, aber regelmäßig aufgetaucht, wie Kerrin sich vage erinnerte.

Warum hatte sie nicht gespürt, wen sie vor sich hatte, vor allem, als sie älter wurde? Sie hatte ihn wohl ganz nett gefunden oder, mit fortschreitender Pubertät, nicht nerviger als andere Erwachsene. Wie hatte er so unbefangen mit ihr reden und ihr gleichzeitig verschweigen können, dass sie seine Tochter war? Es war so unbegreiflich, dass sie nicht mal wütend auf ihn sein konnte. Stattdessen spürte sie Traurigkeit – und Eifersucht gegenüber Lian, obwohl der nun wirklich nichts dafürkonnte.

»Lian und Winter hatten ein sehr inniges Verhältnis«, sagte sie. »Das hat er mir heute erzählt. Er wusste von klein auf, dass er ein Kuckuckskind ist.« Sie fasste in kurzen Worten ihr Gespräch zusammen. »Als du rausgegangen bist, um den Wein zu holen, habe ich begriffen, dass Winter mein Vater ist. Plötzlich ergaben die ganzen Puzzleteile ein Bild. Mein Bauchgefühl sagte mir schon länger, dass ich nah an einer Lösung dran bin. Aber ich wusste nicht, wie alles zusammenhing. Vor allem, da du behauptet hast, Winter erst hier kennengelernt zu haben.«

Marion schaute sie peinlich berührt an. »Na ja. Ich sagte, er war einer meiner ersten Kontakte hier. Das ist nicht dasselbe.«

Kerrin schluckte. »Ich habe dir vertraut«, sagte sie. »Ich wusste, dass du mir gewisse Dinge verschweigst. Aber ich war überzeugt, dass du mich nie anlügen würdest.«

»Das habe ich auch nicht. Trotzdem wusste ich natürlich, dass ich dir einen falschen Eindruck vermittelte. Es tut mir ...«

»Bleiben wir dabei: keine Entschuldigungen. Das ertrage ich jetzt nicht.« Kerrin wusste, ihre Mutter wollte nichts sehnlicher, als dass sie ihr verzieh. Aber so leicht ging das nicht. Und schon gar nicht sofort.

Sie stand auf und holte den Topf vom Herd. Im Moment hatte sie zwar keinen großen Appetit. Doch irgendwas musste sie schließlich essen, der Alkohol war ihr bereits zu Kopf gestiegen. Die warme Suppe würde ihnen beiden guttun.

»Wenigstens ist Lian nicht dein Halbbruder«, sagte Marion. »Das hätte sonst ganz schön kompliziert werden können.«

»Wie meinst du das?«, fragte Kerrin.

»Für den Fall, dass ihr mehr als geschwisterliche Gefühle füreinander entwickelt. Er ist ein netter und attraktiver Kerl.«

»Aber Mama!« Kerrin mochte es gar nicht, wenn ihre Mutter versuchte, ihr einen Mann schmackhaft zu machen. In den letzten fünfzehn Jahren hatte Marion sich nicht mehr einmischen können, da sich Kerrins Liebesleben weit entfernt abspielte. Kaum war Kerrin wieder hier und fand einen Mann ansatzweise interessant, witterte ihre Mutter mehr dahinter. Das fühlte sich an, als wäre Kerrin immer noch sechzehn und niemals weg gewesen.

»Er scheint dich zu nerven, aber das heißt ja nichts. Als du so lang weggeblieben bist, habe ich mir Sorgen gemacht, dass ihr euch nähergekommen seid.«

»Du wusstest ja nicht mal, dass ich wieder Single bin.«

»Das weiß ich bei dir nie so genau.«

Kerrin verschränkte entrüstet die Arme. Am besten sagte sie gar nichts mehr. Das Schlimme war, Marion hatte recht. Lian ließ sie definitiv nicht kalt. Sie musste ihre Mutter von dem Thema ablenken.

»Ist dir nie ein Verdacht gekommen, weil er Winter überhaupt nicht ähnlich sieht?«

»Nein. Die dunklen Haare und die Augen könnte er auch von Gudrun haben, und seine Art erinnert mich so sehr an Niko, dass es wehtut. Vor allem sein Lachen.«

»Ich habe mal gelesen, dass Lachfältchen tatsächlich durch die Mimik entstehen und nicht so sehr durch biologische Vererbung. Da sich die beiden so nahestanden, hat Lian wohl Winters Eigenheiten übernommen.« Kerrin konnte sich noch nicht überwinden, Winters Vornamen zu sagen oder ihn gar als ihren Vater zu bezeichnen. Zumal auch Lian ihn Vater nannte. Wie würde er auf die Nachricht reagieren?

Marion stand auf und ging zum Kühlschrank. Sie kam mit einer kleinen Schüssel zurück. »Hier, die Granatapfelkerne«, sagte sie und streute Kerrin einen Löffel voll davon über die Suppe. Als einer danebenfiel und einen tiefroten Fleck auf dem Holztisch hinterließ, kicherte sie überdreht. Entweder zeigte der Cognac seine Wirkung, oder sie war erleichtert, dass ihr Geheimnis nun keines mehr war. Während Kerrin erst einmal alles verdauen musste.

Merkwürdigerweise fühlten sich vor allem Kerrins Ohren total heiß an, und sie hatte ein flaues Gefühl im Magen. Doch die weichen Linsen erzeugten ein gutes Gefühl auf der Zunge, und der milde Geschmack der Orangen, gepaart mit der herben Süße der Granatapfelkerne, besänftigte sie.

»Erzähl mir, wie ihr euch kennengelernt habt, Winter und du.«

Endlich sprudelte alles aus Marion heraus, was sie fünfunddreißig Jahre lang zurückgehalten hatte.

»Er hatte in Hamburg an einem von Antons Weinseminaren teilgenommen und sich mit ihm angefreundet. Deshalb besuchte er ihn in Regensburg. In der Zeit kämpfte Marlies um das Überleben der Firma, und ich verbrachte viel Zeit in Antons Haus. Schon als Kind war ich oft dort. Später verdiente ich mir ein Taschengeld als Babysitterin für seine Töchter. Bei einem gemeinsamen Abendessen lernte ich Winter kennen und verabredete mich mit ihm. Ich zeigte ihm die Stadt, und es wurde schnell mehr daraus. Oft fuhren wir mit dem Volvo raus an die Donau, nahmen Picknicksachen und Decken mit und verbrachten die Nacht unter freiem Himmel. Es war sehr romantisch.«

Marion lächelte, und plötzlich sah Kerrin die junge Frau vor sich, die sie einmal gewesen war. Dieser jugendlichen Marion konnte sie nicht böse sein. Sie hatte sich verliebt und war aus ihrem tristen Elternhaus geflüchtet, aber es hatte offensichtlich kein Happy End gegeben.

»Gut drei Wochen blieb Winter in Regensburg, dann fuhr er nach Italien«, fuhr Marion fort. »Auf dem Rückweg schaute er noch einmal vorbei, um sich zu verabschieden. Er sagte, ich solle mich bei ihm melden und ihn besuchen, sobald er mit seiner Frau alles geregelt hätte.

Sie wären nur noch wegen des Geschäfts zusammen, das nun aufgeteilt werden müsse.«

»Dazu ist es offensichtlich nicht gekommen«, stellte Kerrin fest, und Marion atmete tief ein. »Er hätte komplett von vorne anfangen müssen, und das machte ihm Angst. Gudruns Vater hatte ihr einige Grundstücke als Startkapital überschrieben und auf einem Ehevertrag bestanden.«

»Lian sagte, dass Winter selbst aus ärmeren Verhältnissen stammte. Er war wohl auf Gudruns Vermögen angewiesen.«

»Am Anfang schon, aber sie brauchte ihn genauso. Seine Tatkraft und seine Ideen. Die beiden hatten sich in einem Hotel in Berlin kennengelernt, wo sie beide ihre Ausbildung machten und gemeinsame Pläne schmiedeten. Im Hotel war er schnell aufgestiegen und hatte bereits etwas Geld zur Seite gelegt. Sie waren beide vom Fach. Sie wussten, was sie wollten und was auf sie zukommen würde, wenn sie sich selbstständig machten. Sie heirateten jung, bekamen die beiden Töchter und bauten den Hotelbetrieb auf. Irgendwann begann die Ehe zu kriseln.«

»Und dann kamst du. Hattest du nie Zweifel daran, dass er sich wirklich trennen würde?«

»Ehrlich gesagt dachte ich kaum darüber nach. Kurz nachdem ich merkte, dass ich schwanger war, starb mein Vater. Von meiner Mutter konnte ich keine Unterstützung erwarten. Also packte ich meine Siebensachen und suchte mir eine Mitfahrgelegenheit nach Norden. Alles war besser als in diesem Trauerhaus festzusitzen.«

»Und wann sagte er dir, dass er zu Gudrun zurückgehen würde?«

»Die erste Zeit hielt er sich bedeckt, und für mich standen praktische Dinge im Vordergrund. Nach zwei, drei Wochen erklärte er mir, er habe sich nun doch mit Gudrun versöhnt und sie bekäme ein Kind.«

»Aber du warst doch auch schwanger! Wie konnte er dich mit der Situation alleine lassen!«

»Er hat mich nicht allein gelassen. Er half mir, mich im Haus und auf der Insel einzurichten. Die ersten Jahre nahm er nicht mal Miete. Im Gegenzug beschwor er mich, seine Vaterschaft für mich zu behalten.

Seine Frau würde ihn sonst doch noch verlassen, behauptete er, und das würde er mir nie verzeihen.«

Kerrin konnte nur den Kopf schütteln. »Du hast dich von ihm erpressen lassen? Er war doch ohnehin zum Unterhalt verpflichtet.«

Marion seufzte. »Nachdem ich erlebt hatte, wie wankelmütig er war, wollte ich schnell wieder auf eigenen Beinen stehen. Ein Mietvertrag erschien mir verlässlicher als Unterhaltszahlungen, die irgendwann ausbleiben. Und ein Teil von mir war auch erleichtert. In Regensburg hatte ich mich bis über beide Ohren in ihn verliebt, aber die Vorstellung, mit ihm zusammenzuleben ...« Sie brach ab und schüttelte sich.

»Du hattest also Angst, dich ganz an ihn zu binden? So wie es mir mit Jan erging?«, fragte Kerrin. Das war ja interessant.

»Ich war doch erst Anfang zwanzig. Natürlich hätte ich es ausprobieren können. Aber wenn es schiefgegangen wäre, hätte er meinetwegen seine Familie verlassen und seine Existenz aufgegeben. Das wäre eine riesige Verantwortung gewesen.«

»Und deine Verantwortung als Mutter?«, schnaubte Kerrin.

»Es erschien mir sicherer, dich allein zu erziehen. Nur du und ich. Marlies und Herbert waren keine guten Vorbilder für ein gelungenes Familienleben. Also habe ich gar nicht erst versucht, ihn umzustimmen.«

Kerrin lehnte sich zurück und nahm noch einen Schluck Cognac. Hätte sie es ebenso gemacht? Sie selbst hatte sich bisher erfolgreich um das Kinderkriegen gedrückt. Allerdings war sie nie unverhofft schwanger geworden. Sie konnte nicht umhin, ihre Mutter für ihren Mut und ihre Eigenständigkeit zu bewundern.

»Hast du damals an Abtreibung gedacht?«, fragte sie.

Marions Oberkörper zuckte zurück, als hätte Kerrin ihr einen Knüppel entgegengeschleudert.

»Keine Sekunde«, sagte sie. »Du bist ein Wunschkind.« Sie lächelte. »Wenn auch ungeplant.«

Kerrin war gerührt. »Ich dachte nur ... es ist nicht selbstverständlich. Du warst so jung und hattest keinen Rückhalt.«

»Ich hatte Nikos Kontakte und meine Werkstatt. Am Anfang arbeitete ich stundenweise, während du schliefst, dann kamst du in den Kindergarten. Winter unterstützte uns sporadisch, bis ich genug verdiente. Danach wollte ich sein Geld nicht mehr. Nur für deine Abifahrt habe ich noch einmal etwas von ihm angenommen.«

»Wir hatten doch Anspruch darauf! Du hättest dich nicht so abrackern müssen, und ich hätte mein Studium leichter finanzieren können.«

»Hat es dir etwa geschadet, zu jobben? Immerhin konntest du bei Oma Marlies wohnen. Später habe ich dir das Haus überlassen. Ich war der Meinung, ich schulde dir was. Außerdem verbindest du damit schönere Erinnerungen als ich.«

Kerrin schluckte ihren Ärger hinunter. Ihre Mutter hatte recht: Sie hatte früh gelernt, auf eigenen Beinen zu stehen, und schon während des Studiums Berufserfahrung gesammelt. Sonst hätte sie sich vielleicht nie selbstständig gemacht. Und natürlich bekam nicht jede ein Haus geschenkt, in dem sie wohnen und arbeiten konnte.

Marion griff nach der Cognacflasche und goss sich noch einmal ein. »Und ich habe geglaubt, Niko hätte mich mit seiner eigenen Frau betrogen.« Sie schüttelte ungläubig den Kopf. »Jetzt weiß ich, dass es wirklich nur noch eine Zweckehe war, genau wie er behauptet hatte.«

»Und du hast ihn später nie wieder privat getroffen?«

»Doch, doch. Eine Weile sahen wir uns regelmäßig und schliefen auch miteinander.«

Kerrin konnte es nicht glauben. So viele Jahre hatte ihre Mutter ihr nichts erzählt, dafür ging sie jetzt umso mehr ins Detail. »Ach«, sagte sie trocken.

»Die neue Zweisamkeit zwischen Winter und Gudrun hielt nicht lang. Nach einer Weile zog er sich immer öfter ins Haus *Regenpfeifer* zurück, und wir ließen unsere Beziehung wieder aufleben. Er hatte das Grundstück günstig gekauft, genau wie dieses Haus hier. Alle anderen Häuser gehören ihm und Gudrun zusammen. Der *Regenpfeifer* hatte damals nur ein bewohnbares Zimmer, aber das war sehr gemütlich. Ich konnte mir manchmal ein paar Stunden mit ihm stehlen, während du im Kindergarten warst.«

Marions Blick wanderte traumverloren durch die Wohnküche, und ihre Augen glänzten. Wahrscheinlich dachte sie an romantische Stunden mit Kerrins Vater. Kein Zweifel, sie hatte ihn geliebt.

»Gudrun muss es geahnt haben. Als du etwa fünf Jahre alt warst, bestand sie darauf, dass der *Regenpfeifer* für Feriengäste ausgebaut wird, und Niko gab klein bei.«

»Und jetzt will sie dich auf ähnliche Weise aus dem Haus vertreiben!«, sagte Kerrin.

Marion nickte. »Damals zerstörte sie so unsere Beziehung, wenn man ein romantisches Stelldichein alle paar Wochen so nennen kann. Niko zog wieder ganz zu seiner Familie zurück, aber er ließ den Anbau für sich errichten. Von da an sah ich ihn nur noch, wenn er hier offiziell als unser Vermieter auftauchte oder wenn wir uns zufällig in der Öffentlichkeit trafen.«

»Ich verstehe immer noch nicht, warum du das so lange vor mir verheimlicht hast.«

»Ich hatte ihm versprochen, dass nichts an die Öffentlichkeit dringen würde. Obwohl viele hier bestimmt eins und eins zusammengezählt haben.«

»Das gilt doch sicher auch für Lians Herkunft«, sagte Kerrin, aber Marion zuckte mit den Schultern. »Ich habe nie jemanden darüber reden hören. Nur manchmal wüsste ich gern, was in Gudrun eigentlich vorgeht. Ob sie ihn geliebt hat oder nur seinen Geschäftssinn und seine Arbeitskraft. Was mich betrifft: Er war meine große Liebe, aber er hatte einen schwachen Charakter. Ich bin nicht deine Oma Marlies, ich tauge nicht zur Märtyrerin. Lieber bleibe ich allein.«

Zum ersten Mal regte sich so etwas wie Verständnis in Kerrin. Marions Kindheit war von der Krankheit ihres Vaters überschattet gewesen und die Situation mit Winter von Anfang an verkorkst. Wahrscheinlich hatte sie das Beste daraus gemacht, wenn man von ihrem langen Schweigen einmal absah.

»Wie hast du erfahren, dass Winter gestorben ist?«, fragte sie. »Etwa aus der Zeitung?«

»Nein, Annette hat es mir erzählt.«

Annette war Marions beste Freundin, sie arbeitete in einem Supermarkt an der Kasse und bekam so ziemlich alles mit, was sich auf Föhr so abspielte. »Hier auf der Insel kennt man sich. Niko war eine bekannte Persönlichkeit und außerdem mein Vermieter. Es war ganz normal, dass ich zu seiner Beerdigung ging.«

»Kennt Annette die Geschichte? Ich meine, weiß sie, wer mein Vater ist?« Kerrin hoffte, dass das nicht der Fall war. Sie mochte Annette gern und wollte nicht noch eine Vertrauensperson haben, die nicht ehrlich zu ihr gewesen war. Marion schüttelte den Kopf. »Nein. Ich habe es wirklich niemandem erzählt. Es war schwer, mir ihr gegenüber den Schock nicht anmerken zu lassen. Anton ist der Einzige, der Bescheid weiß.«

»Ach ...«

»Bitte nimm es ihm nicht übel. Er wollte sich nicht einmischen. Stattdessen bekniete er mich all die Jahre, es dir selbst zu sagen.« Ja, das passte zu Anton. Er war ein grundanständiger Typ und wäre ihrer Mutter nie in den Rücken gefallen, gleichzeitig wollte er auch für Kerrin das Beste. Damit steckte er in der Zwickmühle. Kerrin würde ihn später anrufen, damit er wusste, dass zwischen ihnen beiden alles in Ordnung war.

»Wofür steht eigentlich Niko?«, fragte sie. »Ist das sein voller Vorname oder eine Abkürzung?«

Plötzlich lächelte Marion: »Er hieß Nikolaus«, sagte sie. »Aber alle nannten ihn Niko. Möchtest du ein Foto von ihm sehen?« Ohne eine Antwort abzuwarten stand sie auf und ging hinaus.

Sie kam mit einer weiß-grün gestreiften Pappschachtel zurück und stellte sie auf den Tisch. Sie war voller Fotos, Briefe und Postkarten. Marion zog ein Bild heraus und legte es vor Kerrin hin. Darauf war ein schlanker junger Mann in Jeans und weißem Hemd zu sehen. Er stand auf der Steinernen Brücke, im Hintergrund der Regensburger Dom. Ein typisches Touristenmotiv. Er schien den Moment zu genießen, denn er lachte und hatte selbstbewusst eine Hand in die Hüfte gestützt. Die andere lag auf der Brüstung der Brücke.

»Er war ja erdbeerblond«, sagte Kerrin und verschwieg, dass sie bei Winters schon mehrere Fotos von ihm gesehen hatte. Darauf kam seine Haarfarbe allerdings nicht so deutlich heraus wie hier.

»Was glaubst du, woher du deine rotblonde Mähne hast.«

Mähne? Kerrin strich sich prüfend über den Kopf. Ihr Haar war schon immer kräftig und fest gewesen, daran hatte auch die Krankheit nichts geändert. Sofia beneidete sie darum, aber manchmal war es auch nervig: Es trocknete langsam, und kaum ein Haargummi war fest genug, um es zusammenzuhalten. Im Lauf der Jahre hatte sie es zu bändigen gelernt, einigen YouTube-Tutorials und extra starken Haarklammern sei Dank. *Schweres Gerät* hatte Jan das genannt. Ihr fiel ein, dass er es nie gemocht hatte, wenn sie die Haare offen trug. Als ob ihn die Haarflut überfordert hätte. Vielleicht war er wirklich nicht der Richtige für sie gewesen.

»Jetzt weiß ich auch, warum mir Flora so bekannt vorkam.«

»Ja, ihr seid euch ähnlich. Allerdings nicht bei den Lachfältchen«, sagte Marion, und Kerrin musste prompt lachen. Sie hatte Floras Augenpartie als ziemlich faltenfrei in Erinnerung. Kerrin sah hingegen schon jetzt mit Mitte dreißig Krähenfüße, wenn sie in den Spiegel blickte, doch das störte sie nicht. Ihren Humor würde sie deshalb jedenfalls nicht aufgeben. Auch jetzt, als sie das Foto ihres Vaters ansah, musste sie kichern. »Dieser Vokuhila-Schnitt ist urkomisch!«, sagte sie. »Echt typisch für die Zeit.«

»An ihm sah es gut aus«, sagte Marion in leicht beleidigtem Ton. Als wäre sie persönlich für Niko Winter und die Frisurmode der Achtzigerjahre verantwortlich.

»Das ist wohl Geschmacksache«, meinte Kerrin. Dann fragte sie: »Kann ich die Kiste mit hochnehmen?«

»Natürlich«, sagte Marion. »Mach nur. Ich räume hier auf.«

»Danke. Gut, dass du mir endlich alles erzählt hast. Ich werde eine Weile brauchen, um alles zu verarbeiten.«

Marion sah sie an. »Du fährst doch nicht gleich wieder ab?«, fragte sie besorgt.

»Nein. Morgen mache ich einen Termin bei der Kurärztin. Ich hoffe, dass ich bald die ersten Anwendungen bekomme.«

»Natürlich«, sagte Marion noch einmal und wirkte traurig, doch das konnte Kerrin nicht ändern.

Sie ging hinauf in ihr Zimmer und stellte eine frische Kerze in den Wandleuchter, der schon seit ihrer Teenagerzeit dort hing. Dann setzte sie sich gegenüber in den Schaukelstuhl und wiegte sich sanft, während sie in die Flamme schaute. Die Schachtel mit den Fotos stand neben ihr auf dem Boden. Sie schaukelte und schaukelte, bis sie dringend zur Toilette musste.

Im Bad fiel ihr Blick in den Spiegel. Da waren sie, die Lachfältchen, aber ihre Mundwinkel hingen herunter. Sie musste beinahe über sich selber lachen; diese Jammermiene war unerträglich.

»Jetzt komm«, sagte sie zu ihrem Spiegelbild. »Was hat sich denn groß geändert? Mach weiter mit deinem Leben.«

Probeweise zog sie die Mundwinkel nach oben und fletschte die Zähne. Sich selbst eine Grimasse zu schneiden, half gegen die bleierne Schwere, die sich über sie gelegt hatte: Der intensive Nachmittag mit Lian, der wunderschöne Spaziergang am Meer, die Enthüllungen über ihre Familie, die Wut auf das Verhalten ihrer Mutter und die Trauer darüber, dass sie ihren Vater all die Jahre unerkannt vor der Nase gehabt hatte – das waren ziemlich viele Eindrücke für einen einzigen Tag, und der Cognac hatte das Wechselbad der Gefühle eher verstärkt als abgemildert. Kein Wunder, dass sie erschöpft und müde war. Gleichzeitig spürte sie eine Unruhe in sich, die sie garantiert nicht schlafen lassen würde. Sie spritzte sich Wasser ins Gesicht und rubbelte es mit dem Handtuch trocken. Die wenigen Tage am Meer hatten ihr bereits eine frischere Gesichtshaut verliehen, aber sie war immer noch blass.

Sie kehrte zurück in ihr Zimmer. Es war stickig, und die Kerzenflamme züngelte hungrig nach der Tapete. Hastig löschte sie die Kerze, kürzte den Docht mit einer Schere und öffnete das Fenster. Es hatte aufgeklart, der Vollmond war aufgegangen. Die Luft roch nach Schnee. Kerrin bekam Lust auf einen Spaziergang. Kurz entschlossen schrieb sie einen Zettel und schlich die Treppe hinunter. Sie wusste immer noch genau, wo sie auf die Stufen treten musste, damit sie nicht knarrten. Aus der Werkstatt hörte sie klappernde Geräusche; wahrscheinlich brauchte auch Marion eine Beschäftigung, um mit ihren Gedanken und Gefühlen klarzukommen.

Kerrin legte den Zettel gut sichtbar auf die Kommode am Eingang – *Muss noch mal raus* -, zog Stiefel an und verließ unbemerkt das Haus. Schon nach wenigen Metern fühlte sich ihr Kopf freier an, und die Enge, die sie gerade noch empfunden hatte, lockerte sich. Sie schlug den Weg zum Meer ein.

Es war eine helle Nacht, das Wasser und der Schnee reflektierten das Mondlicht. In ihrer Jacke und mit einem dicken Schal um den Hals fror sie kaum. Außerdem hatte sie aus einer Laune heraus Marions Winterstiefel genommen; sie erschienen ihr bequemer und wärmer als ihre eigenen. Marions Schuhe saßen einen Tick zu weit, und Kerrin musste an dieses indianische Sprichwort denken: *Ehe du über einen Menschen urteilst, gehe drei Monde in seinen Mokassins*. Sie wollte es versuchen. Zeit und räumlicher Abstand würden ihr helfen, das Verhältnis zu ihrer Mutter neu zu sortieren. Endlich stand kein Geheimnis mehr zwischen ihnen, aber es blieb das Gefühl, dass sie Kerrin all die Jahre etwas Wesentliches vorenthalten hatte. Nun hatte sich die Tür endgültig geschlossen, sie würde ihren Vater nie mehr persönlich kennenlernen. Sie konnte Lian nach ihm fragen, er erzählte so gern von ihm. Kerrin dachte mit gemischten Gefühlen an ihn: Wie würde Lian die Nachricht aufnehmen? Wie würde der Rest seiner Familie reagieren?

Ihr wurde bewusst, dass sie und Lian gemeinsame Halbschwestern hatten. Natürlich waren sie dadurch nicht blutsverwandt, aber es fühlte sich ein bisschen so an. Konnte sie je wieder so zwanglos mit ihm plaudern wie heute Nachmittag? Oder würden die Schmetterlinge in ihrem Bauch eine Bruchlandung hinlegen, wenn sie ihm das nächste Mal begegnete? Obwohl sie für heute schon genug Aufregung gehabt hatte, konnte sie es kaum erwarten, Lian wiederzusehen. Irgendetwas sagte ihr, dass er gelassen mit den Neuigkeiten umgehen würde. Vielleicht freute er sich sogar, dass sie zur Familie gehörte. Es wäre ein gutes Gefühl, mit ihm zu sprechen.

Doch es war nicht ihr Job, die Winters aufzuklären. Das hätte Kerrins Vater schon vor Jahren selbst tun sollen. Stattdessen war er den Weg des geringsten Widerstandes gegangen: Er war bei der Frau geblieben, die ihm beruflich nutzte. Die andere hatte er mehr oder weniger heimlich geliebt, bis die Erste dem ein Ende setzte. Er war keiner von beiden gerecht geworden. Eigentlich sollte Marion mit Gudrun reden, sich vielleicht sogar von Frau zu Frau mit ihr austauschen. Doch Kerrin glaubte nicht, dass ein Zusammentreffen harmonisch verlaufen würde.

Sie wandte dem Meer den Rücken zu und ging ziellos durch die stillen Straßen. Die Restaurants hatten längst geschlossen, und in den Fenstern der Wohnhäuser brannte nur noch vereinzelt Licht. Selbst die Straßenbeleuchtung war spärlich, aber Kerrin fürchtete sich nicht. Die größte Gefahr auf der Insel drohte durch das Wetter, und momentan war die Nacht windstill und trocken.

Sie lief immer weiter, dabei atmete sie gleichmäßig und spürte ihren eigenen Herzschlag. Sie war heute schon einmal sehr weit gelaufen. Trotzdem hatte sich ihr Körper erholt und arbeitete wie eine kleine, zuverlässige Maschine. Obwohl sie beim Gehen reichlich kalte Luft einatmete, verspürte sie keinen Hustenreiz.

Weit nach Mitternacht kehrte sie ins Haus zurück und stellte Marions Stiefel wieder an ihren Platz.

Kleine Botschaften

»Das klingt doch ganz gut«, sagte die Ärztin und ließ das Stethoskop sinken. »Sie brauchen keine Kur, jedenfalls nicht speziell für die Lunge. Das Klima genügt.« Trotzdem schaute sie Kerrin abwartend an. »Kann ich sonst etwas für Sie tun?«

»Ich merke einfach, dass ich noch nicht so leistungsfähig bin.«

»Woran machen Sie das denn fest?«

»Na ja. Kondition, Rücken, Nackenverspannungen und so. Ich wünsche mir einfach wieder mehr Belastbarkeit. Ich bin selbstständig, es kommt einiges an Stress auf mich zu. Ich sollte schon längst wieder voll arbeiten.«

»Da haben Sie sich viel vorgenommen«, sagte die Ärztin. Sie stand noch einmal auf, um Kerrins Rücken und Schultergürtel zu untersuchen, wobei sie einige schmerzhafte Punkte ertastete.

»Tatsächlich, Sie sind ganz schön verspannt. Ich verschreibe Ihnen Massagen, Physiotherapie und Schlickpackungen. Außerdem schlage ich Nordic Walking vor. Sie können ein paar individuelle Trainingseinheiten nehmen und dann allein weitermachen. Immer schön am Meer entlang und die Aerosole einatmen ... und ganz allgemein lange Spaziergänge. Dabei können Sie wunderbar die Seele baumeln lassen.«

»Und wenn meine Seele gar nicht baumeln will?«, fragte Kerrin. »Ich sitze ja jetzt schon auf glühenden Kohlen. Meine Reserven schmelzen, und ich habe kaum Aufträge.«

»Das findet sich schon.«

»Was würden Sie tun, wenn plötzlich keine Patienten mehr kämen und Ihnen die Fixkosten der Praxis über den Kopf wachsen würden? Voll relaxed Nordic Walking machen?«

Die Ärztin überlegte einen Moment. »Nein«, sagte sie dann. »Wahrscheinlich würde ich versuchen, die Zeit mit einem Kredit zu überbrücken, bis es wieder besser läuft.«

»Gute Idee«, sagte Kerrin und fragte sich, warum ihr das selbst noch nicht eingefallen war.

»Wobei das Szenario für mich recht unwahrscheinlich ist. So viele Ärzte gibt es nicht auf der Insel, dafür umso mehr Kurgäste. Aber wenn ich jetzt mal als Selbstständige spreche: Rufen Sie bald bei Ihrer Bank an, und erklären Sie denen Ihre Situation. Außerdem können Sie auch von hier aus Aufträge akquirieren. Sie haben doch einen Laptop dabei? Oder Sie bewerben sich auf eine Festanstellung, wenn Ihnen die Unsicherheit zu schaffen macht. Manchmal ist es Zeit für einen Kurswechsel.«

»Danke!« Kerrin lächelte breit. »Jetzt sind wir auf einer Wellenlänge.«

Sie wollte schon aufstehen, da sagte die Ärztin: »Und was liegt Ihnen sonst noch auf der Seele? Es ist doch nicht nur die Arbeit, oder?«

Kerrin zögerte. Sollte sie alles erzählen? Seit der Aussprache mit ihrer Mutter waren zwei Tage vergangen, und es war noch nicht viel passiert. Marion hatte versprochen, mit den Winters zu reden, aber bis jetzt sah es nicht danach aus. Kerrin ließ sich zurück auf ihren Stuhl fallen.

»Ich habe gerade erfahren, dass ich Familie auf der Insel habe«, sagte sie. »Außer meiner Mutter, bei der ich aufgewachsen bin, gibt es noch zwei Halbschwestern und einen Vater, der allerdings gestorben ist, bevor ich ihn kennenlernen konnte.«

»Klingt aufregend. Wie praktisch, dass Sie noch ein paar Wochen hier sind! Dann können Sie sich an den Gedanken gewöhnen und Ihre noch lebenden Verwandten besser kennenlernen. Und zum Beispiel erfahren, welche Erkrankungen in der Familie vorgekommen sind. Dann können Sie entsprechend vorsorgen.«

Erst jetzt wurde Kerrin bewusst, dass sie von zwei Seiten eine Neigung zu psychischen Krankheiten geerbt haben könnte. Sie erzählte von ihrem Opa und Niko Winter, ohne Namen zu nennen. Die Ärztin beruhigte sie: »Es gibt zwar eine genetische Komponente, aber da müssen auch noch entsprechende Lebensumstände dazukommen. Nach dem, was Sie mir gerade erzählt haben, war Ihr Großvater kriegstraumatisiert, und über Ihren Vater wissen Sie noch nicht viel. Ich gehe davon aus, dass Sie kein höheres Krankheitsrisiko haben als die meisten anderen Menschen. Vorausgesetzt, Sie sorgen gut für sich.« Damit reichte sie Kerrin die Rezepte für die Massagen und die Physiotherapie.

Erst draußen auf der Straße fiel Kerrin Winters Krebserkrankung wieder ein. Bevor sie herausgefunden hatte, wer ihr Vater war, hatte sie sich ja auch keine Gedanken über Erbkrankheiten gemacht. Sie zog es vor, ihr Glück und ihre Gesundheit in die Hand zu nehmen und *für sich zu sorgen*, wie die Ärztin es genannt hatte. Das klang schon besser als eine baumelnde Seele. Irgendwie selbstbestimmter.

Sie schob die Rezepte in ihren Rucksack und marschierte zum Aquaföhr, dem Bade- und Kurzentrum der Insel. Sie legte die Strecke in Rekordzeit zurück, denn es war windig, und Regen prasselte ihr unangenehm ins Gesicht.

Da der Beratungsplatz für die Kuranwendungen besetzt war, ließ Kerrin sich in einen Sessel im hellen Foyer sinken und holte ihr Smartphone heraus.

Danke für dein Wellness-Angebot, schrieb sie an Lian, *aber ich bekomme gerade meinen Kurplan. Und wie geht es dir?*

Dann checkte sie ihre Mails. Sie hatte eine Einladung zum Firmenjubiläum eines langjährigen Kunden bekommen und tippte eine Zusage. Netzwerken schadete schließlich nie. Anschließend las sie die Anfrage eines großen Bauträgers. Sie hatte dort bereits öfters Angebote abgegeben, aber noch nie den Zuschlag erhalten. Deshalb machte sie sich auch jetzt keine großen Hoffnungen. Lieber wollte sie ihre Bewerbung auf die Stelle im Bauamt fertig machen und persönlich abgeben, solange sie noch hier war. Wenn ihre Kurtermine es erlaubten, würde sie zwischendurch zum Friseur und zum Fotografen gehen.

Der Kurgast vor Kerrin erhob sich umständlich von seinem Stuhl an der Infotheke, und sie nahm an seiner Stelle Platz.

»Moin. Was kann ich für Sie tun?«, fragte die junge Frau hinter dem Computerbildschirm. Kerrin reichte ihr die Rezepte. Sie hatte Glück: Anfang Februar war hier nicht viel los, und sie konnte schon am nächsten Tag mit ihrer ambulanten Kur beginnen. Massage und Schlickpackung warteten auf sie, danach hatte sie wegen des Wochenendes gleich wieder Pause. Der Rest des Programms erstreckte sich über die anschließenden drei Wochen. Kerrin bekam noch eine Liste mit Trainern für Nordic Walking, dann war sie für heute fertig. Beim Hinausgehen sah sie einen Aushang, der besagte, dass die Sauna erst in zwei Wochen wieder öffnete. Schade. Vielleicht sollte sie doch auf Lians Angebot eingehen …

Draußen hatte es inzwischen aufgeklart. Als Kerrin am Mühlenpark vorbeikam, startete gerade ein Storchenpaar aus seinem Nest in den blauen Himmel über Wyk. Die beiden wussten nichts davon, dass Naturschützer sich für ihre Lebensräume starkgemacht hatten, während manche Landwirte ihnen nicht wohlgesonnen waren. Sie wussten auch nichts von Rechnungen, Projekten oder Präsentationen. Sie flogen über Land und Meer und ließen sich nieder, wo sie auf günstige Bedingungen trafen.

Wenn ich nur auch so unbeschwert sein könnte, dachte Kerrin und nahm sich vor, sich heute noch etwas zu gönnen. Zunächst spazierte sie in die Stadt und vereinbarte Termine im Fotostudio und bei einem Friseur am Sandwall. Dann ging sie in das neue Café nebenan, von dem ihr eine Frau im Wartezimmer erzählt hatte. Kerrin fühlte sich dort sofort wohl. Sie ergatterte einen Platz ganz hinten auf einem Sofa und packte Laptop und Smartphone aus.

Lian hatte zurückgeschrieben.

Würde gern berichten, dass ich liebevoll gepflegt werde,
aber Mutter & Schwestern sind verstimmt wegen

fehlender Kostenschätzung. Nur Olof hält zu mir :-) Sitze mit Tee und Zeichenblock auf dem Sofa. Langsam gehen mir die Motive aus ...

Ohne zu überlegen, machte Kerrin ein Selfie und schickte es ihm. Eine Sekunde nachdem sie auf Senden gedrückt hatte, schlug sie sich die Hand vor den Kopf. Was tat sie da? Flirtete sie mit Lian? Leider sah sie auf dem Selfie nicht besonders gut aus – im Gegensatz zu der abfotografierten Bleistiftzeichnung von ihr, die nur einen Augenblick später auf ihrem Display erschien. Auf dem Bild trug sie keine Mütze so wie jetzt, sondern hatte das Haar im Nacken zusammengefasst. Einige Strähnen hatten sich gelöst und gaben ihrem Gesicht ein weiches Aussehen, und sie blickte den Betrachter mit einem amüsierten Lächeln an. Hatte sie wirklich manchmal so ein Funkeln in den Augen? Und von ihren Krähenfüßen wusste sie zwar, doch die Grübchen neben den Mundwinkeln waren ihr noch nie aufgefallen. Trotzdem hatte der Zeichner sie mit seinen feinen Bleistiftstrichen wunderbar getroffen. Er musste das Porträt aus dem Gedächtnis gezeichnet haben.

Danke für die neue Perspektive, hatte er dazugeschrieben. War das süß! Was sollte sie darauf antworten?

Bin überrascht, wie du mich siehst. Du kannst verdammt gut zeichnen, schrieb sie schließlich. Es kam nichts mehr zurück, und sie stellte sich vor, wie er konzentriert auf dem grauen Sofa über seinem Skizzenblock saß, den Bleistift in der Hand und das Panoramafenster zur Marsch vor sich. Vielleicht war er auch aufgestanden, um sich Tee zu kochen. Oder er suchte noch nach den richtigen Worten. Diese Erklärung gefiel ihr am besten.

Sie wollte ihn wiedersehen, keine Frage. Spätestens dann musste er erfahren, dass sie so etwas Ähnliches wie seine Adoptiv-Schwester war. Bis jetzt schien er noch nichts davon zu wissen.

In diesem Moment kam die Kellnerin an ihren Tisch und riss Kerrin aus ihren Gedanken. Sie bestellte einen großen Milchkaffee, ließ sich das WLAN-Passwort geben und startete ihren Laptop, um ihre Bewerbungsunterlagen zusammenzustellen.

• • •

»Hast du schon mit Gudrun gesprochen?«, fragte Kerrin beim Abendessen. Marion zuckte zusammen. »Nein, tut mir leid.«

»Ich mache dir keinen Druck«, stellte Kerrin klar. »Von mir aus kannst du damit warten, solange du willst. Ich sage es Lian selbst.«

»Wie du meinst.« Marion atmete auf. War sie etwa erleichtert, dass Kerrin ihr die Arbeit abnahm? Schreckte sie schon wieder vor einer wichtigen Aussprache zurück?

»Wenn ich es Lian erzähle, erfahren es Gudrun und ihre Töchter sowieso. Ich kann schlecht verlangen, dass er es für sich behält. Außerdem will ich das nicht. Ich möchte meine ... Schwestern näher kennenlernen. Zumindest Jette wirkt ganz nett. Und vielleicht ahnt Gudrun sowieso etwas.«

»Es kommt, wie es kommen muss«, sagte Marion, und Kerrin zuckte mit den Schultern.

»Wie du meinst«, sagte nun auch sie.

Eine halbe Stunde später war sie allein in ihrem Zimmer, während Marion wie so oft eine Abendschicht in der Werkstatt einlegte. Sie konnte also ganz sicher nicht mithören. Trotzdem klopfte Kerrins Herz heftig, als sie Lians Nummer drückte. Er hob beinahe sofort ab. »Moin, Kerrin«, sagte er. »Schön, von dir zu hören. Was gibt's?«

Durch das Telefon klang seine Stimme beinahe noch sinnlicher als in Wirklichkeit, und Kerrin schluckte.

»Hast du am Wochenende schon was vor?«, fragte sie. »Ich möchte gern etwas mit dir besprechen.«

Er lachte. »Das klingt aber offiziell.«

Offiziell? Kerrin geriet ins Schleudern. »Ja, ich meine, nein, so offiziell ist es nicht, aber doch – ich möchte nur nicht, dass du denkst ...«

»Dass du an mir interessiert bist?« Er senkte die Stimme. »Was wäre so schlimm daran? Das Leben kann so schnell vorbei sein. Ich möchte dich auch gern sehen.«

Kerrin war froh, bereits auf ihrem Bett zu liegen. Anderenfalls hätten ihre Knie wohl nachgegeben. Stattdessen prickelte es im Bauch. Ein Gefühl, das sich schnell über ihren ganzen Körper ausbreitete. Sie räusperte sich. »Ja, also, lass uns was ausmachen. Es gibt wirklich etwas zu bereden, aber nicht am Telefon.«

»Du machst mich echt neugierig, aber erst mal muss ich hier weg. Flora möchte nämlich dauerhaft in den Anbau ziehen, und Mutter hilft ihr beim Umräumen. Kannst du kommen und mir helfen? Ich bin immer noch schlecht zu Fuß und kann nicht Auto fahren.«

Kerrin konnte sich vorstellen, was das bedeutete. In den Räumen, in denen Lian jetzt noch seinen Vater spürte, würde sich bald schon alles ändern. Es musste sich anfühlen wie Leichenfledderei.

»Klar komme ich. Wohin gehst du?«, fragte sie. Würde er sie bitten, ihn zur Fähre zu bringen, damit er zurück nach Frankfurt konnte? Bitte nicht, dachte sie.

»Ins Haus Regenpfeifer.« Gott sei Dank, er blieb auf der Insel! »Es wird morgen frei, und ich habe es gemietet.«

»Du musst dafür bezahlen, obwohl sie dich rausschmeißen?!« Am liebsten wäre Kerrin sofort ins Auto ihrer Mutter gestiegen und hätte Lian abgeholt. »Echt krass!«

»Sie schmeißen mich nicht raus, ich habe ja noch ein Zimmer bei meiner Mutter im Haus. Aber das will ich nicht. Sie und Flora gehen mir auf die Nerven mit ihrem Aktionismus. Ich schätze, sie brauchen das, um mit Vaters Tod fertigzuwerden.« Wie konnte er so verständnisvoll sein, während Gudrun und Flora offenbar nur an sich dachten?

»Und du?«, fragte Kerrin. »Was brauchst du?«

»Ein bisschen Ruhe und Zeit zum Nachdenken. Dass ich momentan nicht rausgehen kann, macht es nicht besser.«

»Ich komme, wann immer du mich brauchst«, sagte Kerrin.

»Denk an deinen Kurplan«, sagte er. »Wie läuft's denn überhaupt?«

»Morgen geht es los, am Wochenende habe ich frei.«

»Perfekt. Du kannst am Samstag kommen und mich mit Olof nach Borgsum rüberfahren. Gegen fünfzehn Uhr? Im Ferienhaus können wir dann in Ruhe reden.« Sie war ihm dankbar, dass er die Sauna-Option nicht wieder erwähnte. Das hätte sie im Moment auch überfordert.

»Ja, klar.« Kerrins Friseurtermin war am Vormittag, danach konnte sie eine Kleinigkeit einkaufen und in den Bus nach Süderende steigen.

»Ich schreibe dir noch, wann mein Bus genau ankommt.«

»Dieser Busfahrplan scheint ein echtes Thema für dich zu sein.« Er lachte, und Kerrin stimmte ein.

»Dann schreib mir einfach, wann ich wo einsteigen soll«, sagte sie. »Du weißt es ja eh besser als ich.«

Haus Regenpfeifer

»Hm, tut das gut«, sagte Kerrin, während die Friseurin ihr den Kopf massierte. Das fühlte sich wirklich wie Wellness an. Im Gegensatz zu der gestrigen Massageeinheit im Kurzentrum, bei der ihr alles wehgetan hatte. Und auch die Schlickpackung war gewöhnungsbedürftig gewesen: Der fast zu heiße Meeresschlamm auf ihrem Rücken und den Schultern, die Hitze und das Gefühl, unglaublich schwer zu sein und nicht aufstehen zu können, hatten ihr zugesetzt. Anschließend war ihr Kreislauf beinahe zusammengebrochen, und sie hatte zwei Stunden im Ruheraum zugebracht, bevor sie nach Hause gegangen war. Zum Glück war es dort wirklich angenehm, es gab Tee und bequeme Liegen mit flauschigen Decken, und Kerrin hatte von ihrem Platz aus direkt durch das Oberlicht in den Himmel schauen können.

Heute befand sie sich in einer Art Schwebezustand und hoffte, dass sie sich bis zum Nachmittag wieder etwas kräftiger fühlte.

»Ja, so eine Kur ist anstrengend«, sagte die Friseurin. »Das berichten mir die Gäste immer wieder. Heute lassen Sie sich mal richtig verwöhnen.«

Das tat Kerrin nur zu gern. Zum Glück musste sie hinsichtlich ihres Haares keine großen Entscheidungen treffen, sie wollte es nur leicht gekürzt und in Form gebracht haben. »Sie haben so schönes Haar«, sagte die Friseurin. Kerrin schloss die Augen und überließ sich ihren Gedanken und den Geräuschen im Friseursalon.

Nach einem zweiten Frühstück im Café Steigleder und einer kleinen

Einkaufstour saß sie schließlich im behaglich warmen Warteraum im Hafengebäude. Sie hatte noch etwas Zeit, bevor ihr Bus abfuhr, und wählte Sofias Nummer. Sie hatte ihre Freundin während der Woche nicht erreicht und ihr stattdessen in einer Mail geschrieben, was in den letzten Tagen passiert war.

»Deine Neuigkeiten sind der Hammer«, meldete sich Sofia statt einer Begrüßung.

Kerrin lachte. »Hallo erst mal. Hast du es eilig?«

Sie hörte, dass Sofia kaute, während sie sprach. »Bisschen. Ich bringe Laura gleich zu einer Freundin, anschließend kommt Jan zum Kaffeetrinken vorbei«, sagte sie.

»Aha. Bleibt Laura über Nacht weg?«, fragte Kerrin. Wenn Jan an einem Samstag extra in die Stadt fuhr, um Sofia zu besuchen, dann hatten die beiden vielleicht etwas mehr vor als einfach Kaffee zu trinken. Doch Sofia sagte nur: »Ja. Jetzt erzähl doch mal, hast du deinen Schein-Bruder wiedergetroffen? Findest du ihn immer noch schnuckelig, oder belastet das jetzt eure Beziehung, dass ihr quasi verwandt seid?«

»Wir sind nicht blutsverwandt, und wir haben keine Beziehung«, sagte Kerrin.

»Man hat immer eine Beziehung. Erst recht mit der Familie. Ob man will oder nicht.«

»Es ist kompliziert«, sagte Kerrin und erzählte von der bevorstehenden Verabredung. »Ja, er gefällt mir wirklich, aber ich bin gespannt, wie er auf die Neuigkeiten reagiert. Vielleicht will er dann erst mal allein sein oder mit seiner Mutter und den Schwestern sprechen.«

Plötzlich stieß Sofia einen Schrei aus: »Mensch, als Tochter bist du ja erbberechtigt. Hast du daran schon gedacht?«

»Schon, aber Erben steht gerade ganz unten auf meiner To-do-Liste.«

»Wieso? Gerade jetzt könntest du eine Finanzspritze gebrauchen.«

»Und wie soll ich nachweisen, dass ich seine Tochter bin?«

»Vielleicht hat er dich ja in seinem Testament bedacht.«

»Du meinst, er verschweigt mich ein Leben lang seiner Familie, nur um nach seinem Tod die Bombe platzen zu lassen?«, fragte Kerrin. »Selbst wenn: Ich glaube nicht, dass die freiwillig mit mir teilen würden.«

»Diese Frau Winter sollte dich adoptieren. *Das* wäre ausgleichende Gerechtigkeit.«

Kerrin stand auf und suchte sich eine ruhige Ecke abseits des Ticketschalters. Es war nicht auszuschließen, dass Bekannte der Familie Winter interessiert lauschten und das Gehörte bei nächster Gelegenheit weitertratschten. Auch wenn Kerrin noch keine Namen genannt hatte.

»Nein, danke. Ich habe vielleicht meine Differenzen mit Marion, aber ich möchte keine andere Mutter.«

Sie unterhielt sich mit Sofia, bis es Zeit war, in den Bus zu steigen. Drinnen war es wohlig warm, und sie lehnte den Kopf gegen die Scheibe, während sie in die Landschaft schaute. Das Licht wechselte rasch, und die dichter werdende Wolkendecke verhieß nichts Gutes, doch was sollte auf den paar Kilometern zwischen Süderende und Borgsum schon passieren? Olof wurde mit etwas Schnee locker fertig, schließlich kam er aus Schweden. Und die Vorstellung, mit Lian eingeschneit zu werden, machte ihr keine Angst. Im Gegenteil. Sie konnte sich kaum etwas Romantischeres vorstellen. Vorausgesetzt, dieses Ferienhaus war gut geheizt.

Als sie die kurze Strecke von der Bushaltestelle zu den Winters lief, herrschte bereits dichtes Schneetreiben. Sie rannte geduckt zur Haustür und drückte energisch auf den Klingelknopf. Egal, ob Flora oder Gudrun ihr öffneten, sie freute sich darauf, ins Haus zu kommen.

Stattdessen stand Lian vor ihr. »Komm rein«, sagte er und trat zur Seite. Der Flur war noch dunkler als beim letzten Mal. Durch das kleine Fenster neben der Haustür fiel kaum Tageslicht, und es brannte keine Lampe. Sie konnte Lian mehr spüren als sehen.

»Hallo, Lian.« Während sie noch überlegte, ob eine Umarmung oder eher ein Händedruck angemessen war, zog er sie an sich. Samt ihrer nassen Jacke, dem Rucksack und den Stiefeln, unter denen sich gerade ein Schmelzwassersee bildete.

»Schön, dass du hier bist«, sagte er dicht neben ihrem Ohr, und beim Klang seiner Stimme war es um sie geschehen. Sie löste sich von seiner Schulter, wandte ihm das Gesicht zu und küsste ihn. Vor Überraschung hielt er kurz den Atem an, dann kamen seine Lippen ihr entgegen, als hätte er nur darauf gewartet. Es fühlte sich großartig an. Er schmeckte holzig und gleichzeitig ein wenig nach Kakao, und selbst durch ihre dicke Jacke konnte sie seine Wärme spüren. Ihre Hände ertasteten rauen Wollstoff und glattes Funktions-Gewebe. Er hatte ebenfalls schon seinen Mantel an und trug einen Rucksack. Zu gern hätte sie gewusst, wie sich seine Haut unter den Kleiderschichten anfühlte.

Am anderen Ende des Flurs wurde geräuschvoll eine Tür geöffnet, und sie ließen einander abrupt los.

»Wow, was war das denn?«, fragte er. Sie konnte hören, dass er lächelte.

»Was glaubst du?«, fragte Kerrin zurück, überrascht von ihrer eigenen Courage. Sie bereute es nicht. Wer weiß, wann sie die nächste Gelegenheit dazu bekam.

Dann ging das Licht an, und Flora stand mit einer Bücherkiste vor ihnen.

»Hallo, Kerrin«, sagte sie lustlos, und zu Lian: »Warum steht ihr hier im Dunkeln rum? Schau, deine Sachen.« Damit ließ sie ihnen die Kiste direkt vor die Füße fallen.

»Im Dunkeln ist gut munkeln«, murmelte sie und verschwand in der Küche. Lian und Kerrin sahen einander an und brachen gleichzeitig in Lachen aus.

»Die ist ja vielleicht drauf«, sagte Kerrin und fragte sich, ob sie jemals ein entspanntes Verhältnis zu ihrer Halbschwester entwickeln würde. Aber vielleicht gehörte Anzicken sowieso dazu, wenn man eine Schwester hatte.

»Lass uns verschwinden«, sagte Lian und griff nach dem Rollkoffer, der neben der Haustür stand. Kerrin bückte sich nach der Kiste. »Mehr hast du nicht?«

»Nein. Nur mein Gepäck, mit dem ich aus Frankfurt gekommen bin, mein Handtäschchen«, er deutete mit dem Daumen nach hinten zu seinem Rucksack, »und ein paar Erinnerungsstücke von meinem Vater.«

Dann öffnete er die Haustür und wandte sich Olof zu, der in der Einfahrt stand. Schnell verstauten sie Lians Sachen im Kofferraum und stiegen dann vorne ein. Lian gab ihr den Schlüssel. Der Motor startete trotz der Kälte ohne Murren. Als Kerrin rückwärts aus der Einfahrt stieß, kam sie sich vor wie auf einer abenteuerlichen Flucht in einem Agentenfilm. Tatsächlich war der Volvo früher in Regierungskreisen sehr beliebt gewesen. Lian atmete auf. »Das hätten wir geschafft«, sagte er.

Das Schneetreiben wurde immer heftiger. Bald schon rüttelte der Wind an der Karosserie und fegte die Flocken in Schüben über die Motorhaube, sodass Kerrin manchmal kaum etwas sehen konnte. Sie rollte gemütlich weiter. Vor ihr tauchten die Rücklichter eines weiteren Autos auf, das ebenfalls langsam fuhr.

»Jetzt haben Mutter und Flora freie Bahn«, sagte er. »Da gehe ich so schnell nicht wieder hin.«

»In dein Elternhaus?«, fragte Kerrin betroffen.

»Nein, in den Anbau. Ich möchte mich so daran erinnern, wie es dort zu Vaters Lebzeiten war. Weißt du, ich verstehe ja, dass sie endlich abschließen wollen. Vater war seit Monaten nicht mehr dort, und es war uns allen klar, dass er nicht wiederkommen würde. Die Stammgäste, Geschäftspartner und Freunde fragten immer wieder nach ihm – ob es ihm besser ginge und so. Das war manchmal schwer zu ertragen. Jetzt können wir endlich nach vorne schauen. Für mich bedeutet das, die Insel erst mal hinter mir zu lassen.«

Kerrin konzentrierte sich auf die Straße. Kurz vor Borgsum arbeiteten die Scheibenwischer auf Hochtouren, und die Scheinwerfer wühlten angestrengt im Schneegestöber. Zum Glück dirigierte Lian sie sicher in Richtung Ferienhaus.

»Da vorne geht es rechts«, sagte er, und Kerrin setzte tapfer den Blinker, obwohl sie Mühe hatte, die Abzweigung zu erkennen. Es musste ein Feldweg sein. Sie erkannte es am Geräusch der Reifen und an der Lenkung. Vor sich meinte sie verwehte Fahrspuren zu erkennen.

»Hier ist es«, sagte Lian, und Kerrin bremste gerade noch rechtzeitig vor einem Zaun, der plötzlich vor ihr auftauchte.

»Wir parken hier«, sagte Lian. »Wir nehmen nur unsere Rucksäcke mit. Den Rest holen wir später.«

Kerrin zurrte die Kapuze ihrer Windjacke fest und öffnete die Autotür, die ihr sofort vom Wind aus der Hand gerissen wurde. Sie fühlte Schnee im Gesicht, auf den Lippen, auf der Zunge. Der Sturm zerrte an ihrer Jacke und ihrem Schal. Als sie um das Auto herumging, merkte sie, dass ihre Stiefel nicht mehr hundertprozentig wasserdicht waren.

Lian fasste sie an der Schulter und schob sie vor sich durch das Gartentor. Bis zum Haus waren es nur ein paar Meter, und in einem Fenster neben dem Eingang brannte Licht, als kämen sie nach Hause. Ob es ihrer Mutter damals auch so gegangen war, wenn sie Winter dort besuchte?

Im nächsten Augenblick standen sie im warmen Hausflur. Lian ließ seinen Rucksack fallen und streckte die Arme nach ihr aus, und sie begriff, dass er ihre Jacke nehmen wollte.

»Raus aus dem Zeug, bevor alles schmilzt«, sagte er. »Stell deine Schuhe einfach auf den Teppich.« Dankbar reichte Kerrin ihm Jacke, Schal und Handschuhe. Während Lian die nassen Sachen ins Bad brachte, schlüpfte sie aus ihren feuchten Stiefeln. Nach dem eisigen Wind kam es ihr im Haus unglaublich warm vor. Das lag nicht nur an der Temperatur, sondern auch an der Einrichtung. Warmes Licht fiel auf einen edlen Dielenholzboden, und die Garderobe erinnerte sie an den Eingangsbereich in Winters Anbau. Die Tür geradeaus schien in ein gemütliches Wohnzimmer zu führen, sie blickte auf den Rand eines Sofas und einen Holztisch. Drinnen brannte ebenfalls Licht.

Jetzt trat Lian aus dem Zimmer links von ihr. Er trug eine schwarze Kapuzenjacke, ähnlich wie die, die er bei ihrer ersten Begegnung angehabt hatte und in der er wie ein Teenager aussah.

»Möchtest du Tee oder lieber gleich in die Sauna?«, fragte er und lächelte dieses Lächeln, das Kerrin ganz nervös machte. Seine eisblauen Augen strahlten.

»Gerne erst mal Tee«, sagte Kerrin und folgte ihm ins Wohnzimmer. Dabei merkte sie, dass er kaum noch humpelte.

Auf dem Wohnzimmertisch stand eine Thermoskanne mit zwei Tassen, daneben Kluntjes und ein Milchkännchen. »Anke hat alles für uns vorbereitet. Das ist die gute Fee, die das Ferienhaus für die Gäste klarmacht.«

»Das macht sie gut. Es ist sehr gemütlich hier«, sagte Kerrin, ließ sich auf das Sofa sinken und griff nach einer grau-weiß gemusterten Decke. Sie war aus unglaublich weicher Wolle. Kerrin zog die Beine unter sich und wickelte sich fest darin ein. Sie schnurrte beinahe vor Wohlbehagen, als Lian ihr Tee reichte und sich mit seiner eigenen Tasse neben sie setzte. Und zwar sehr nah, obwohl auf seiner Seite noch ziemlich viel Platz übrig war. Das Sofa gab ein bisschen nach, und ihre Arme berührten sich. Sein Duft nach Holz und Kakao erinnerte sie an den Kuss, doch sie konnten jetzt nicht einfach da weitermachen, wo sie vorhin aufgehört hatten. Nicht, bevor er über ihre Familienbande Bescheid wusste. Und danach wäre es möglicherweise erst einmal vorbei mit der romantischen Stimmung.

Um sich von Lians Nähe abzulenken, schaute sie sich im Zimmer um. Zwei Deckenfluter tauchten den Raum in weiches Licht, der Tisch wurde zusätzlich von einer Leselampe beleuchtet. Neben einer Küchenzeile gab es eine weitere Tür. »Das ist das Schlafzimmer«, sagte Lian, der offenbar ihrem Blick gefolgt war. Kerrin spürte, wie ihre Wangen heiß wurden. Lian tat so, als merkte er nichts davon.

»Oben ist eine weitere kleine Wohnung, die man dazumieten oder eigenständig nutzen kann. Ich habe sie nicht gebucht, aber im Moment sind wir alleine hier.«

Kerrin fasste sich ein Herz. »Meine Mutter kennt das Haus«, sagte sie, und Lian schaute sie interessiert an.

»Ach ja?«

»Ich habe etwas Unglaubliches herausgefunden. Es betrifft uns beide und unsere Familien.«

Und dann erzählte sie es ihm.

Er hörte ihr zu, ohne sie zu unterbrechen, und auch als sie fertig war, sagte er erst einmal nichts. Eine Weile schauten sie beide aus dem Fenster. Noch immer wirbelten die Flocken wild durcheinander und schluckten das Licht des Nachmittags. Fasziniert sah Kerrin zu, wie sich der Schnee auf der Fensterbank immer höher türmte.

»Das volle Friesen-Klischee«, sagte Kerrin, als sie das Schweigen nicht mehr aushielt. »Teetrinken am Kamin und draußen Schietwetter.«

»Nur der Kamin fehlt«, murmelte Lian, und sie merkte ihm an, dass er mit den Gedanken ganz woanders war. Kerrin nippte an ihrem Tee und lehnte sich zurück. Die Uhr über der Küchenzeile tickte unangenehm laut.

»Vielleicht ist es für dich noch schockierender als für mich«, sagte sie schließlich. »Ich wusste ja schon immer, dass meine Mutter ein Geheimnis hat.«

»Ich hatte keine Ahnung«, sagte Lian. »Deshalb bin ich ein bisschen sprachlos. Tut mir leid.«

»Soll ich gehen?«, fragte Kerrin.

»Nein, bleib bitte hier. Bei dem Wetter lass ich dich sowieso nicht vor die Tür. Möchtest du in die Sauna? Mir ist die Lust darauf vergangen, aber du kannst sie gern benutzen. Ich habe Anke gebeten, sie für uns vorzuheizen.«

Kerrin überlegte nicht lang. Sie spürte, dass Lian jetzt Zeit für sich brauchte. Und die Aussicht auf eine Sauna ganz für sie allein war verlockend.

»Gerne«, sagte sie.

»Im Keller findest du alles, was du brauchst. Handtücher, Bademäntel und so.« Plötzlich lächelte er: »Fühl dich wie zu Hause.«

Kerrin spürte keine Ironie dahinter, und so stieg sie mit einem guten Gefühl die Treppe zum Wellnessbereich hinab. Falls Lian wütend war oder auch deprimiert, so ließ er es nicht an ihr aus. Außerdem hatte er ihr sofort geglaubt, was sie keineswegs selbstverständlich fand. Sie wünschte, sie selbst wäre ebenso großzügig. In einem Winkel ihres Herzens versteckte sich immer noch der Neid darüber, dass Lian bei *ihrem* Vater hatte aufwachsen dürfen.

Wenig später streckte sie sich auf einem flauschigen Handtuch aus und überließ sich dem Duft von heißem Holz, den sie so liebte. Die Temperatur war genau richtig. Was für eine Wohltat! Sie ließ sich viel Zeit und ruhte sich zwischendurch auf einer der bequemen Liegen aus, die im Vorraum standen. Auch hier war es angenehm warm und das Licht gedämpft.

Sie musste kurz weggedöst sein, denn als sie zu sich kam und auf die Uhr schaute, zeigte diese halb sieben. Sogar ihr Haar war beinahe trocken. Sie band es locker im Nacken zusammen, zog sich an und ging nach oben.

Sie fand Lian im Wohnzimmer. Draußen war es dunkel geworden, und der Schneesturm schien sich beruhigt zu haben. Der Tisch war jetzt mit Arbeitsmaterial übersät: Papier und Bleistifte, ein großer Laptop, Handy, Taschenrechner und ein Notizbuch. Hatte er all das in seinem Rucksack gehabt?

»Du bist aber fleißig«, sagte Kerrin, und er drehte sich zu ihr um und lächelte sie an. Ihr Herz machte einen Salto und landete geschickt ein Stockwerk tiefer, im Zentrum ihres Körpers.

»Mein Kumpel Ben plant ein Haus für sich und seine Familie«, sagte er. »Ich treffe mich diese Woche mit ihm und gebe ihm ein paar Tipps.«

Irgendwo auf dem Tisch vibrierte sein Smartphone, und er wühlte in seinen Unterlagen, bis er es fand.

»Entschuldige«, sagte er. »Ich warte auf eine Antwort von jemandem.« Er drehte ihr den Rücken zu, und Kerrins Blick wurde fast automatisch von dem Skizzenbuch angezogen, das offen neben dem Laptop lag.

BENS BUDE stand da. Darunter Notizen in einer eleganten, schnörkellosen Schrift. Auf der gegenüberliegenden Seite hatte Lian Dutzende von Segelbooten gezeichnet. Sie schienen auf dem Wasser zu schweben, im Hintergrund ragten Wolkenkratzer auf. Vielleicht Frankfurt, doch für einen Fluss war die Wasserfläche zu breit.

»Gefällt es dir?«, fragte Lian. Kerrin fühlte sich ertappt. Normalerweise hielt sie ihre Neugier besser im Zaum.

»Wieso hast du die Boote in die Großstadt verpflanzt?«, fragte sie, und er zuckte mit den Schultern. »Fingerübungen.«

»So wie die Zeichnung von mir?«

Er fuhr sich verlegen durch die Haare am Hinterkopf, dann stellte er sich neben sie und blätterte ein paar Seiten zurück. Dazwischen befanden sich auch einige, die nur mit Text bedeckt waren.

»Hier ist sie. Ich habe es auch noch mit deinem Foto als Vorlage versucht, aber irgendwie gefällt mir die hier am besten.«

»Darf ich?« Kerrin blätterte um und berührte dabei seine Hand. Er zog sie nicht weg – vielleicht, damit sie nicht versehentlich auf die Textseiten geriet.

Sie betrachtete die Skizzen, die er auf Basis ihres Selfies angefertigt hatte. Die Mütze verbarg ihr Haar, ihr Gesicht war schmal und mit Bleistift schattiert. Vermutlich hatte sie rote Wangen gehabt, als sie von der Kälte nach drinnen kam. Sie wirkte angespannt.

»Du hast recht, das Erste gefällt mir auch am besten.«

»Ich hatte einfach ein bestimmtes Bild von dir im Kopf.«

Kerrin hätte ihn gern gefragt, welches, doch er schlug das Skizzenbuch zu und begann, den Tisch freizuräumen. »Hast du Hunger?«, fragte er. »Ich habe Anke gebeten, für uns einzukaufen.« Wie auf Kommando begann ihr Magen zu knurren.

»Ich habe auch etwas mitgebracht.« Sie ging in den Flur, um den Rucksack zu holen. Als sie zurückkam, stand Lian vor dem offenen Kühlschrank. »Das wird ein Festmahl«, sagte er, und Kerrin schaute ihm über die Schulter: Anke hatte offenbar die Föhrer Delikatessen- und Hofläden geplündert.

Sie deckten den Tisch mit Antipasti und Weintrauben aus dem Kühlschrank. Kerrin hatte außerdem Käse, Brot und Rotwein mitgebracht, und zwar eine völlig normale Flasche Bio-Merlot aus dem Supermarkt, an der keinerlei familiäre Erinnerungen klebten.

»Ob meine Mutter wirklich nichts von dir wusste?«, murmelte Lian, während er den Korkenzieher ansetzte.

»Frag sie.«

»Das werde ich. Aber nicht mehr heute. Das muss echt schräg für dich sein, plötzlich eine Familie zu haben, die du nicht kennst?«

Kerrin nickte. »Stimmt. Dich kenne ich ja nun schon ein bisschen. Und wie du vielleicht gemerkt hast, mag ich dich ziemlich gern.«

Er schüttelte seine Locken. »Nee, ist mir noch gar nicht aufgefallen«, sagte er und grinste frech. »Aber freut mich. Und was ist mit dem Rest der Familie?«

»Da bin ich noch unentschieden. Erzähl mir von unseren Schwestern. Warum zum Beispiel wohnt Flora noch zu Hause? Sie ist doch schon an die vierzig.«

»Neununddreißig, ein Jahr jünger als Jette. Sie hat sich kürzlich von ihrem Mann getrennt – oder er sich von ihr, so genau weiß man das nicht – und ist wieder in unser Elternhaus eingezogen. Sie arbeitet im Hotel als zweite Geschäftsführerin. Jette wohnt zusammen mit ihrer Lebensgefährtin auf ihrem Reiterhof.«

»Hat eine von beiden Kinder?«

»Jette und Thea wollten schon vor Jahren eines adoptieren. Vielleicht probieren sie es jetzt noch mal, nachdem sich die Rechtslage für gleichgeschlechtliche Paare geändert hat. Flora und ihr Mann sind kinderlos geblieben, aber ich weiß nicht, warum. Möglicherweise ist das der Trennungsgrund. Wobei ich mir Flora schlecht mit Kindern vorstellen kann.«

»Vielleicht wäre sie dann nicht so griesgrämig«, sagte Kerrin.

»Ich finde es riskant, darauf zu hoffen, dass Kinder einen zu einem besseren Menschen machen«, sagte er. »Ich bemühe mich lieber jetzt schon.«

»Möchtest du denn welche?«

»Klar. Mein Freund Ben und seine Frau Gesa haben zwei Jungs, ich freue mich schon auf sie.«

Kerrin verspürte ein leichtes Kratzen im Hals und ließ es zu, dass ein ausgewachsener Hustenreiz daraus wurde. Die Diskussion nahm eine gefährliche Richtung. Lians Worte erinnerten sie daran, dass sie zu viel arbeitete, um ein Familien-Projekt zu starten. Außerdem fehlte immer noch der richtige Mann. Es sei denn ... Als sie zu Ende gehustet hatte, fragte Lian: »Und du?«

Sie hielt sich an ihrem Weinglas fest.

»Vielleicht später«, sagte sie. Während sie sprach, konnte sie in der Stille des abgelegenen Hauses beinahe ihre biologische Uhr ticken hören. Lian ließ sie nicht aus den Augen. Er schien auf weitere Erklärungen zu warten.

»Und nein, ich suche keinen Samenspender«, sagte sie.

Lian lachte, dann wurde er plötzlich ernst und sagte: »Du willst also das volle Programm.«

»Ich kann mir ein Leben mit und ohne Kinder vorstellen«, sagte sie. »Aber wenn, dann will ich nicht alleinerziehend sein.«

»Ich glaube, das will fast niemand.«

Sein Smartphone vibrierte wieder. Diesmal lag es direkt neben ihm auf dem Tisch, und wieder nahm er es hoch und verbarg das Display vor ihr. Wahrscheinlich gab es ja doch eine Wiebke, Nina oder Stefanie, die hier oder in Frankfurt auf ihn wartete. Er war nett, er war sexy, und er wollte Familie – so ein Traumtyp konnte gar nicht single sein, oder?

Kerrin nahm sich noch eine Weintraube und schob sie langsam in den Mund. Lian hatte nur Augen für sein Handy. »Hmpf«, machte Kerrin, und da endlich schaute er auf, was alles nur noch schlimmer machte. Die Schmetterlinge in ihrem Bauch flatterten emsiger denn je.

Nachtgedanken

Mitten in der Nacht wachte Marion auf und hatte das lebhafte Gefühl, ein Geräusch gehört zu haben. Ob Kerrin endlich nach Hause gekommen war? Natürlich ging es sie schon lange nichts mehr an, mit wem ihre Tochter unterwegs war und wie spät es dabei wurde. Doch kaum wohnte Kerrin unter ihrem Dach, machte sie sich wieder Sorgen. Vor allem da es tagsüber stark geschneit hatte und es eine Weile dauern würde, bis die Straßen wieder frei waren. Vielleicht übernachtete sie bei Lian. Der letzte Bus war schließlich längst abgefahren.

Marion lauschte angestrengt. Alles blieb still. Während der Anfangszeit in Wyk hatte sie sich gewundert, *wie* still es hier war. Kein Vergleich zu Regensburg, wo immer jemand auf der Straße war, sich Nachtschwärmer lautstark unterhielten oder herumgrölten, wo der Verkehr nicht mal um drei Uhr morgens völlig zum Erliegen kam. Wyk hingegen war keine Studentenstadt, sondern ein verträumter Ort am Meer, der unter dem Andrang von Touristen zum Leben erwachte. Touristen, die Stille suchten und es genossen, wenn spätestens um zehn Uhr abends die Bürgersteige hochgeklappt wurden.

Ein Wunder, dass Niko es hier so lange ausgehalten hatte. Während der Saison blühte er regelmäßig auf. Er konnte nicht genug Trubel und Menschen um sich haben, und die Gäste liebten ihn. Da er wahnsinnig viel arbeitete, fehlte ihm die Großstadt nicht. Doch wenn die Tage kürzer wurden, wenn nach und nach Ruhe einkehrte, sehnte er sich nach dem Theater, nach Museen, Kinos und Kaufhäusern. Zwar gab es ein Kino auf dem Sandwall, aber das blieb außerhalb der Saison geschlossen, und die wenigen Kulturangebote waren eher auf Reisende zugeschnitten als auf Einheimische. Warum sollte ein Ortsansässiger zum Klönschnack ins Kurhaus gehen und sich in altbekannte Geheimnisse der Insel einweihen lassen? Wie viele Strand- und Wattwanderungen konnte man unternehmen, bevor einem langweilig wurde?

Unendlich viele, dachte Marion. Zumindest auf sie selber traf das zu. Sie liebte die kalte Jahreszeit, besonders hier auf Föhr. Niko hatte das ganz anders gesehen. Strandspaziergänge waren nicht seine Sache gewesen, und zu Hause auf dem Sofa hielt es ihn auch nicht lange. Er mochte es, wenn der Wind ums Haus brauste, während sie miteinander schliefen. Doch sobald er zur Ruhe kam, holten düstere Gedanken ihn ein. Seine Frau Gudrun konnte damit nicht umgehen. Sie hatte ihm geraten, zum Arzt zu gehen und sich Antidepressiva verschreiben zu lassen. Damit er wieder funktionierte, für das Hotel und die Familie. Das hatte er dann auch getan. Doch Marion wusste, wie viel Energie es ihn manchmal kostete, den äußeren Schein zu wahren.

Wenn sie daran dachte, kamen ihr heute noch die Tränen. Düstere Gedanken waren ihr vertraut, aber sie hatte immer genügend Kraft aus sich selbst gezogen, um nicht in Lethargie zu verfallen. Sie hatte ihre Arbeit, bei der die Hände beschäftigt waren und das Unterbewusstsein das Chaos ordnen konnte, das ihre Familiengeschichte hinterlassen hatte.

Ihre ganze Kindheit hindurch hatte sie gespürt, wie schwer ihrem Vater das Leben fiel. In seinen guten Phasen war er liebevoll und großzügig gewesen, während der anderen hatte die Mutter ihn abgeschirmt und sich nicht viel um Marion gekümmert. Anton und seine Frau waren in diesen Zeiten so etwas wie Ersatzeltern für sie geworden und hatten ihr Geborgenheit gegeben, ganz besonders, als ihr Vater auf so schlimme Weise gestorben war. Marion hatte trotz allem Glück gehabt.

Anders als Niko. Sein Vater hatte nach dem Krieg seinen Mut und seine Ersparnisse genommen und in einen kleinen Zeitungsladen gesteckt, den er zusammen mit seiner Frau führte. Am Anfang war es wohl gut gelaufen, doch nach Nikos Geburt begann seine Mutter zu trinken. Er selbst kannte sie nur so. Am Anfang gab es noch eine Oma, die sich um ihn kümmerte, nach ihrem Tod war er auf sich allein gestellt. Als Kind half er seinem Vater im Laden und bekam nicht einmal Taschengeld dafür. Mit vierzehn suchte er sich einen Job in einem Hotel. Die verlangte Einverständniserklärung der Eltern fälschte er. Das hatte er ihr mit einem verschlagenen Lachen erzählt, das Marion das Herz brach. Sie hatte sich den Jungen vorgestellt, der seinen Vater anlog, um arbeiten zu dürfen. Und zwar nicht für kleine Extras, sondern um sich mit den notwendigsten Dingen zu versorgen: Schulhefte, ein neues Paar Schuhe, Pausenbrot. Er konnte stolz auf sich sein, doch es war einfach nicht gerecht.

Als er Gudrun traf, erkannte Niko seine Chance. Sie besaß nicht nur das Vermögen ihrer Eltern. Sie war auch schön, elegant und bewegte sich in den richtigen Kreisen. Da Niko über die Jahre hart an seinem Auftreten und seinen Umgangsformen gearbeitet hatte, fiel es ihm nicht schwer, sich einzufügen. Doch tief im Inneren war er immer der kleine, vernachlässigte Junge geblieben.

Vermutlich kümmerte er sich deshalb so intensiv um Lian. Für seine Töchter sorgte er zwar auch, aber eher auf materieller Ebene. Während Flora den Hotelbetrieb liebte und ganz unter Gudruns Einfluss stand, besaß Jette ihren eigenen Kopf. Als sie gegen Gudruns Willen eine Ausbildung zur Pferdewirtin beginnen wollte, gab Niko ihr seine Unterschrift.

Für Kerrin leistete er sporadisch Unterhalt, bis Marions Einkommen ausreichte, um abzulehnen: »Wenn du dich nicht zu ihr bekennst, brauchst du auch nicht für sie zu zahlen. Wir kommen allein zurecht.«

Sie erinnerte sich noch gut an den Schmerz in seinen Augen. Er war so stolz darauf, wie weit er seit den Tagen im Zeitungskiosk gekommen war. Durch harte Arbeit hatte er eine Menge Geld verdient und in Gudruns Grundstücke investiert, sonst wäre der Hotelbetrieb der Winters niemals so groß geworden. Das alles hatte Niko letztlich nicht aufgeben wollen. Doch es verletzte ihn, dass Marion sein Geld nicht mehr annehmen wollte, und es war in seinen Augen auch unvernünftig. Kerrin dachte genauso.

Äußerlich betrachtet hatten beide natürlich recht, doch Marion wollte unabhängig sein. Kurz darauf hatte Gudrun ihren Mann ohnehin gezwungen, den Regenpfeifer als Rückzugsort aufzugeben und in das gemeinsame Haus zurückzukehren.

Marion hatte nie aufgehört, diesen widersprüchlichen Mann zu lieben. Nicht einmal jetzt, nachdem sie erfahren hatte, dass er nicht Lians Vater war. Wie hatte Gudrun es angestellt, dass er trotzdem bei ihr blieb? Marion wollte es gar nicht so genau wissen. Sie hatte auch keine Lust, mit ihr zu reden. Es war nicht notwendig. Kerrin hatte einen guten Draht zu Lian und musste selbst entscheiden, inwieweit sie sich mit den Winters auseinandersetzen wollte.

Nikolaus Winters letzter Wille schloss Kerrin nicht mit ein. Jedenfalls hatte er in seinen Mails nie etwas dergleichen erwähnt.

Ungebetene Gäste

Nach dem Abendessen holten Kerrin und Lian die Schachtel mit Erinnerungsstücken aus dem Auto und sahen sie gemeinsam an. Sie lachten miteinander über Winters klobige Manschettenknöpfe, ganz ähnlich wie die, die Kerrin von ihrer Oma geerbt hatte, nur doppelt so groß.

»Du trägst wirklich Manschettenknöpfe, wenn du deine Planungen präsentierst?«, fragte Lian ungläubig.

»Klar, warum nicht? Und dazu die Uhr von meinem Opa. Sie geht noch einwandfrei, ich werde sie demnächst mal überholen lassen. Die Sachen geben mir Sicherheit, wie Talismane.«

Schallplatten kamen zum Vorschein und einzelne Fotos. »Die hatte meine Mutter doppelt«, sagte Lian. Eines davon war das Bild, auf dem seine Mutter und Nikolaus Winter mit dem dunkelhaarigen Mann zu sehen waren. Lian zeigte auf ihn und sagte: »Das ist Leonardo, mein Erzeuger. Er war ein Freund meiner Eltern, ein Kollege aus dem Hotel.«

»War? Ist er etwa auch gestorben?« Das hätte Kerrin leidgetan. Es war doch ein tröstlicher Gedanke, dass Lians biologischer Vater noch lebte, auch wenn er keinen engen Kontakt zu ihm hatte. Dann erinnerte sie sich: »Du sagtest, er lebt in Italien.«

»Das ist richtig, aber die Freundschaft ging auseinander, nachdem er meine Mutter geschwängert hatte. Ganz so abgeklärt waren die drei dann auch wieder nicht. Ich weiß nicht genau, was sich damals abgespielt hat. Vielleicht verrät meine Mutter es mir, wenn ich sie mit deiner Geschichte konfrontiere.«

Sie redeten weiter bis spät in die Nacht, und schließlich bot Lian ihr an, mit seinem Volvo nach Hause zu fahren. Zum Glück war Kerrin längst von Wein auf Wasser umgestiegen und hatte sich damit abgefunden, dass Lian aufgehört hatte, mit ihr zu flirten. Er war weiterhin sehr nett zu ihr, doch sie spürte eine größere Distanz als am Nachmittag. Seit die beiden Handynachrichten gekommen waren, hatte sich eine Art Befangenheit zwischen ihnen eingeschlichen. Sehr wahrscheinlich steckte eine andere Frau dahinter, und jetzt zog er Kerrin gegenüber die Notbremse.

Zum Abschied umarmten sie einander kurz und längst nicht so innig wie zur Begrüßung. »Tut mir leid, dass ich dich heute Nachmittag so überfallen habe«, sagte Kerrin. »Ich weiß nicht, was in mich gefahren ist.« Lian schien verwirrt. Er hatte mehr Wein getrunken als sie und reagierte langsam. Plötzlich lächelte er.

»Du meinst den Kuss? Der tut mir nun wirklich nicht leid«, sagte er und hielt ihr die Tür auf. Was sollte das nun wieder bedeuten? Vielleicht war das seine Art zu sagen: *Du bist ganz nett, aber ich will nichts von dir.* Oder *Ich will zwar was von dir, bin aber schon vergeben.*

»Dann ist es ja gut«, meinte Kerrin ernüchtert. »Melde dich, wenn du dein Auto brauchst.« Damit drehte sie sich um und stapfte durch den Vorgarten, um mit Olof durch den Schnee zu pflügen.

Auf der Heimfahrt tuckerte Kerrin hinter einem Räumfahrzeug her und genoss die langsame Fahrt durch die mondhelle Nacht. Sie bewegte sich wie in einem Disney-Winterwunderland. Fehlten nur noch Elche und Schlitten. Wehmütig dachte sie an die vergangenen Stunden. Anfangs war es so romantisch gewesen, mit Lian allein in dem verschneiten Haus. Sofia würde sich kaputtlachen, wenn sie das Wort aus Kerrins Mund vernahm. Doch wie es schien, war der Traum schon wieder vorbei, und sie vergaß die Sache am besten. Um sich abzulenken, schaltete sie das Radio ein und suchte nach einem guten Sender. Bei *Summer moved on* von a-ha blieb sie hängen.

»Sehr passend«, knurrte Kerrin, sang dann aber voller Inbrunst mit. Hoch, falsch und laut. Danach kamen noch einige andere Songs, die in Kerrins späten Teenagerjahren aktuell gewesen waren. Zum ersten Mal fiel ihr auf, dass diese inzwischen als Oldies gesendet wurden. Das Leben kann so schnell vorbei sein, hatte Lian vor ein paar Tagen am Telefon gesagt. Sie waren doch beide erst fünfunddreißig. Oder musste es heißen, *schon* fünfunddreißig? Jedenfalls würde sie nicht gleich aufgeben. Sie hatte Olof als Pfand, und sie waren jetzt familiär verbunden – irgendwie.

Olof passte gerade so in die Einfahrt. Marion würde sich morgen früh wundern, das Auto vor ihrem Haus zu sehen.

Seine kantigen Umrisse waren unverkennbar, selbst wenn es über Nacht noch mehr schneite. Im Moment sah es ganz danach aus, denn der Wind hatte aufgefrischt, und Wolken zogen vor den Mond.

Und tatsächlich, als Kerrin endlich im Bett lag, hörte sie leise tupfende Geräusche auf dem Dachfenster. Sie wurden bald übertönt von den Windgeräuschen und einem Fensterladen, der irgendwo in der Nachbarschaft auf und zu schlug. Insulaner befestigten ihre Häuser normalerweise sorgfältig; vielleicht handelte es sich um ein Ferienhaus. Sie stand auf, trat ans Fenster und sah hinaus. Sie konnte nicht feststellen, wo das Geräusch herkam. Als Kerrin schon überlegte, sich anzuziehen und nachzusehen, ging auf der gegenüberliegenden Straßenseite in einem Dachfenster das Licht an. Kurz darauf verstummte das Klappern. Auf dem Weg zurück ins Bett sah sie ihr Smartphone aufleuchten, das sie auf den Schaukelstuhl gelegt hatte. *Gut nach Hause gekommen?*, wollte Lian wissen.

Ja, schrieb Kerrin. *Gute Nacht.*

Auf dem Display erschien ein Daumen nach oben. Und dann, in einer weiteren Nachricht: ein Kuss-Smiley.

Kerrin legte sich wieder hin und kuschelte sich unter ihre Decke. Dass der Wind heftiger wurde, verstärkte nur das Gefühl, geborgen und sicher zu sein. Und da war noch etwas. Ein Kribbeln im Hals, eine stille Vorfreude, prickelnd wie Prosecco. Die Sache mit Lian war noch nicht zu Ende.

Als Nächstes nahm sie das Licht wahr, das durch die schneeverwehte Scheibe hereinsickerte. Sie sah auf die Uhr: kurz nach halb elf! Sie hatte richtig tief geschlafen. Sie duschte und schlüpfte in das knielange Wollkleid, das sie neben den eher praktischen Sachen eingepackt hatte. Heute würde sie einen gemütlichen Tag im Haus verbringen, zumindest wenn das Wetter so düster blieb.

Während sie die Treppe hinunterging, knebelte sie ihre ungekämmten Haare zu einem Pferdeschwanz. Vor der Küchentür hörte sie Stimmen. Ihre Mutter hatte offenbar Besuch, und es roch nach warmem Kuchen. Kerrin lief das Wasser im Mund zusammen.

Als sie öffnete, sah sie als Erstes Flora auf dem Sofa sitzen. »Du kannst uns nicht wegschicken«, sagte sie gerade zu Marion. »Meine Mutter hat dir drei Briefe geschrieben, aber du hast nicht auf die Terminvorschläge reagiert. Herr Brodersen ist extra vom Festland gekommen, um sich das Haus anzusehen.«

»Und das auch noch an einem Sonntag«, sagte Marion sarkastisch. »Alle Achtung.«

Marion saß auf dem Platz, an dem Kerrin gestern ihr Abendessen eingenommen hatte. Auf einem weiteren Stuhl, mit dem Rücken zu Kerrin, hockte ein Mann mit dicker Windjacke. Hinten war die Aufschrift *Brodersen Bau GmbH* aufgedruckt. Er hob entschuldigend die Schultern und wies auf Flora. »Sie hat mich am Freitag angerufen. Es klang nach einem Notfall, also kam ich so schnell ich konnte.«

»Moin«, sagte Kerrin laut, und alle Augen richteten sich auf sie. Brodersen verrenkte sich beinahe den Hals. Kerrin nickte ihrer Mutter zu, nickte Flora zu und streckte Brodersen die Hand hin.

»Würschinger«, sagte sie. Brodersen erwiderte ihren Händedruck, schaute dabei aber Flora an.

»Als Vermieter dürfen wir das Haus betreten, wenn Sanierungs- und Modernisierungsmaßnahmen anstehen«, referierte Flora, »sofern wir den Termin rechtzeitig ...«

»Bist du die Vermieterin?«, unterbrach Kerrin sie, und Marions Blick ging verunsichert zwischen den beiden hin und her.

»Das Haus gehörte meinem Vater. Er ist vor wenigen Tagen verstorben, und ich finde es geschmacklos ...«

»Ich auch – dass du so kurz nach seinem Tod nichts Besseres zu tun hast als den Rauswurf meiner Mutter zu organisieren. Obwohl es nicht seinem Letzten Willen entspricht.«

Das wusste Kerrin zwar nicht genau, doch immerhin hatte Winter Marion zeit seines Lebens hier wohnen lassen.

»Kerrin. Lass gut sein«, sagte Marion. Doch Kerrin kam erst richtig in Fahrt. »Oder hast du das Haus geerbt?«, fragte sie Flora.

»Du hast hier gar nichts mitzureden, Kerrin. Deine Mutter ist die Mieterin.« Sie wandte sich wieder an Marion: »Wir wollen dich nicht rauswerfen, sondern das Haus modernisieren.«

Wer's glaubt, dachte Kerrin.

»Können wir jetzt?« Flora nickte aufmunternd zu Brodersen, und er stand auf. Flora brauchte etwas länger, um sich zwischen Tisch und Eckbank hervorzuwinden.

Deshalb war Marion als Erste an der Küchentür, öffnete sie und trat in den Flur. Und zwar so, dass sie den Durchgang zur Treppe versperrte und nur der Weg zur Haustür frei blieb. Kerrin stellte sich mit verschränkten Armen neben sie.

»Nein«, sagte Marion. »Kerrin hat vollkommen recht. Ich muss mich nur mit den Erben auseinandersetzen. Solange der oder die noch nicht feststeht, geht das wohl nicht. C´est la vie.«

»Das ist Haarspalterei«, schnaubte Flora. Sie schien langsam zu begreifen, dass sie im Moment nichts ausrichten konnte. Schließlich konnte sie Mutter und Tochter nicht mit Gewalt zur Seite schieben, um durch das Haus zu spazieren.

»Du hörst von unserem Anwalt«, sagte sie noch, dann machte sie kehrt und riss die Eingangstür auf. Sofort wurde eine Ladung Schnee hereingeweht, und als Flora auf den Hof hinaustrat, knickte sie auf dem holprigen Boden um. Brodersen hielt sie am Ellbogen fest. Anstatt sich zu bedanken, machte sie sich ärgerlich los und quetschte sich an Olof vorbei in Richtung Straße. Der Wind hatte sich gelegt, zwischen den

Wolken konnte man sogar das ein oder andere Stück blauen Himmel sehen. Ein Räumfahrzeug schrappte vorbei.

Der irritierte Brodersen holte eine Wollmütze aus seiner gepolsterten Jacke, setzte sie auf den Kopf und tippte zum Abschied mit den Fingern. »Tschüss, die Damen.«

Marion schloss die Tür hinter den beiden, lehnte sich von innen dagegen und atmete tief aus. Dann grinste sie plötzlich und hielt Kerrin die Hand zum High five hin. »Die wären wir erst mal los.«

Kerrin schlug lachend ein. »Hast du wirklich drei Briefe von Gudrun ignoriert?«

»Ja. Dem Ersten lag eine Vorsorgevollmacht ihres Mannes bei. Ich habe sie genau gelesen, sie gilt über den Tod hinaus. Ich werde also mit der Vermieter-Erbe-Nummer nicht durchkommen, aber dank dir habe ich wohl einen weiteren Aufschub bekommen. Wenn du nicht so entschlossen aufgetreten wärst, hätte ich sie machen lassen.« Marion grinste immer noch.

»Flora scheint von der Vollmacht nichts zu wissen.«

»Bestimmt hat ihre Mutter nicht daran gedacht. Sie rechnete wohl nicht mit Gegenwehr.«

»Und das, obwohl ich Floras Bruder von der Treppe geschubst habe.«

»Die Abneigung gegen ihn scheinst du ja inzwischen überwunden zu haben. Warum steht eigentlich sein Auto in unserer Einfahrt?« Sie blickte über Kerrins Schulter zur Treppe hin, als könnte Lian jeden Moment herunterkommen.

Kerrin erklärte es ihr, und Marion kicherte: »Vielleicht denkt Flora jetzt, dass er hier ist.«

»Sie kann denken, was sie will.«

Sie gingen zusammen in die Küche zurück.

»Cognac?«, fragte Marion.

»Danke, Mama, ich nehme lieber Kaffee. Ich habe noch nicht gefrühstückt.«

»Es ist noch welcher in der Thermoskanne«, sagte Marion und

machte sich an der Küchenzeile zu schaffen. Dann reichte sie Kerrin eine Tasse und einen Teller mit einem Stück Kuchen. »Ich habe Zitronen-Tarte für dich gebacken.«

Ihre Mutter gab sich wirklich Mühe. Doch ein Zitronenkuchen konnte Kerrin die Jahre mit einem Vater nicht ersetzen. Deshalb nahm sie das Kuchenstück mit gemischten Gefühlen entgegen. »Riecht lecker«, sagte sie und schenkte sich Kaffee ein.

Jetzt erst merkte Kerrin, dass ihre Arme zitterten. Ob vor Aufregung oder Unterzuckerung, wusste sie nicht. Ihr Verhältnis zu Marion war immer noch angeschlagen, aber sie hatte ganz selbstverständlich gegen Flora und Brodersen Partei für sie ergriffen. Auch wenn es ziemlich nutzlos war.

»Ich schaue mich nach einer neuen Bleibe auf dem Festland um«, sagte Marion. »Für mein Geschäft wäre das kein Nachteil, ich wäre viel schneller auf den Märkten und könnte mir einen kleinen Laden zulegen. Wenn ich Sehnsucht nach der Insel und meinen Freundinnen hier bekomme, kann ich für einen Tag die Fähre nehmen oder über ein paar Tage bei Annette bleiben.«

Ihre Mutter hatte also einen Plan B. Irgendwie beruhigend. Kerrin musste sich nicht um Marion kümmern, sie kam allein zurecht. So wie sie auf ihre Weise immer zurechtgekommen war.

Amrum

Die nächsten Tage verbrachte Kerrin weitgehend im Aquaföhr. Zwar hatte sie die Kuranwendungen auf maximal drei pro Tag reduzieren lassen, aber dazwischen lagen oft lange Pausen, die sie im Ruheraum verbrachte. Mal las sie Zeitung, mal döste sie vor sich hin. Abends durchforstete sie die Ausschreibungsportale, schrieb Angebote und feilte an ihrer Bewerbung.

Von Lian hörte sie nichts. Sie hoffte, dass es ihm dort draußen gut ging, außerhalb von Borgsum und ohne Auto. Vielleicht war er ja mit der Hausplanung für seinen Freund Ben beschäftigt, oder er unternahm etwas mit ihm und dessen Familie. Ob er schon mit seiner Mutter und den Schwestern gesprochen hatte? Sie konnte sich nicht vorstellen, dass er lange damit warten würde.

Das Wetter war wieder wärmer geworden, der ganze Schnee weggetaut, aber es war immer noch stürmisch und regnerisch. Am kommenden Freitag sollte es besser werden, und Kerrin vereinbarte endlich den Termin für ihre erste Nordic-Walking-Stunde.

Doch am Donnerstagabend erhielt sie einen Anruf von ihrem Trainer. Er war so heiser, dass er kaum sprechen konnte. »Ich kann morgen leider nicht. Bronchitis«, sagte er.

»Gute Besserung«, war alles, was Kerrin dazu einfiel. Sie hatte für die Walking-Einheit extra ihren Massagetermin und die Krankengymnastik verschoben, und nun war es zu spät, um etwas anderes zu buchen. Doch nachdem sie aufgelegt hatte, spürte sie Erleichterung. Sie sehnte sich nach Bewegung und frischer Luft, vor allem aber nach Freiheit. Sie wollte unbeschwert genießen, frei wie die Störche über der friesischen Karibik.

Noch einmal checkte sie den Wetterbericht und anschließend den Fähren-Fahrplan, dann tippte sie auf den jüngsten Eintrag in ihrem Handy-Adressbuch.

Lian meldete sich sofort.

»Wie geht es Olof?«, fragte er leichthin, und Kerrin musste lachen.

»Ganz gut. Seit er mich von Borgsum nach Hause gebracht hat, steht er scheinbar nur herum, aber ich prüfe jeden Morgen die Ventilpositionen. Ich glaube, er nimmt nachts heimlich an Agententausch-Aktionen teil.«

»Ja, das kann gut sein. Am besten bringst du ihn zu mir zurück. Er braucht eine Pause, schließlich ist er nicht mehr der Jüngste.«

»Okay. Ich schlage eine Übergabe an einem neutralen, öffentlichen Ort vor. Wie wäre es morgen früh am Fährhafen? Ich könnte dich abholen, und wir setzen mit ihm nach Amrum über.«

»Und was würden wir dort tun?«

»Uns mit Olof einen schönen Tag machen. Morgen soll fantastisches Wetter sein.«

»Das trifft sich gut. Mein Knöchel ist so gut wie neu, und ich lechze nach Bewegung. Ich habe in den letzten Tagen zu viel rumgesessen.«

»Dann sind wir uns ja einig.«

Am nächsten Morgen holte sie Lian am Ferienhaus ab. Beim letzten Mal hatte sie sich beeilt, durch den Sturm ins Haus zu kommen. Jetzt lag es in der Sonne vor ihr, und sie konnte es in Ruhe ansehen: ein schnuckeliges Reetdachhaus mit frischem Putz und neuen, dunkelgrünen Fensterläden, im Vorgarten die in Vlies verpackten Rosenstöcke.

Kerrin hatte genug Fantasie, um sich die Blütenpracht im Sommer vorzustellen. Es war wirklich ein Häuschen zum Verlieben.

Sie hatte kaum das Gartentor geöffnet, als ihr Lian mit federnden Schritten entgegenkam, den Rucksack lässig über eine Schulter geworfen. Zu seinen üblichen schwarzen Klamotten trug er eine Häkelmütze in Jamaika-Farben, unter der die Locken widerspenstig hervorquollen. Seine Begrüßung fiel förmlich aus: »Hallo, Kerrin«, sagte er nur. Er schien ihrem Blick auszuweichen, und eine Umarmung gab es heute auch nicht. Stattdessen streckte er die Hand aus und bat sie um den Schlüssel. »Ich kann wieder selbst fahren.«

Widerwillig stieg sie auf der Beifahrerseite ein. Immerhin war es sein Auto. Sobald sie ihre Finanzen im Griff hatte, würde sie sich einen Traum erfüllen und sich in Regensburg ihren eigenen Oldtimer kaufen.

»Komm, wir lassen das Auto hier am Hafen stehen«, sagte Lian wenig später. »Wir können von Wittdün mit dem Bus nach Norddorf fahren und durch die Dünen zurücklaufen. Zwischendurch machen wir einen Abstecher zum Strand.«

»Auch gut«, sagte Kerrin. »Ich habe sowieso keinen Plan. Ich war einfach nur euphorisch wegen des guten Wetters und weil ich Freigang habe.«

»Wir brauchen keinen Plan. Ich habe uns Brotzeit eingepackt – so sagt man doch in Bayern, oder?«

»Exakt.« Sie war neugierig, was er sich einfallen lassen hatte. Sein Rucksack war jedenfalls prall gefüllt.

Während der Überfahrt nach Amrum konnte Kerrin sich gar nicht sattsehen. Sie fuhren ein Stück nach Süden und schwenkten dann in die Fahrrinne zwischen Föhr und der Hallig Langeneß ein. Sie hatte ihre Kamera mitgenommen und lief damit begeistert zwischen Backbord und Steuerbord hin und her. Mit dem Teleobjektiv holte sie die Häuser auf der Hallig heran, konnte nicht genug bekommen vom Glitzern des Meeres und dem leuchtenden Himmel. Lian suchte sich einen Sitzplatz und sah ihr lächelnd zu, bevor er sein Skizzenbuch aus dem Rucksack holte. Sie ging erst zu ihm zurück, als das Schiff im Hafen von Wittdün angelegt hatte und die anderen Passagiere zum Ausgang drängten. Kaum zu fassen, dass er die ganze Zeit auf seinem Platz geblieben war. Sie hatte gedacht, er würde wenigstens das Meer zeichnen oder kleine Szenen an Bord einfangen. Stattdessen waren die Seiten eng mit Buchstaben bedeckt.

»Was tust du da?«, fragte sie, und er schlug das Buch zu.

»Ich schreibe«, sagte er.

»Du führst *Tagebuch?*«

Kerrin kannte niemanden sonst, der regelmäßig Tagebuch schrieb – oder wusste zumindest nichts davon. Lian lachte.

»Was ist daran so ungewöhnlich? Ich habe es immer bei mir. Da kommt alles rein: Beobachtungen, Skizzen, Notizen, To-do-Listen, Gedanken aller Art. Du hattest es doch in der Hand, als du mich besucht hast. Das Skizzenheft mit den Segelbooten.«

Und mit meinem Porträt, dachte Kerrin und sagte: »Wenn man zeichnet so wie du, ist es sicher praktisch. Ich brauche nur eine App für Notizen und Listen, Planzeichnungen mache ich ausschließlich am Computer.«

»Ich finde es viel sinnlicher, mit der Hand zu schreiben und zu zeichnen.«

Sinnlich? Kerrin musste dringend das Thema wechseln. Oder sich zumindest setzen. So, wie er sie von unten durch den Wust seiner schwarzen Haare anschaute, wurde sie gleich wieder schwach. Er schien es zu merken, denn er zog sich die Kapuze seines Hoodies in die Stirn. Trug er denn nie etwas anderes? Egal.

»Ich muss mit dir reden«, sagte er.

»Worüber denn?«, fragte Kerrin, und ihr Herz klopfte schneller. Seine Worte machten sie nervös. »Hast du mit deiner Mutter gesprochen?«

»Das auch. War keine große Sache. Sie hat es nicht zugegeben, aber komplett ahnungslos war sie nicht. Flora und Jette waren nicht dabei. Sie sagt es ihnen heute. Ich hatte keine Lust auf den Familienrat.«

Kerrin war enttäuscht. Vielleicht machte er nur deshalb diesen Ausflug mit ihr, um eine Ausrede zu haben?

»Ich bin viel lieber mit dir unterwegs«, sagte er. »Ich habe mich so gefreut, als du gestern angerufen hast.« Kerrins Herz klopfte schneller, vor allem, als er ihr in die Augen sah. Sein Blick war ernst. »Schau mich bitte nicht so an. Das macht es nur noch schwerer.«

Also doch, dachte Kerrin. Gleich würde er ihr gestehen, dass er vergeben war und dass sie sich keine Hoffnungen zu machen brauchte. Sie wünschte sich, er würde es für sich behalten. Es war nicht nötig, es laut auszusprechen. Er brauchte sich nur weiterhin so distanziert zu verhalten wie vorhin vor dem Haus.

»Verstehe«, sagte sie. Zu ihrer Überraschung schüttelte er den Kopf und lächelte. »Nein, das glaube ich nicht. Ich würde gern noch viel mehr Zeit mit dir verbringen, aber ... mein Job im Ausland wird schneller Realität, als ich dachte. Wir sind uns zum falschen Zeitpunkt begegnet.«

Kerrins Gedanken überschlugen sich. Das waren zu viele Informationen auf einmal, doch sie konnte nur noch eines denken: *Er will mich auch, er will mich auch (wieso auch?)!*

Und dann, mitten durch das bunte Flügelflattern hindurch, stürzte ein schwerer, schwarzer Klumpen auf ihr Herz: *Es ist vorbei, bevor es angefangen hat.*

Wie in Zeitlupe nahm sie wahr, dass er seine Beanie wieder aufsetzte und aufstand, um mit ihr von Bord zu gehen. Er hakte sich bei ihr ein und ging mit ihr zum Bus nach Norddorf, der schon auf Fahrgäste wartete. Er kaufte zwei Fahrkarten, stieg als Erster ein und suchte einen Platz in den hinteren Reihen aus. »Passt es dir hier?«, fragte er, und Kerrin rutschte wortlos ans Fenster. Der Bus fuhr an.

»Wohin gehst du?«, fragte Kerrin schließlich und dachte an das Keltenkreuz auf seinem Oberarm. »Nach Irland?«

Dublin war von Regensburg aus fast so schnell erreichbar wie Föhr. Sie konnte in einer Stunde am Flughafen München sein und rüberfliegen. Nicht gerade um die Ecke, aber machbar. Was für ein aufregender Gedanke, einen Freund auf der Grünen Insel zu haben!

Doch Lian schüttelte den Kopf. »Ich habe eine Stelle in einem Architekturbüro in Melbourne. Sie ist erst mal auf drei Jahre befristet, mit guten Chancen auf Verlängerung.«

Kerrin wurde heiß. »Melbourne? In Australien?« Natürlich war die Frage überflüssig, aber sie gab ihr Zeit, den Schock unter Kontrolle zu bringen. Lian schien es ähnlich zu gehen, er redete wie ein Wasserfall.

»Ja. Obwohl es noch eine Kleinstadt gleichen Namens in Florida gibt und einen winzigen Ort in England, der so heißt. Von dort stammt der Namensgeber der australischen Stadt, ein Viscount von Melbourne.«

Kerrin spürte, wie die Kraft aus ihren Armen und Beinen wich. Melbourne in Australien. Melbourne am Ende der Welt. »Du bist ja schon genau informiert«, sagte sie.

»Ich plane das nicht erst seit gestern«, sagte er. »Sie haben mir bereits vor zwei Jahren eine Stelle angeboten. Kurz darauf wurde mein Vater krank, und ich lehnte ab, aber der Kontakt zu dem Architekturbüro blieb. Er kam über einen Kunden meiner Firma in Frankfurt zustande. Jetzt haben sie ihr Angebot erneuert.«

»Warum erzählst du mir das erst jetzt?«

Wenn sie es früher gewusst hätte, wäre ihr eine Menge Aufregung erspart geblieben. Vielleicht nicht das Herzklopfen und das Kribbeln zwischen den Beinen, zumindest aber die dumme Hoffnung, dass vielleicht – ganz vielleicht – die Liebe ihres Lebens daraus werden konnte.

»Das Angebot kam an dem Nachmittag, als du bei mir warst. Ich hatte ihnen geschrieben, dass sich meine Situation geändert hat. Erst sah es so aus, als würde es noch dauern, aber jetzt hat das Büro mehrere große Architekturwettbewerbe gewonnen, und sie brauchen mich so schnell wie möglich. Das musste ich erst sacken lassen. Du bist die Erste, der ich davon erzähle.«

Kerrin erinnerte sich: sein hektisches Hantieren mit dem Smartphone, seine distanzierte Haltung danach.

»Ich dachte, es ginge um eine andere Frau.«

Sie setzte sich auf, um ihm ins Gesicht sehen zu können. Dabei wurde sie sich schmerzlich seiner Nähe bewusst.

»Nein«, sagte er. »Ich hatte mehrere Jahre lang eine Freundin, aber als ich ihr damals von meinen Plänen erzählte, machte sie Schluss. Sie dachte nicht mal darüber nach, ob sie mitkommen könnte.«

»Das tut mir leid«, sagte Kerrin automatisch. Würde sie mitkommen, wenn sie eine Beziehung mit Lian hätte?

»Danach wollte ich nichts Festes mehr. Außerdem war ich mit Pendeln zwischen Frankfurt und Föhr beschäftigt.«

»Und jetzt bist du frei.«

»Mein Vater hätte sich gewünscht, dass ich gehe. Er wollte nicht, dass ich meine Entscheidung von seiner Krankheit abhängig mache. Aber natürlich war er froh, dass ich blieb, und ich selbst auch. Jetzt hält mich nichts mehr hier. Es war immer mein Traum, als Architekt ins Ausland zu gehen und an richtig großen Projekten mitzuarbeiten. Irgendwo, wo es warm und sonnig ist.«

»Und wo es ein Meer gibt, genau wie hier«, murmelte Kerrin. Dann fiel ihr noch etwas ein. »Warum hast du mit mir geflirtet, obwohl du ganz sicher auswandern willst?«

»Ich bin auch nur ein Mensch, Kerrin. Du hast mir vom ersten Moment an gefallen. Du hattest keine Berührungsängste.«

»Das kann man wohl sagen.« Kerrin dachte an ihre spontane, wirkungsvolle Wurfaktion auf der Treppe ihrer Mutter und musste wider Willen schmunzeln.

»Auch als du wusstest, wer ich bin und dass mein Vater gerade gestorben war, hast du mich nicht mit Samthandschuhen angefasst. Da war nur dein echtes Interesse, deine Klugheit, dein Humor. Es tat so gut, mit dir zu reden. Ohne diesen falschen Respekt vor dem Tod, den viele haben. Und als du mich geküsst hast, das ... das war unglaublich. Wenn Flora nicht gekommen wäre, ich hätte dir sofort die Kleider vom Leib gerissen.«

Von einem der hinteren Sitze kam ein missbilligendes Hüsteln, Kerrin hätte beinahe gelacht. Lian sah sich kurz um und fuhr dann fort: »Erst am Nachmittag im Ferienhaus habe ich begriffen, dass du es ernst meinst.«

»Ich hatte gar keine Zeit, mir darüber Gedanken zu machen«, sagte Kerrin. »Ich weiß nur, dass du mich magisch anziehst. Dass du mein Herz berührst und alles in mir zum Tanzen bringst.«

So etwas hatte Kerrin noch nie zu jemandem gesagt, aber in diesem

Moment erschien es ihr absolut richtig. Trotzig blickte sie in seine Augen, die jetzt beinahe grau waren und nicht strahlend blau wie sonst.

»Hör auf damit, sonst verliebe ich mich endgültig in dich. Das stand nun wirklich nicht auf dem Programm.«

»Und was steht dann auf dem Programm? Familiengründung in Australien, am besten innerhalb des Drei-Jahres-Slots, bevor dein Vertrag abläuft?« Sie wusste, dass sie ungerecht war, wenn nicht sogar gemein. Doch Lian murmelte nur: »So ein Quatsch.« Dann lehnten sie sich beide in ihren Sitzen zurück und verschränkten die Arme. Bis Norddorf sprachen sie kein Wort mehr.

Kerrin stieg hinter Lian aus dem Bus und stiefelte los. Sie musste sich jetzt abreagieren, und das ging am besten mit Bewegung. Zum Glück wusste sie noch ungefähr, wie man aus dem Ort hinaus und zum Dünenwanderweg gelangte. Sie lief so schnell, dass Lian kaum hinterherkam.

»Bitte, Kerrin. Können wir nicht versuchen, den Tag zu genießen? Keiner von uns beiden kann etwas dafür. Es ist einfach schlechtes Timing.«

Kerrin blieb stehen. Ein Teil von ihr hoffte, dass Lian das Auswandern abblasen würde. »Wir kennen uns noch nicht mal zwei Wochen«, sagte sie.

»Eben.« Er wirkte erleichtert darüber, dass sie scheinbar zur Vernunft kam. Dabei meinte sie es ganz anders.

»Und trotzdem bist du mir so vertraut.« *Als ob wir füreinander bestimmt wären*, dachte Kerrin, wagte es aber nicht auszusprechen.

Lian warf die Hände in die Luft. »Das empfinde ich auch so. Aber so eine Chance bekomme ich nie wieder. Ich muss gehen.«

»Natürlich musst du das.« Das war Kerrin klar. Man cancelte nicht einfach seinen Lebenstraum wegen ein paar Schmetterlingen im Bauch, die erst vor Kurzem fliegen gelernt hatten. Sie selbst würde ja auch nicht ihr Büro aufgeben und ihm nach Australien folgen, nur weil ihr bei seinem Anblick die Knie weich wurden. Trotzdem war sie unendlich traurig.

Sie spürte, dass er ebenfalls mit sich kämpfte. Sie trat auf ihn zu und verschränkte ihre Finger mit seinen. »Du hast es verdient, dass deine Träume in Erfüllung gehen.«

Er zog sie an sich, während ihr der Wind ins Haar fuhr und es überallhin wehte. Auch in Lians Gesicht, wo es sich in seinem Bart verhedderte. Kerrin erwartete, dass er genervt sein würde wie Jan früher. Doch Lian lachte nur und versuchte, es mit den Händen einzufangen.

»Moment«, sagte sie und tastete an ihrem Handgelenk nach dem Haargummi, das sie für solche Fälle bei sich trug. Doch anscheinend hatte sie es verloren. Da spürte sie, wie Lian ihre lange Mähne fest um eine Hand wickelte und einen Knoten formte. »Das fühlt sich gut an«, sagte er, zog seine Mütze vom Kopf und verstaute darunter ihre Nicht-Frisur. Dann fasste er sie an den Schultern und schob sie ein Stück von sich weg, um sie anzusehen. Er schien zufrieden mit seinem Werk. Kerrin befühlte vorsichtig ihren Hinterkopf. Alles gut. Dank Lian würde sie den heutigen Abend keine Stunde damit zubringen müssen, ihr verknotetes Haar zu entwirren.

»Danke«, sagte Kerrin. »Und was machst du jetzt?«

»Ist ja nicht so, dass ich keinen Ersatz dabeihätte«, grinste Lian, setzte seinen Rucksack ab, holte ein wild gemustertes Tuch heraus und band es sich um den Kopf. Kerrin lachte. »Ich komme mir vor wie in *Fluch der Karibik.*«

»In der Karibik ist es allerdings wärmer«, sagte er und zog auch noch die Kapuze über, dann gingen sie weiter.

Teils auf unbefestigten Pfaden, teils auf Bohlenbrettern liefen sie zwischen Dünengras und Kiefern dahin. Die Landschaft war wunderschön und abwechslungsreich. Immer wieder hatten sie Aussicht auf den breiten Kniepsandstrand, und der Wind blies ihnen ins Gesicht. Dann kamen sie an eine geschützte Stelle, an der die Dünen wie Hügel um sie herum aufragten. »Fast wie im Gebirge«, sagte Kerrin und blieb vor einer Bank stehen.

»Kurze Pause?«, fragte Lian, und Kerrin nickte. Lian holte zwei Sitzmatten aus seinem Rucksack, eine Decke und eine Thermoskanne mit

Tee. Sie setzten sich nebeneinander und genossen die Stille. Kerrin war nicht zum Reden zumute. Lian offenbar auch nicht. Er rutschte nur näher heran und legte einen Arm um sie. Es fühlte sich gut und richtig an.

Irgendwann warf Kerrin einen Blick auf die Uhr ihres Großvaters, die sie heute Morgen spontan mitgenommen hatte. Lian warf einen neugierigen Blick darauf. »Ist das etwa eine Omega Seamaster?«, fragte er, und Kerrin nickte. »Ein Klassiker, ideal für Outdoor-Einsätze«, sagte sie. »Mit der kannst du sogar tauchen.«

»Na, hoffentlich müssen wir das heute nicht. Aber gut, dass wir noch so viel Zeit haben«, sagte er. Es war gerade mal halb zwölf, die letzte Fähre fuhr am frühen Abend.

Er nahm einen Schluck aus dem Thermosbecher. »Hast du schon Hunger?«, fragte er, und Kerrin schüttelte den Kopf.

»Ich möchte lieber später picknicken«, sagte sie. »Wenn wir wissen, wie schnell wir vorankommen.«

Lian nickte. »Gute Idee. Es gibt einen schönen Platz kurz vor Wittdün.«

Bei dem Ort Nebel verließen sie den Dünenweg und gingen zum Meer hinunter, das weit draußen die Farbe von Quecksilber hatte. Der Strand war unglaublich breit und glänzte beinahe wie Schnee unter der Wintersonne. Wo Land und Wasser aufeinandertrafen, bildeten sich weiße Schaumkronen. Die einzigen Menschen außer Lian und Kerrin waren zwei Leute mit einem Hund, hunderte von Metern entfernt. Kerrin spürte wieder den Respekt, den ihr das Meer seit jeher einflößte.

»Das ist der schönste Strand der Welt«, sagte Lian.

Kerrin antwortete nicht. In ein paar Monaten würde er das womöglich anders sehen.

Begleitet vom Tosen der Nordsee wanderten sie weiter. Kerrin konnte sich nicht sattsehen und -riechen an dem tiefblauen Himmel, der Weite des Meeres, der salzigen Luft. Schweigend überließ sie sich dem Gefühl von Endlosigkeit, bis sie tatsächlich keine Vorstellung mehr hatte, wie weit und wie lang sie schon gegangen waren. Den Leuchtturm von Nebel hatten sie bereits hinter sich gelassen, doch als Kerrin auf die Uhr blickte, war seit der Teepause gerade mal eine Stunde vergangen.

»Lass uns den Strandübergang da vorne nehmen«, sagte Lian und ging in Richtung der Dünenkante weiter. Kerrin fand es einerseits schade, den Strand zu verlassen, andererseits wurde das Gehen im Wind langsam anstrengend. Sie erklommen die Dünen und waren überrascht, als sie hinter sich wieder den Leuchtturm sahen. Kerrin entdeckte das Schild: »Dünenwanderweg – Wittdün 3 000 Meter«, las sie vor. »Das ist nicht mehr so weit.«

Sie folgten den Fußspuren vor ihnen im Sand oder dem, was sie dafür hielten, denn manchmal war der Pfad kaum noch zu erkennen. Doch immer, wenn sie dachten, dass sie vom Wanderweg abgekommen waren, fand Lian einen Wegweiser – und wenn er keinen sah, entdeckte Kerrin einen. »Wir sind ein gutes Team«, stellte er fest und lachte sie an.

»Ja, sicher. Wie geht es deinem Knöchel?«

»Gut. Allmählich spüre ich ihn ein bisschen, aber Schmerzen würde ich das nicht nennen.«

Doch Kerrin hatte das Gefühl, dass er mit der Zeit immer langsamer wurde. Sie war froh, als sie endlich am Bohlenweg anlangten und kurz darauf einen Tisch mit Bänken erreichten.

»Gott sei Dank«, sagte Lian, ließ seinen Rucksack auf die Bank fallen und packte den Inhalt seines Rucksacks aus. Erst schenkte er Tee ein, dann wickelten sie sich in Lians Decke und stellten das Essen auf den Tisch. Kerrin hatte Antipasti besorgt und Lian Brot, Inselkäse und gekochte Eier. »Den Käse und die Eier habe ich von Gesa, aus dem Hofladen ihrer Eltern«, erklärte er.

Kerrin hatte noch nie eine Brotzeit so gut geschmeckt. Als der größte Hunger gestillt war, sah sie auf die Uhr.

»Erst halb drei«, sagte sie. »Waren wir wirklich so schnell?« So langsam wurde sie stutzig, und auch Lian runzelte die Stirn. »Das kann nicht sein. Die Sonne steht schon ziemlich tief.« Er griff in den Rucksack und holte sein Handy heraus.

»Deine Uhr tickt nicht richtig«, stellte er fest. »Bei mir ist es kurz vor fünf. Wir schaffen die Fähre nicht mehr.«

Kerrin blieb ihr Käsebrot im Hals stecken. Das kühle Metall von Opas geliebter Seamaster hing plötzlich wie ein Bleigewicht an ihrem Handgelenk. Sie hatte sich darauf verlassen! Endlich einmal hatte sie nicht ständig auf ihr Smartphone geschaut, um ihre Nachrichten zu checken. Deshalb war ihr auch nicht aufgefallen, dass dieses eine andere Uhrzeit zeigte als die Armbanduhr.

»Scheint so«, sagte sie betreten, und Lian brach in Lachen aus. »Und was machen wir jetzt?«

Als sie endlich in Wittdün ankamen, lachte Lian nicht mehr, sondern hinkte stark. Die Wanderung war noch zu viel für seinen Knöchel gewesen.

Kerrin hatte andere Probleme: Ihr war kalt, und sie musste dringend aufs Klo. Es dämmerte bereits, und das Café an der Hauptstraße, auf das sie hoffnungsvoll zugesteuert waren, hatte Winterferien. Nun standen sie vor einem Hotel. Es war ebenfalls dunkel und verschlossen. Als Kerrin auf ihr Smartphone schauen wollte, war der Akku leer, und Lian schien keine Lust zu haben, seines aus dem Rucksack zu holen.

Die Stimmung war am Tiefpunkt.

»Was machen wir denn jetzt?«, fragte Kerrin. Sie fühlte sich ausgelaugt und ratlos.

»Keine Ahnung«, grummelte Lian und rieb sich die Hände, die in zu dünnen Handschuhen steckten. Kerrin schaute ihn nachdenklich an, dann prustete sie los. »Gleich streiten wir wie ein altes Ehepaar.«

Lian verzog das Gesicht. »Sorry, mein Knöchel tut höllisch weh. Es muss doch in der Nähe irgendein Hotel geben, das geöffnet ist.« Er schaute suchend die Straße hinunter. Dann hellte sich sein Gesicht plötzlich auf, er hob die Hand und winkte jemandem hinter Kerrins Rücken zu.

»Entschuldigung, können Sie uns helfen?«, rief er. Kerrin drehte sich um. Eine rundliche Frau mit Winterjacke kam auf sie zu. »Kommt drauf an«, sagte sie, blieb stehen und musterte neugierig die beiden Wanderer.

»Wir haben die letzte Fähre nach Föhr verpasst«, sagte Kerrin. »Und jetzt …«

»Braucht ihr ein Zimmer?«, fragte die Frau. »Da könnte ich tatsächlich etwas für euch tun.« Kerrin atmete erleichtert aus und nickte.

»Das wäre super«, sagte sie.

»Dann kommt mal mit.«

Lian stieß einen Schmerzenslaut aus, als er sich wieder in Bewegung setzte. »Tut mir leid«, sagte er, »ich habe mich wohl überschätzt. Heute Morgen war mein Fuß völlig okay, aber jetzt kann ich kaum noch auftreten.«

»Keine Sorge, es ist nicht weit. Ich bin Elke«, sagte die Frau. »Ich arbeite da unten in der Kneipe, und wir haben auch Gästezimmer. Die werden im Winter normalerweise nicht vermietet, aber ich kann meine Chefin bestimmt überreden.«

Tatsächlich mussten sie nur ein Stück die Straße hinuntergehen. Die Kneipe sah aus wie ein normales Einfamilienhaus, die Gaststube wirkte wie ein Wohnzimmer. Darin standen nur drei Tische, zwei davon waren mit älteren Männern besetzt, und das Mobiliar stammte aus den Siebzigern.

»Ich sag der Chefin Bescheid.« Damit verschwand Elke in der Verbindungstür zur Küche, während Kerrin eilig auf die Toilette ging. Als sie zurück in den Gastraum kam, schaute Lian immer noch angespannt auf die Küchentür.

Einen Augenblick später kam Elke zurück und legte einen Schlüssel auf die Theke.

»Sie gibt euch ausnahmsweise das Zimmer im ersten Stock. Es ist klein, dafür wird es schnell warm.« Vor Erleichterung fragte Kerrin nicht nach einem zweiten Zimmer, und im Grunde wollte sie es auch nicht. Lian sagte ebenfalls nichts, sondern humpelte hinter ihr die Treppe hinauf.

Das Treppenhaus roch abgestanden, und Kerrin befürchtete das

Schlimmste, als sie im Obergeschoss die hässlich braun furnierte Tür aufsperrte.

Als Erstes schlug ihr ein schwacher Geruch nach frischer Farbe entgegen. Sie trat ins Zimmer ohne Licht zu machen, stieß aus Versehen gegen das Bett und ließ ihren Rucksack auf den Boden fallen. Dann wurde es hell, und Lian stand hinter ihr.

»Wow«, sagte er. »Das hätte ich nicht erwartet.«

An der Wand stand ein modernes Polsterbett mit blau-weiß gestreifter Bettwäsche, darüber hing ein Rettungsring als Deko. Gegenüber gab es eine gemütliche Sitzgruppe mit Stoffkissen. »So klein und hässlich ist das gar nicht«, sagte er. Der nagelneue Parkettboden knarzte leise, als er zum Fenster ging. Kerrin trat neben ihn. Nicht nur das Zimmer war sehr hübsch, auch der Ausblick war phänomenal. Im letzten Licht des Tages konnten sie über das Watt in Richtung Föhr blicken. Weit draußen sah man die Positionslichter der Schiffe, und der Himmel leuchtete rötlich.

Lian streifte seine Jacke ab und warf sie auf den Sessel hinter sich. Dann tat er das Gleiche bei Kerrin. Und nicht genug damit, er wollte auch noch ihren Pullover. Kerrin gab ihn gerne her.

»Ah, das schöne rote Shirt«, murmelte er, und Kerrin wurde bewusst, dass er es schon einmal gesehen hatte. Diesmal begnügte er sich nicht mit Blicken, sondern fuhr mit dem Zeigefinger sanft über ihren Hals und die Haut unterhalb ihres Schlüsselbeins. Kerrin atmete schneller, als er sie zu sich heranzog und sanft küsste. Dann hielt er inne. Dies wäre eine Gelegenheit gewesen, die Sache zu stoppen, doch Kerrin dachte nicht daran. Sie öffnete den Reißverschluss seiner Kapuzenjacke, zerrte das schwarze Shirt aus seinem Hosenbund und schob ihre Hände unter den Stoff. Er erschauerte unter ihrer Berührung. »Deine Hände sind eiskalt«, sagte er.

»Genau wie deine«, flüsterte sie, während seine Finger unter dem T-Shirt ihren Rücken hochwanderten. Trotzdem schien ihr ganzer Körper zu brennen.

»Komm, wir gehen duschen«, sagte er.

Unter dem warmen Wasserstrahl und Lians Händen wurde Kerrin

wieder munter, und auch er schien weder Schmerzen noch Erschöpfung zu spüren – der Ausdauer nach zu schließen, mit der er sich Kerrins Körper widmete.

Am nächsten Morgen frühstückten sie in einem kleinen Café, das ihnen ihre Zimmerwirtin empfohlen hatte. Kerrin verdrängte Australien und versuchte, einfach den Morgen zu genießen. Es war Samstag, und sie hatten beide keinerlei Verpflichtungen.

Lian war ungewöhnlich schweigsam. Sie beobachtete ihn dabei, wie er genussvoll sein Croissant mit Butter und Marmelade bestrich und einen Schluck Cappuccino nahm. So selbstvergessen sah er noch attraktiver aus. Obwohl sie kaum geschlafen hatte, fühlte sie sich hellwach, ihr Körper biegsam und leicht wie eine Feder. Sex mit Lian war eindeutig wirksamer als alle Massagen und Anwendungen im Kurzentrum.

Plötzlich schien er aus seiner Abwesenheit zu erwachen und hob den Blick. Ein überraschtes Lächeln stahl sich auf sein Gesicht, als sähe er sie zum ersten Mal und freute sich unbändig, sie zu sehen. Sofort lief Kerrin wieder ein wohliger Schauer durch den ganzen Körper. Dann kam die kalte Dusche: »Ich hoffe, du bereust es nicht«, sagte er.

»Nein«, sagte sie. »Du etwa?«

Er nahm ihre Hände auf dem Tisch in seine und streichelte sie sanft mit dem Daumen. »Niemals.«

Er schien noch etwas sagen zu wollen, schloss dann aber den Mund und sah sie einfach nur an. Ein Teil von ihr wünschte sich, er möge bleiben. Doch die Vorstellung, dass er ihretwegen seinen Lebenstraum infrage stellen könnte, jagte ihr Angst ein. Deshalb sagte auch Kerrin nichts.

Nach einer Weile fragte er: »Kommst du mich besuchen, sobald ich mich in Australien eingerichtet habe?«

Kerrin schluckte. Sie dachte an all die neuen Eindrücke, die auf ihn einstürzen würden, sobald er auf dem fremden Kontinent ankam. Wohnungssuche, anspruchsvoller Job, neue Kollegen. Und Kolleginnen.

»Wenn du das dann noch willst«, sagte sie.

Er nickte. »Da bin ich mir sicher.«
»Okay«, sagte sie und versuchte zu lächeln. Er lächelte zurück.
Dann war es Zeit zum Aufbruch.

Komm wie du bist

Auf der Rückfahrt nach Föhr kuschelte Kerrin sich in Lians Arm und döste, während er mit der freien Hand in sein Tagebuch schrieb. Manchmal blinzelte sie und versuchte einen Blick auf die Seiten zu erhaschen. Er gab sich keine Mühe, das Geschriebene vor ihr zu verbergen. Es war ohnehin schwer zu entziffern, trotzdem oder gerade deshalb liebte sie seine großzügige, schön geschwungene Handschrift. Sie erkannte vor allem dicke Ausrufe- und Fragezeichen, manchmal klafften breite Lücken zwischen den Wörtern. Fragte er sich, ob er Australien abblasen sollte? Falls er aufgewühlt war, merkte sie es ihm körperlich nicht an. Er saß ganz ruhig neben ihr, sie fühlte sich sicher und geborgen.

Dann musste sie doch noch eingeschlafen sein, denn als sie das nächste Mal aus dem Fenster sah, legten sie bereits am Wyker Hafen an. Es war kurz vor ein Uhr mittags.

Sie spürte Lians Hand in ihrem Haar und seinen warmen, nach Kakao duftenden Atem auf ihrem Gesicht, als er leise sagte: »Wach auf, Schlafmütze. Wir sind da.«

Hand in Hand verließen sie das Schiff und gingen zum Parkplatz, wo Olof auf sie wartete. »Ich wünschte, wir könnten zusammen ins Ferienhaus fahren«, sagte er, »aber ich muss heute Nachmittag noch etwas Papierkram vorbereiten, der mir unter den Nägeln brennt. Am Montag telefoniere ich mit Australien, unter anderem wegen der Arbeitserlaubnis. Morgen hab ich auch keine Zeit, ich bin tagsüber bei Ben und Gesa eingeladen. Sie wollen meine Meinung zu ihren Hausplänen hören.«

Kerrin nickte. »Ja, klar«, sagte sie. Obwohl es ihr schwerfiel, sich jetzt von Lian zu trennen, brauchte sie auch Zeit für sich. Die Intensität ihrer Gefühle für ihn überwältigte sie.

»Sehen wir uns noch mal, bevor du abreist?«, fragte sie und konnte nicht verhindern, dass ihre Stimme zitterte. Da zog er sie an sich und sagte: »Natürlich! Hast du gedacht, ich verschwinde still und leise?«

Durchaus möglich, dachte Kerrin. Sie hatte soeben die aufregendste Nacht ihres Lebens mit einem Mann verbracht, der drauf und dran war, ans andere Ende der Welt zu gehen – und sie doch so zärtlich ansah, als wollte er sie nie mehr aus den Augen lassen. Es fiel ihr schwer, diese beiden Extreme zusammenzubringen.

»Komm doch heute Abend vorbei«, sagte er. »Ich fahre schnell noch einkaufen, dann werfe ich mich an den Schreibtisch, und anschließend koche ich für uns.«

Bei dem Gedanken daran, dass sie Lian schon heute Abend wiedersehen würde, wurde ihr leichter ums Herz. »Das klingt verlockend«, sagte sie und meinte nicht nur das bevorstehende Abendessen.

»Kochst du genauso gut, wie du küsst?«, fragte sie. Er zwinkerte ihr zu.

»Sicher. Du weißt ja: Gutes Essen ist die Erotik des Alltags. Aber ich mache nichts Aufwendiges. Da ist ja auch noch das Dessert ...«

Kerrin wurde heiß. »Dem perfekten Verwöhnprogramm steht also nichts im Weg«, sagte sie. »Kann ich irgendetwas mitbringen?«

»Nein. Komm einfach, wie du bist.«

Er grinste anzüglich, und Kerrin musste ihn einfach küssen. Seine Lippen öffneten sich bereitwillig. Sofort spürte sie wieder dieses Ziehen im Bauch – und eine unbändige Vorfreude. Erst als jemand hinter ihnen auf dem Weg zu seinem Auto leise durch die Zähne pfiff, löste sie sich von ihm. Sein Atem ging schneller, doch er schien entschlossen, vernünftig zu sein. »Ich fahre dich nach Hause«, sagte er.

»Nein, danke«, sagte sie. »Ich möchte noch ein Stück am Meer entlanglaufen.« Sie musste einen klaren Kopf bekommen, bevor sie ihrer Mutter gegenübertrat. Sie wollte sich vor Marion nicht anmerken lassen, wie sehr Lian sie durcheinanderbrachte.

Doch als sie in das Haus am Leuchtturm zurückkam, war niemand zu Hause. Marion hatte ihr einen Zettel hingelegt: Sie war mit ihrer Freundin Annette unterwegs. Im Kühlschrank sei noch ein Stück selbst gemachte Pizza und Mascarponecreme von gestern.

Kerrin seufzte. Seit ihrem Gespräch über Kerrins Vater und die Großeltern bemühte sich Marion sehr um sie, doch Kerrin konnte nicht so tun, als ob jetzt alles in Ordnung wäre. Dass Marion sie neuerdings so betüdelte, machte es nicht einfacher. Ebenso wenig die Tatsache, dass sie beide daran gewöhnt waren, alleine zu leben. Marions Angewohnheit, laut und ohne sich die Hand vor den Mund zu halten, zu gähnen, falsch herum eingelegte Klorollen im Gäste-WC oder Kerrins Stiefel, die angeblich im Weg herumstanden – das alles waren Kleinigkeiten, mit denen sie sich zunehmend auf die Nerven gingen. Nur noch zehn Tage, dachte Kerrin. Dann ist meine Kur vorbei, und ich fahre wieder nach Hause.

Lian würde kurz vor ihr abreisen, und sie wollte die Zeit mit ihm so gut es ging genießen. Sie freute sich schon darauf, ihn heute Abend wiederzusehen. Um sich abzulenken, setzte sie sich an ihren Rechner und machte mit den Bewerbungsunterlagen weiter. Zwischen zwei Kurterminen war sie bei der Fotografin gewesen, jetzt baute sie ihr Bild in den Lebenslauf ein und feilte noch einmal am Anschreiben.

Schon zwei Stunden später schickte Lian ihr eine SMS.

Dein Bus geht um halb sechs, stand da. Kerrin sah auf die Uhr: Sie musste sich beeilen, wenn sie ihn noch erwischen wollte.

Schon fertig mit dem Papierkram?, schrieb sie zurück.

> Ja. Das Nötigste ist erledigt, auf mehr kann ich mich nicht konzentrieren, schrieb er. Ich fange jetzt an, das Essen zu schnippeln. Muss meine Hände in Bewegung halten.

Und so fuhr Kerrin mit dem Bus in den Sonnenuntergang Richtung

Borgsum. Als sie an der Haltestelle ausstieg, zitterten ihre Knie. Je näher der Abend mit Lian rückte, desto nervöser wurde sie. Sie verstand sich selbst nicht, immerhin hatte sie gestern schon mit Lian geschlafen. Doch auf Amrum hatte sie gar keine Zeit gehabt, befangen zu sein: Sie waren beide froh gewesen, nach der anstrengenden Wanderung und der verpassten Fähre ein Zimmer zu bekommen. Erschöpft und müde, wie sie waren, hatte die Situation sie irgendwie überrascht, und alles hatte sich wie von selbst ergeben. Heute hingegen wusste Kerrin, was geschehen würde.

Sie musste noch ein gutes Stück gehen, und als sie schließlich vor Lians Haus stand, war es draußen vollends dunkel, und ihr Herz klopfte schnell. Kurz entschlossen öffnete sie ihre Jacke. Darunter trug sie das Wollkleid, in dem sie sich schön und sexy fühlte und das, obwohl es für den Winter gemacht war, einen großzügigen Ausschnitt hatte. Dazu nahm sie die Mütze vom Kopf und löste ihr Haar. Bevor sie auf die Klingel drücken konnte, öffnete sich die Tür. Das Licht im Flur blendete sie, und sie konnte erst nur seine Umrisse erkennen. Seine warme Stimme hörte sie umso deutlicher.

»Wow«, sagte Lian. »Du siehst toll aus.«

Kerrin trat lächelnd in den Flur und reichte ihm die Weinflasche, die sie aus Marions Speisekammer geklaut hatte.

Er trug eine karierte Schürze, darunter schwarze Shorts und ein Muskelshirt. »Es ist wohl sehr heiß in deiner Küche«, sagte sie.

Er lächelte breit. »Kann schon sein«, sagte er und küsste sie zur Begrüßung. Kerrin fuhr mit den Fingern an der nackten Haut seiner Oberarme entlang und freute sich, als er eine Gänsehaut bekam.

Sie folgte ihm in die Küche, die sie schon vom letzten Mal kannte. Sie wirkte ziemlich aufgeräumt, nur eine Salatschüssel und ein Schneidebrett mit Messer standen auf der Anrichte.

»Der Hauptgang ist im Backofen«, erklärte er und reichte ihr Gläser und Besteck. »Trag das schon mal rüber, ich komme gleich mit dem Essen nach.«

Auf dem Tisch im Wohnzimmer stand eine dicke, rote Kerze, daneben lagen zwei farblich dazu passende Servietten. Lian hatte nur eine Hälfte des Tisches zum Essen frei gemacht, die andere war nach wie vor mit Utensilien übersät, als würde er die Arbeit nur kurz für ihren Besuch unterbrechen. Genau das war ja auch der Fall. Doch es gefiel ihr, dass alles so improvisiert wirkte; es dämpfte ihre Nervosität. Sie nahm die Streichhölzer und zündete die Kerze an.

Dann kam Lian mit dem Essen herein. Es duftete nach Rosmarin und ganz leicht nach Knoblauch. »Voilà«, sagte er. »Buntes Gemüse aus dem Ofen mit Olivenöl und Kräutern.« Kerrin erkannte Kürbis, Kartoffeln, Champignons und Rosenkohl, alles glänzte verführerisch. Lian schenkte Wein ein.

»Das ist perfekt«, schwärmte Kerrin nach den ersten Bissen. Sie hatte nicht gewusst, dass simples Ofengemüse so gut schmecken konnte. »Bist du Vegetarier?«, fragte sie.

Er schüttelte den Kopf und lachte. »Nur gelegentlich.«

Im Laufe des Essens wanderte seine Hand über den Tisch und legte sich auf ihre. Als Kerrin aufgegessen hatte und ihr Weinglas leer war, wollte sie beide Gläser noch einmal auffüllen. Doch Lian lehnte ab.

Stattdessen hob er die Hand und legte sie sanft an ihr Gesicht. Dann fuhr er mit den Fingern die Kontur ihres Halses entlang bis zum Schlüsselbein. Kerrin bekam eine Gänsehaut.

»Ich bleibe möglichst nüchtern«, sagte er leise. »Ich möchte dich so intensiv wie möglich spüren.«

Kerrin hingegen fühlte sich jetzt schon wie berauscht, obwohl auch sie nur wenig von dem Wein getrunken hatte.

Sie stand auf, nahm seine Hand und ließ sich von ihm ins Schlafzimmer bringen.

• • •

Lians Atem ging gleichmäßig, und seine Brust hob und senkte sich in sanftem Rhythmus. Sein Gesicht war vollkommen entspannt, doch selbst im Schlaf spielte ein Lächeln um seine Lippen. In der Nacht auf

Amrum war Kerrin so müde gewesen, dass sie geschlafen hatte wie ein Stein und erst zu sich gekommen war, als er sie weckte. Heute war sie vor ihm wach, betrachtete die Umrisse seines Körpers und spürte die Wärme, die von ihm ausging. Es fühlte sich schmerzlich vertraut an.

Was für ein wunderschöner Traum, in den sie hier geraten war! Sie und Lian passten perfekt zueinander. Und was für ein Albtraum, dass er bald ans andere Ende der Welt verschwinden würde. Welcher Idiot hatte gleich noch mal gesagt, dass man gehen lassen sollte, was man liebte?

Sie seufzte, und kurz darauf blinzelte auch Lian ins Dämmerlicht. Er streckte die Hand aus und vergrub sie in ihrem Haar. »Guten Morgen, meine Schöne«, sagte er. Dann rollte er sich aus dem Bett. »Ich bin mit Ben und Gesa zum Frühstück verabredet. Möchtest du mitkommen?«

»Du willst mich deinen Freunden vorstellen?«, fragte sie. Als ob sie seine neue Partnerin wäre. Das hatte doch keinen Sinn.

»Ja, klar. Sie sind mir sehr wichtig, genau wie du. Sie brennen darauf, dich kennenzulernen. Ich habe Ben bereits erzählt, dass ich überraschend eine Stiefschwester bekommen habe.«

Das versetzte Kerrin einen Stich. »Ach so. Du willst mich als neues Familienmitglied präsentieren«, sagte sie.

Lian bemerkte ihre Enttäuschung sofort. »Hey«, sagte er. »Das war vor ein paar Tagen. Hätte ich ihnen etwa erzählen sollen, wie sexy du bist? Ich habe nicht mal zu träumen gewagt, was zwischen uns passieren würde. Es war wunderschön. Ich danke dir.«

Kerrin wurde schon wieder heiß. Als hätte ihre Haut jede seiner Berührungen gespeichert, um zu reagieren, sobald sie daran dachte. Gleichzeitig wurde ihr bewusst, dass er bereits in der Vergangenheit sprach.

»Ja, aber es geht nicht weiter, stimmt's?«, sagte sie und schwang ebenfalls die Beine über den Bettrand. Sie angelte nach ihren Klamotten und versuchte gelassen zu klingen: »Man soll ja aufhören, wenn es am schönsten ist.«

»Es tut mir leid«, sagte er.

»Mir auch.«

»Du kommst also nicht mit?«

»Nein ... heute nicht. Mir ist nicht danach. Ich will dich jetzt nicht teilen.«

Er ging um das Doppelbett herum und setzte sich neben sie. »Na gut. Dann frühstücke ich eben zweimal«, sagte er, und sie war positiv überrascht, dass er trotz ihrer Abfuhr so fröhlich klang. Und nicht nur das, seine gute Laune war ansteckend.

»Wirklich?«, fragte sie lachend.

»Du glaubst doch nicht, dass ich dich mit leerem Magen wegschicke. Das wäre grob fahrlässig nach diesen beiden kräftezehrenden Nächten.«

Sie lachte noch mehr und boxte ihn in die Seite. Dann ging sie unter die Dusche, während Lian das Frühstück vorbereitete. Als sie in die Küche kam, war der kleine Tisch neben dem Kühlschrank gedeckt, und es duftete nach frischem Kaffee und Aufbackbrötchen. Dazu holte er Butter und Marmelade aus dem Kühlschrank.

»Nicht so üppig wie gestern«, sagte er entschuldigend, »aber das Wichtigste ist da.«

»Das Wichtigste bist du«, rutschte es Kerrin heraus. Er drehte sich lachend zu ihr und küsste sie auf den Hals, was ihr schon wieder eine Gänsehaut bescherte. Sie setzte sich und schenkte Kaffee ein.

»Du bist doch zum Biikebrennen noch hier?«, fragte Lian. »Das ist mein letzter Abend, bevor ich nach Frankfurt zurückfahre, und ich bin wie jedes Jahr bei Ben und Gesa eingeladen.« Er sah ihr intensiv in die Augen. »Es würde mir viel bedeuten, wenn du mitkämest.«

Kerrin überlegte. Die Alternative war, an Biike zu Hause zu bleiben oder sich Marion und Annette anzuschließen. Darauf hatte sie wenig Lust, und sie hatte Lian sowieso fragen wollen, ob er mit ihr zum Fackelzug ging. Es war ein Gemeinschaftsfest, an dem ganz Föhr auf den Beinen war, Einheimische wie Touristen. Nur dass es sein Abschiedsabend sein sollte, gefiel ihr überhaupt nicht. Auch wenn sie gewusst hatte, dass dieser Moment kommen würde.

»Ja, ich komme gerne«, sagte sie. »Und natürlich bin ich neugierig auf deine besten Freunde.«

»Super, dann gebe ich ihnen heute Bescheid«, sagte er. »Sie freuen sich bestimmt. Wir müssen ja nicht ewig bleiben. Und danach«, er grinste, »danach schauen wir mal.«

Biikebrennen

Am 21. Februar, dem Tag des Biikebrennens, holte Lian sie schon nachmittags zu einem Spaziergang ab. Er parkte Olof in der Nähe von Marions Haus, und sie gingen los in Richtung Südstrand. Lian hatte eine Decke und eine Thermoskanne eingepackt, und so saßen sie lange aneinandergekuschelt und schauten aufs Meer hinaus. Es war ein sonniger, beinahe windstiller Tag.

»Heute Vormittag habe ich mich von meiner Mutter und meinen Schwestern verabschiedet«, sagte er. »Ich fahre morgen direkt vom Ferienhaus zum Hafen.«

Kerrin seufzte. Sie hatte versucht, Lians Abreise zu verdrängen, aber natürlich konnten sie beide an nichts anderes denken.

»Jette lässt dich übrigens grüßen«, sagte Lian. »Sie hat gerade Stress auf ihrem Reiterhof, möchte sich aber bald einmal bei dir melden. Ich habe ihr deine Telefonnummer gegeben.«

»Das ist nett«, sagte Kerrin und war froh, dass ein Besuch bei ihrer Halbschwester in den nächsten Tagen nicht mehr
infrage kam. Sie hatte genug mit sich selbst zu tun, bevor sie nach Hause fuhr.

»Hast du in Melbourne schon eine Wohnung?«, fragte Kerrin.

»Die Firma stellt mir für den Anfang ein Hotel«, sagte er. »Und dann suche ich mir natürlich was Dauerhaftes. Soll nicht so einfach sein, etwas Bezahlbares zu finden. Außerdem ist die Stadt riesengroß. Das Büro ist in der Stadtmitte, die hat nur gut 140 000 Einwohner. Aber ich weiß nicht, ob ich es mir leisten kann, in der City zu wohnen.«

»Das ist ja kleiner als Regensburg.«

Er lachte. »Allerdings ohne die anderen fünf Millionen Leute drumherum. Und du? Was erwartet dich, wenn du nach Hause kommst?«

Sie lachte. »Vor allem viel, viel Arbeit«, sagte sie. »Ich habe neue Aufträge an Land gezogen, was gut ist für meine Finanzen. Außerdem werde ich ein größeres Projekt abschließen und kann endlich eine Rechnung stellen.«

»Hat dir die Kur etwas gebracht? Fühlst du dich wieder gesund?«

»Ich denke schon. So langsam werde ich ungeduldig – ich freue mich auf meinen Schreibtisch zu Hause. Und meine Walkingstrecke wird jeden Tag länger«, sagte sie. »Das werde ich in Regensburg beibehalten.«

Er drückte sie fest an sich. »Pass gut auf dich auf«, sagte er. Dann packte er die Thermoskanne weg und stand auf. Ben und Gesa erwarteten sie zum Kaffee in ihrer Wohnung in Wyk.

»Das ist meine neue Schwester«, stellte Lian Kerrin augenzwinkernd vor. Ben ließ den Blick über Kerrin schweifen und klopfte ihm dann herzhaft auf die Schulter: »Von wegen Schwester. Ich glaube dir kein Wort, Alter.« Dann schüttelte er Kerrin die Hand. Er hatte ein offenes Lächeln, und sein Haar begann sich bereits zu lichten. Kerrin fand, dass er Prinz William von England ähnlich sah – und jemandem, den sie schon mal persönlich getroffen hatte.

»Kennen wir uns von früher?«, fragte sie, und er lachte. »Ja, meine Mutter ist mit deiner befreundet.« Erst jetzt fiel Kerrin ein, dass Annette einen Sohn namens Ben hatte.

»Stimmt«, sagte sie. »Bei unserem letzten Treffen hattest du eine Schultüte im Arm.«

Er strich sich über die beginnende Glatze. »Und mehr Haare auf dem Kopf«, sagte er. »Allerdings bist du dann in Wyk zur Grundschule gegangen und ich in Süderende. Auch wenn unsere Mütter den ersten Schultag zusammen feiern wollten.«

Später waren sie sich kaum noch über den Weg gelaufen, da ihre

Mütter sich meistens am Vormittag trafen, wenn die Kinder in der Schule waren. Soweit Kerrin wusste, war vor allem Marion die treibende Kraft für diese Regelung gewesen. Sie schafften es nicht oft, aber regelmäßig, sich die Zeit dafür freizuschaufeln.

»Schade, dass ich nicht dabei war«, sagte Lian. Er stand bereits im Flur neben Bens Frau Gesa. Sie war klein und lebhaft und erinnerte Kerrin an Sofia. Kerrin wollte ebenfalls die Hand ausstrecken, doch mit einem kurzen Blick kamen die beiden Frauen überein, sich zu umarmen.

»Kommt rein«, sagte Gesa herzlich und führte sie in das kleine, gemütliche Wohnzimmer. Zwei Jungs im Grundschulalter stürmten sofort auf Lian zu und hängten sich an ihn. Den Kleineren von beiden zog er kurz an sich, den Älteren knuffte er sanft in die Seite. »Hallo, Leon, hallo, Luis«, sagte er lachend, dann holte er sein Mitbringsel aus dem Rucksack.

»Ein Puzzle!«, rief Luis und nahm ihm die Packung aus der Hand. Die nächsten Minuten verbrachte Lian mit den beiden auf dem Boden.

Währenddessen plauderten Gesa und Lian mit Kerrin, als gehörte sie schon immer zu ihrem Freundeskreis. Sie stellten auch keine Fragen – wie etwa, ob Kerrin daran dachte, ebenfalls nach Australien zu gehen. Kerrin war mehr als dankbar dafür. Ohnehin drehte sich das Gespräch hauptsächlich um Bens und Gesas Haus.

»Wir bauen bei Gesas Eltern auf dem Grundstück«, erklärte Ben. »Lian hatte leider keine Zeit für die Planung, aber er hat uns jede Menge Tipps gegeben. Du bist auch in der Baubranche, sagte er?« Und schon steckte Kerrin mittendrin im Leben von Lians Freunden.

Der Nachmittag verflog, und dann war es Zeit, zum Biikebrennen aufzubrechen. Gesa und Ben hatten Fackeln für alle organisiert, und sie zogen vom Treffpunkt am Sandwall aus zur Wiese am Fährstieg. Dabei hörte man Dialekte aus allen Ecken des Landes und auch Niederländisch oder Dänisch. Viele Touristen waren extra zu dem Ereignis angereist.

Gegen sieben Uhr standen alle im Kreis vor dem großen Holzhaufen. Die ersten Fackeln flogen, und die Feuerwehr half kräftig nach, damit das Feuer auch in Gang kam. Es schien ihnen richtig Freude zu machen, einmal selbst Brandstifter zu spielen.

Luis und Leon hatten Freunde entdeckt und tobten mit ihnen herum, während Kerrin mit Lian zur Getränketheke ging. Mit vier Bechern Punsch kehrten sie zu Gesa und Ben zurück, die eng umschlungen dastanden.

»Schön, nicht?«, sagte Lian und legte ebenfalls den Arm um Kerrin. Sie nickte. Die Kraft des großen Feuers zog sie magisch an. »Ich wünschte, ich könnte diesen Augenblick für immer festhalten«, sagte sie. Lian seufzte. »Ich auch«, sagte er. »Es tut weh, dass ich weggehe, und ich möchte keine Sekunde mit dir missen. Ich nehme das Feuer in meinem Herzen mit.«

Abschied

Am nächsten Morgen stand Kerrin neben Lian am Hafen, müde und mit schwerem Herzen. Sie hatten diese letzte Nacht zusammen verbracht und waren sehr früh aufgestanden, um Lians Wohnung im Ferienhaus zu räumen und rechtzeitig hier zu sein. Die Fähre legte um 7.15 Uhr ab.

Lian würde nach Frankfurt zurückfahren und seinen Umzug nach Melbourne organisieren. Da er bei einem Logistikdienstleister arbeitete, war das kein Problem für ihn. Er hatte seine Wohnungseinrichtung schon länger auf ein Minimum reduziert. Nun würde alles in Rekordzeit gepackt und nach Down Under verschifft werden, auf Kosten seiner neuen Firma, die ihm auch den Flug bezahlte.

»Hältst du mich auf dem Laufenden?«, fragte sie, plötzlich verunsichert.

Zum ersten Mal schien Lian ihren Blick zu meiden. War da ein Zögern? Dann sagte er: »Natürlich. Versprich mir, dass du mich besuchen kommst, sobald ich mich in Melbourne eingerichtet habe.« Endlich drehte er den Kopf zu ihr; in seinen Augen schimmerte es verdächtig. Er beugte sich zu ihr herüber, und sie küssten sich ein letztes Mal, tief und innig. Doch Kerrin wurde das Gefühl nicht los, dass er mit den Gedanken bereits woanders war. Dass das Feuer in seinem Herzen mit der Zeit immer kleiner werden und schließlich ganz verlöschen würde.

Wer wusste schon, ob in seinem neuen Leben noch Platz für sie sein würde? Ganz zu schweigen von der Entfernung. Obwohl es ihr beinahe das Herz zerriss, sagte sie: »Das wäre schön. Aber ich möchte, dass du dich frei fühlst. Sag es mir, wenn ... jemand anders in deinem Leben wichtig werden sollte.«

Er schüttelte den Kopf. »So schnell geht das nicht. Bitte, komm einfach. Vielleicht gefällt es dir dort. Vielleicht willst du dann ...«

Sie legte ihm den Zeigefinger auf den Mund. »Bitte«, sagte sie. »Lass uns vernünftig sein. Wir wissen doch beide nicht, was passieren wird.«

Er seufzte. »Okay«, sagte er, und plötzlich blitzte der gewohnte Schalk in seinen Augen auf: »Glaub ja nicht, dass du jetzt Ruhe vor mir hast, nur weil ein paar Ozeane zwischen uns liegen.«

Kerrin lachte und griff gleichzeitig nach einem Taschentuch, weil ihr ebenfalls die Tränen kamen.

Er schulterte seinen Rucksack und griff nach dem Trolley, in dem die Erinnerungsstücke an seinen Vater verstaut waren.

»Mach's gut«, sagte sie und umarmte ihn noch einmal.

»Du auch. Tschüss, Olof.«

Das Auto stand auf dem Parkplatz. Kerrin würde es zu Ben bringen, der es abmelden und bei einem Freund einlagern wollte. Ohne ein weiteres Wort drehte Lian sich um und ging auf das Terminal zu, an dem seine Fähre wartete. Kerrin fand es ein starkes Stück, dass sein Schlusswort dem Auto galt. Vielleicht versuchte er, der Situation mit diesem flachen Witz die Schwere zu nehmen.

Doch Kerrin war trotzdem zum Heulen. Sie putzte sich ausgiebig die Nase und lehnte sich an das Auto. Sie brauchte noch ein paar Minuten, ehe sie wieder einsteigen und losfahren konnte. Sie sehnte sich nach ihrem Zuhause und Sofia, die ihr helfen würde, Ordnung in ihr Gefühlschaos zu bringen.

Doch zuerst einmal fuhr sie mit Olof zu Ben und Gesa und warf wie vereinbart den Autoschlüssel in deren Briefkasten. Dann ging sie zu Fuß zurück zum Haus ihrer Mutter.

Sie stieg die Treppe zu ihrem Zimmer hoch, duschte und schlüpfte in Leggins, Pullover und dicke Wollsocken. Dann kochte sie Tee, setzte sich an den improvisierten Schreibtisch und tauchte in die Welt der Zahlen und Fakten ein. Dabei hatte sie sich von jeher entspannen können. Sogar jetzt gelang es ihr, den Kummer über Lians Abreise auszublenden und sich auf die Arbeit zu konzentrieren.

Vor allem, als sie feststellte, dass sie eine weitere Angebotszusage bekommen hatte. Der Auftraggeber wollte sie kennenlernen und schlug ein Treffen am nächsten Dienstag vor. Sie bestätigte den Termin und begann, eine Präsentation vorzubereiten. Gute Aussichten für ihr Ingenieurbüro.

Bald würde sie nach Regensburg zurückfahren, und plötzlich schien die Zeit bis dahin viel zu kurz. Sie musste noch die Bewerbungsunterlagen abgeben, ein letztes Mal ins Schlickbad tauchen und Formalitäten für die Krankenkasse erledigen. Morgen würde sie mit ihrer Mutter frühstücken gehen, und heute Abend waren sie bei Annette eingeladen, außerdem wollte sie noch Mitbringsel für Sofia und ihre Tochter Laura besorgen.

Es war Kerrin ganz recht, so beschäftigt zu sein. So konnte sie sich schon mal an den Normalzustand gewöhnen, der sie zu Hause erwartete. Und je weniger Zeit zum Nachdenken sie hatte, desto besser. Sie vermisste Lian schon jetzt. Sie spielte mit dem Gedanken, auf der Heimfahrt bei ihm in Frankfurt vorbeizuschauen. Doch die Vernunft sagte ihr, dass ein zweiter Abschied es nicht besser machen würde.

Gegen Mittag stieg Kerrin die Treppe hinunter. Marion war in ihrer Werkstatt. Sie wirkte müde, doch als sie Kerrin sah, lächelte sie und stellte die Töpferscheibe ab.

»Hallo, Kerrin! Hast du Lust auf Spaghetti? Ich wollte gerade Pause machen.«

»Nein, lass mal«, sagte Kerrin. »Ich muss noch in der Stadt was erledigen und gehe bei der Gelegenheit was essen. Soll ich dir eine Pizza mitbringen?«

»Nein, danke.«

Kerrin spürte, dass ihre Mutter enttäuscht war. Ihr Verhältnis zueinander war immer noch nicht so unbeschwert und herzlich, wie Marion sich das vielleicht wünschte, und Kerrin hatte keine Lust, beim Essen über ihre Zukunftspläne zu reden. Es reichte, wenn sie das morgen beim Frühstück tat.

Also ging sie zum Mittagessen zu *Franco*. Das kleine italienische Imbisslokal lag ganz in der Nähe. Kerrin aß die Tagespizza, danach ging sie noch einmal ans Meer. Der Schnee war so gut wie verschwunden, und der Wind trieb den Sand vor sich her. Kerrin stand am Strand in der Nähe des Leuchtturms Olhörn und beobachtete fasziniert die feinen Sandschleier, die über den Boden trieben und immer wieder neue Muster bildeten. Das Meer glänzte heute silbrig, Wolken zogen in immer neuen Formationen darüber hinweg. Licht und Landschaft schienen sich laufend zu verändern. Nur das Gefühl von Weite blieb, sogar wenn Kerrin die Augen schloss.

Sie würde die Insel vermissen, den Wind und das Wetter und all die Orte, an denen sie als Kind gespielt und als Jugendliche abgehangen hatte. Nun war sie in Regensburg fest verwurzelt, ihr ganzes Leben spielte sich dort ab. Sie würde wieder auf die Insel kommen, sobald sich ihre berufliche Situation stabilisiert hatte. Doch ohne Lian würde es hier nicht mehr dasselbe sein.

Zu Hause

Am Regensburger Bahnhof wartete eine Überraschung auf Kerrin: Als sie die Rolltreppe zur Bahnhofshalle hinunterfuhr, sah sie unten nicht nur Anton stehen, sondern auch Sofia. Sie winkte mit beiden Armen und ging ihr entgegen, während Anton im Eingangsbereich stehen blieb.

Sofia hatte ihre dicke blaue Baustellenjacke an, darüber trug sie den fliederfarbenen Wollschal. Ihr weiches Haar schimmerte seidig, und ihre Augen funkelten mindestens so sehr wie ihre Granatohrhänger. Dazwischen war ein breites Lächeln aufgespannt.

»Du schaust toll aus«, sagte Kerrin.

»Du auch!« Ihre beste Freundin umarmte sie fest. Kerrin genoss das Gefühl, ganz und gar willkommen zu sein. Dabei ging ihr der Gedanke durch den Kopf, dass ihre Freundschaft zu Sofia vermutlich die verlässlichste Beziehung in ihrem Leben war.

»Ich bin so froh, dass ich dich habe«, sagte sie, und Sofia wandte sich verlegen ab. Pathos lag ihr nicht. Sie war einfach da, ohne große Worte.

Dann kam Anton zögerlich näher. Sie hatten zwischendurch telefoniert. Es war ein sehr bewegendes Gespräch gewesen. Sie trat auf ihn zu und umarmte ihn. »Es ist alles gut«, flüsterte sie.

Jetzt drückte auch Anton sie fest an sich, und Kerrin wurde von einer Welle der Geborgenheit und Zuneigung überrollt.

»Verwandtschaftsverhältnisse werden vollkommen überbewertet«, murmelte sie in seinen eleganten Wollmantel. Dabei musste sie an Lian denken. Es wäre jetzt sehr bequem gewesen, ihren Tränen an Antons Schulter freien Lauf zu lassen, aber sie standen mitten in der belebten Bahnhofshalle, und sie wollte, dass das emotionale Auf und Ab der letzten Wochen ein Ende fand. Hier war ihr Zuhause, und hier waren die Menschen, die ihr am nächsten standen.

Dann spürte sie Sofias Hand, die nach ihrem Rollkoffer griff. Sie fuhren in Antons Auto zu Kerrins Wohnung, die wunderbar nach Essen duftete. Sofia hatte Lasagne im Ofen stehen und machte einen Salat, während Kerrin duschte. Nach Reisen fühlte sie sich immer schmutzig. Sie war nur einen Monat weg gewesen, aber es kam ihr vor wie eine Ewigkeit. Sie feierte Wiedersehen mit ihrem Hightech-Bad, aber auch hier lauerte die Erinnerung an Lian und ihre gemeinsame Nacht in dem Zimmer auf Amrum. Sie beeilte sich mit der Dusche, schlüpfte in frische, bequeme Kleider und nahm am Esstisch Platz.

Anton entkorkte gerade eine Flasche Chianti.

»Heute kein Sancerre?«, fragte Kerrin lächelnd.

»Nein. Rotwein passt besser. Außerdem ist es Zeit für etwas Neues.« Er schenkte drei Gläser ein, und sie begannen zu essen.

»Die Lasagne ist köstlich«, sagte sie. »Der Wein auch.«

»Das freut mich. Winter liebte Italien«, sagte Anton.

Plötzlich schien er alles loswerden zu wollen, was er mit Kerrins Vater erlebt hatte. Er erzählte, wie sie beide sich auf dem Weinseminar kennengelernt hatten. »Er war nicht an den Feinheiten interessiert.« Anton lachte. »Er hatte einen eher hemdsärmeligen Zugang zum Wein, probierte und empfahl, was ihm selber schmeckte, in seinen eigenen Worten. Die klassische Weinansprache fand er blöd. Ich fürchtete mich beinahe, wenn er einen Schluck probierte und seine Kommentare abgab, weil die anderen Seminarteilnehmer sich dann vor Lachen bogen und nichts mehr richtig ernst nahmen. Champagner und Sekt mochte er nicht. ›Mit der Pullerbrause kannste mir jagen‹, sagte er immer.« Kerrin lachte verhalten. Wie wäre sie wohl drauf, wenn sie in seiner Familie aufgewachsen wäre? So ähnlich wie Lian?

Jedenfalls machte sie sich auch nicht viel aus Schaumwein. Von jetzt an konnte sie sich einreden, dass sie das von ihrem Vater hatte. Nur manchmal trank sie ein Glas Prosecco mit Sofia. Dabei genoss sie mehr das Ritual als das Blubbern im Getränk.

Antons nächster Satz weckte Zweifel an Kerrins Theorie, dass Geschmacksvorlieben vererbt wurden: »Bei den legendären Festen deines Großvaters floss der Sekt in Strömen«, sagte er.

Als Anton gegangen war, räumte Kerrin zusammen mit Sofia die Küche auf. Sie sehnte sich nach ihrem Bett, doch ihre Freundin hatte den unvermeidlichen Prosecco kalt gestellt und wartete bereits sehnsüchtig darauf, dass Kerrin ihr alles über Lian erzählte.

Föhr

Drei Monate später

Marion saß in ihrer Küche auf dem Sofa, eine Zeitung auf dem Schoß und eine Kanne Tee neben sich. Draußen regnete es wieder einmal, doch wenigstens waren die Tage jetzt im Juni lang und die Nächte hell.

Marion konnte nicht aufhören zu grübeln. Sie widerstand der Versuchung, ihre Tochter anzurufen. Kerrin hatte gesagt, sie brauche Zeit und würde sich melden, wenn sie so weit sei. Seit ihrem Besuch war über ein Vierteljahr vergangen, doch abgesehen von gelegentlichen Mails hatten Kerrin und sie kaum Kontakt. Zu Marions Geburtstag letzte Woche hatte Kerrin immerhin eine Karte und ein Buch über afrikanische Keramik geschickt, von dem Marion einmal erwähnt hatte, dass sie sich dafür interessierte.

Mehr war momentan nicht drin. Marion konnte froh sein, dass Kerrin sich nicht ganz von ihr abgewandt hatte. Ihre Tochter arbeitete härter denn je, Lian war in Melbourne, und weder Flora noch Jette hatten auf Kerrins Briefe geantwortet, wie Marion einer ihrer spärlichen Nachrichten entnommen hatte. Anscheinend wollten sie nichts von Kerrin wissen. Noch etwas, woran sie ihrer Mutter die Schuld geben konnte. Erst gestern hatte Marion eine Fernseh-Talkshow gesehen, in der es um Kontaktabbruch zwischen Kindern und ihren Eltern ging; das Thema geisterte seit Monaten verstärkt durch die Medien.

Aber vielleicht hatte es nicht nur mit ihr zu tun, dass Kerrin sich nur sporadisch meldete. Sie hatte genug andere Sorgen.

Marion selbst drückte sich immer noch vor einem Gespräch mit Gudrun. Sie glaubte auch nicht, dass das helfen würde, Kerrin mit ihren Halbschwestern in Kontakt zu bringen.

Erst letzte Woche war ein Brief von Gudruns Anwalt gekommen: eine Eigenbedarfskündigung für das Haus am Leuchtturm. Da hinsichtlich des Hauses keine Verfügung von Todes wegen existiere, gelte die gesetzliche Erbfolge, und das Haus fiele an die Familie; Flora benötige das Haus als Wohnsitz. Marion war alles andere als eine Rechtsexpertin, aber sie wusste, dass die Kündigung auf tönernen Füßen stand. Offensichtlich hatten die Winters ihr Erbe noch nicht antreten können, sonst wäre der Brief eindeutiger formuliert.

Ein Trauerfall und erst recht das Erben waren mit aufwendigen Formalitäten verbunden, das wusste Marion spätestens seit dem Tod ihrer Mutter. Es dauerte seine Zeit, bis das Testament eröffnet oder ein Erbschein ausgestellt wurde. Doch früher oder später würde sie ausziehen müssen.

Wenigstens wusste sie Kerrin in Regensburg in guten Händen. Da war Anton, und es gab Sofia. Marion hatte sie vor ein paar Jahren kennengelernt, als sie und ihre Tochter Laura zusammen mit Kerrin ein paar Tage hier verbracht hatten. Sofia erinnerte Marion an sich selbst in diesem Alter: pragmatisch, kreativ, ein bisschen schräg – und sehr verletzlich in ihrem Bemühen, eine gute Mutter zu sein. Erstaunlich, dass Kerrin sich so jemanden als beste Freundin ausgesucht hatte! Ob Kerrin jemals eigene Kinder haben würde? Zweimal hatte Kerrin einen Freund mit nach Föhr gebracht, aber keiner von ihnen war Marion besonders im Gedächtnis geblieben. Sie hatten so *vernünftig* gewirkt und irgendwie langweilig. Was Kerrin von diesem Jan erzählt hatte, klang ähnlich. Gut, dass sie nicht mit ihm zusammengeblieben war.

Lian war anders. Er hatte eine ganz eigene Ausstrahlung, die er weder von Gudrun noch von Niko haben konnte; vielleicht das Erbe seines leiblichen Vaters. Er war witzig und ausgeglichen und sprühte vor Lebendigkeit. Man musste ihn einfach mögen.

Marion hatte ihrer spröden Tochter nicht zugetraut, sich Hals über

Kopf zu verlieben, aber offensichtlich war genau das passiert. Und nun saß Kerrin in Regensburg und trauerte dem Kerl hinterher. Das war einfach ungerecht. Kerrin sollte nicht den gleichen Fehler machen wie sie selbst und ihr Herz an einen Mann hängen, den sie nicht haben konnte.

Marion stand auf, um ihr Festnetztelefon zu holen. Sie musste raus, bevor ihr die Decke auf den Kopf fiel. Es war Sonntag, und vielleicht hatte ihre Freundin Annette ja Lust zu einem Spaziergang.

Eine halbe Stunde später liefen sie zusammen in Regenjacken am Strand Richtung Nieblum. Nachdem Annette ihren Frust über einen Streit mit ihrer Chefin losgeworden war, fragte sie: »Und wie geht's dir? Mal wieder was von Kerrin gehört?«

»Sie hat wie immer Stress bei der Arbeit. Dabei hatte ich gehofft, dass sie nach der Lungenentzündung kürzertritt. Aber ich würde nie meinen Senf dazugeben. Ich weiß ja, wie stolz sie auf ihre Unabhängigkeit ist.«

Annette blieb stehen und ließ den Blick schweifen. Weit draußen zog ein Schwarm Silbermöwen in V-Formation über das Watt. »Gut gemacht. Benjamin wird auch immer sauer, wenn ich wissen will, wie's ihm geht. Allerdings muss ich das in letzter Zeit nicht mehr fragen. Gesa tut ihm sichtbar gut, und er ist verrückt nach seinen Kindern. Demnächst wollen sie auf dem Grundstück von Gesas Eltern bauen. Sein Kumpel Lian hat ihnen Tipps gegeben und sich dann nach Australien verkrümelt.«

Annette wusste zwar, dass Nikos Jüngster und Kerrin sich im Februar nähergekommen waren, doch selbst ihr hatte Marion nie etwas über Kerrins Vater verraten. Annette war ebenfalls alleinerziehend und akzeptierte, dass Marion nicht über Kerrins Erzeuger sprechen wollte. Sie hatten sich damals auf dem Festland im Wartezimmer der Frauenärztin kennengelernt und waren anschließend zusammen mit der Fähre nach Hause gefahren. Annette war Marions erste und beste Föhrer Freundin, und es hatte zu ihrer selbst verordneten Therapie gehört, mit ihr nur das Nötigste über die Vergangenheit zu sprechen.

»Schon tragisch, dass sein Vater so früh gestorben ist. Der war doch ungefähr in unserem Alter«, sinnierte Annette.

»Jahrgang dreiundfünfzig. Neun Jahre älter als ich.«

»Gehörst du inzwischen etwa auch zu denen, die jede Todesanzeige lesen und noch tagelang wiedergeben können, was drinstand? Ich sag dir, wenn mir die Kundschaft mit so was kommt, das macht mich total verrückt. Und ich sitz an der Kasse und muss freundlich sein.«

»Nein, Annette. Ich weiß es, weil ich vor über dreißig Jahren mit ihm zusammen war. Er ist Kerrins Vater.«

Annette blieb stehen und sah Marion aus weit aufgerissenen Augen an. »Das ist ja ein Ding«, sagte sie. »Aber ... dann sind sie ja Geschwister, deine Kerrin und Gudruns Sohn. Das ist ja ...«

»Nein, weil Lian ein Kuckuckskind ist. Ich erklär's dir.«

Sie setzten sich langsam wieder in Bewegung, und Marion erzählte ihrer Freundin alles. Angefangen bei der Krankheit ihres Vaters über die Affäre mit Niko Winter bis hin zu den Liebesfunken zwischen Kerrin und Lian. Erleichtert stellte sie fest, dass Annette vor allem neugierig war, anstatt über sie zu urteilen. Als sie geendet hatte, legte ihr Annette den Arm um die Schultern und sagte: »Das hast du all die Jahre mit dir allein ausgemacht? Respekt!«

Marion lehnte sich an sie und war dankbar, eine Freundin wie Annette zu haben. »Ich weiß nicht, ob das Respekt verdient, die eigene Tochter so zu belügen ...«

Annette antwortete nicht, sondern drückte Marion nur noch ein bisschen fester.

»Du hast sie großgezogen«, sagte sie schließlich. »Und wo war Winter? Er hat dich erpresst, weil seine Frau es so wollte, und gleichzeitig ein Kuckuckskind als sein eigenes angenommen. Der Mann hatte kein Herz.«

»Das ist nicht wahr«, protestierte Marion.

»Na gut, vielleicht hatte er Herz, aber kein Rückgrat. Der hätte sich doch auch nicht um Kerrin gekümmert, wenn du es ihr gegen seinen Willen gesagt hättest. Dann wäre der Frust jetzt ebenso groß.«

»Ich hätte es versuchen müssen.«

»Ach, Marion, hör auf dich zu fertigzumachen. Du warst selber noch so jung und hattest keinen Rückhalt von deinen Eltern. Viele andere in deiner Situation hätten aufgegeben.«

»Aufgeben war keine Option. Ich musste ständig an mein Baby denken und dass ich ihm oder ihr mehr Stabilität geben wollte, als ich es erlebt hatte. Ich kam nicht auf die Idee, dass mir das vielleicht nicht gelingen könnte. Als sie dann älter wurde, kamen die Vorwürfe.«

»Sobald du Mutter oder Vater wirst, machst du sowieso alles falsch. Wenn ich dran denke, was Benjamin und ich uns an den Kopf geworfen haben! Und jetzt schau ihn dir an. Ich könnte mir kein besseres Leben für ihn vorstellen. Als Oma stehe ich wieder hoch im Kurs.«

»Aber ...«

»Immerhin bist du von Regensburg hierhergezogen, in die Nähe von Kerrins Vater! Du konntest nicht wissen, dass er sich doch nicht scheiden lässt.«

»Er hätte wenigstens dafür sorgen können, dass sie weiß, wer er ist, und dass sie ihre Halbgeschwister kennenlernt.«

»Kannst du es denn beweisen?«

»Ich habe Briefe und E-Mails von ihm, in denen er sie erwähnt. Aber einen richtigen Beweis gibt es nicht. Da müssten ihre Halbschwestern schon einem Gentest zustimmen.«

»Du könntest wenigstens mit Gudrun reden. An deiner Stelle würde es mich interessieren, was sie denkt. Ob sie wusste, dass Kerrin seine Tochter ist. Ob sie ihn geliebt hat oder ob sie nur wegen des Geschäfts zusammengeblieben sind. Und was ist überhaupt mit deinem Mietvertrag? Ist dieser Brodersen noch mal aufgetaucht, oder jemand von den Winters?«

»Gudrun hat ihre Strategie geändert.« Sie erzählte ihr von dem Brief.

»So ein Quatsch. Eigenbedarf! Die hat doch ein riesiges Haus, genau wie ihre Eltern. Und ihre Kinder haben eigene Wohnungen.«

»Flora hat sich von ihrem Mann getrennt. Momentan wohnt sie bei Gudrun im Haus.«

»Ist sie nicht kürzlich in den Anbau gezogen? Diesen schmucklosen Bunker, den Winter sich damals neben das alte Reetdachhaus gestellt hat? Für mich hört sich das alles total fadenscheinig an.«

»Ist es ja auch, aber ich müsste mit einem Anwalt dagegen vorgehen.«

»Oder mit ihr reden.«

»Vielleicht suche ich mir was Neues.«

»Du willst einfach so klein beigeben? So kenne ich dich ja gar nicht.«

»Ich habe keine Lust mehr zu kämpfen. Das habe ich mein Leben lang getan, erst als Alleinerziehende und dann gegen Kerrins Groll.«

Annette schüttelte den Kopf, dann blieb sie stehen. »Also gut. Ich höre mich im Laden für dich um, aber es ist wirklich schwierig, was Bezahlbares zu finden.«

»Wenn ich hier nichts bekomme, gehe ich aufs Festland. Jetzt, wo Niko tot ist, ist das vielleicht besser so. Dann muss ich nicht dauernd an ihn denken.«

»Glaubst du das wirklich?«, fragte Annette, doch sie schien sie zu spüren, dass Marion nicht mehr darüber reden wollte. Sie ging weiter, und eine Weile liefen sie schweigend nebeneinanderher. Doch Annette hielt Gesprächspausen nie sehr lange aus.

»Ein Wunder, dass Lian und Kerrin sich nicht schon früher begegnet sind«, sagte sie irgendwann. »Lian war nicht auf dem Gymnasium wie Kerrin, oder? Er machte erst eine Zeichnerlehre und holte das Abi später auf dem Festland nach, hat Ben mir erzählt. Eine Zeit lang hatte er wohl Lernschwierigkeiten.«

»Aber jetzt ist Lian der Einzige der Geschwister, der studiert hat.«

»Kerrin doch auch. Sie hat es aus eigener Kraft geschafft, du kannst echt stolz auf sie sein.«

Marion spürte ein Lächeln auf ihrem Gesicht. Ja, das war sie. Vielleicht hatte sie doch nicht alles falsch gemacht.

Inzwischen hatten sie den Bohlensteg erreicht und beschlossen, ihm bis Nieblum zu folgen und von dort mit dem Bus zurückzufahren.

Vom Watt her wehte ein frischer Wind, es hatte aufgeklart, und vor ihnen glitzerte das Meer unter einem tiefblauen Himmel.

»Ich hoffe, dass sie mir irgendwann verzeiht.«

»Das wird sie. Halte den Kontakt, aber bedränge sie nicht.«

»Das sagst du so einfach. Ich kann nicht mal eben auf einen Kaffee vorbeischauen und wieder gehen, wenn es ihr zu viel wird.«

»Warum fährst du nicht nach Regensburg? Du könntest bei diesem Anton wohnen, von dem du so oft erzählst.«

Marion versuchte sich mit dem Gedanken anzufreunden, aber alles in ihr sträubte sich. »Ich bin nicht mal hingefahren, als Kerrin klein war. Stattdessen holte meine Mutter sie in den Sommerferien ab, später fuhr sie dann alleine mit dem Zug. Mit Regensburg habe ich abgeschlossen. Ich will nicht mehr an meine Familiengeschichte erinnert werden. Ich habe nur schöne Bilder von der Zeit mit Niko im Kopf. Wenn ich mir vorstelle, ohne ihn dort zu sein, vermisse ich ihn gleich noch mehr.«

Die Tage mit Niko waren ihre glücklichste Zeit in Regensburg gewesen, wie ein wunderschöner Traum. Danach wurde es bei ihr zu Hause umso schlimmer. Sie wollte ihr Elternhaus nie mehr betreten.

»Kerrin hat mir angeboten, bei ihr einzuziehen. Ich hätte eine eigene Wohnung im Haus haben können, ausgerechnet unter dem Dach.« Bei dem Gedanken daran schüttelte es sie. Annette zog eine Augenbraue hoch. »Tatsächlich?«

»Sie fühlt sich verpflichtet, weil ich damals meinen Erbanteil nicht beansprucht habe. Ich sagte ihr, es ist in Ordnung, weil ich das Haus nicht wollte und ihr Studium nicht finanziell unterstützen konnte. Außerdem würde sie es sowieso wieder von mir erben. Mein Lebensmittelpunkt ist hier.«

»Trotzdem könntest du mal nach Regensburg fahren. Vielleicht tut es dir nach all den Jahren gut.«

»Das glaube ich nicht. Da gibt es noch etwas, das ich Kerrin nicht erzählt habe.«

Klönschnack mit Australien

Es war halb acht Uhr morgens, und Kerrin hatte jede Menge Arbeit auf dem Schreibtisch. Doch anstatt sofort loszulegen, klickte sie wieder einmal die Webseite von Lians neuer Firma an. Jedes Teammitglied des internationalen Architekturbüros hatte dort ein eigenes Profil, so auch Lian. Nun hatte sie seinen kompletten Werdegang als Bauzeichner und Architekt vor sich, einschließlich Auslandssemester in Dublin und Masterarbeit in New York. Sein Englisch war sicher perfekt, während Kerrin sich mit Sprachen immer schwergetan hatte. Und nun war auch ein Foto online, das im Stil und Format zu den übrigen auf der Webseite passte: ein Brustbild in Schwarz-Weiß, auf dem er lässig die Arme verschränkt hatte und ein Hemd ohne Krawatte trug. Dazu ein gut sitzendes tailliertes Sakko. Er sah zum Anbeißen aus und lächelte so entspannt in die Kamera, dass Kerrin beinahe eifersüchtig auf den Fotografen oder die Fotografin wurde. Er trug das Haar jetzt kürzer, dazu einen gepflegten Fünftagebart.

Alles in allem sah er besser aus denn je. Nur in seinen Augen glaubte sie eine Melancholie zu erkennen, die früher nicht da gewesen war. Vielleicht gehörte das zu seinem neuen Image.

Ihr wurde bewusst, wie gut er mit seinem Aussehen und dem ungewöhnlichen Vornamen in sein neues Umfeld passte. Sein Nachname war sowohl im deutsch- als auch im englischsprachigen Raum verbreitet und ließ keine Rückschlüsse zu, woher genau er kam.

Mit einem Mal fühlte Kerrin sich bieder und provinziell: Frau Würschinger war nicht global unterwegs, ihr Aktionsradius war auf Ostbayern beschränkt. Da konnte sie noch so viele akkurat gebügelte Hosenanzüge im Schrank hängen haben.

Als Nächstes widmete sie sich Lians Instagram-Account. Er lud regelmäßig faszinierende Fotos von Melbourne und den umgebenden Naturlandschaften hoch. Ein Besuch auf dem Queen-Victoria Markt und der Blick vom Dach eines Wolkenkratzers, eine Trekkingtour im Yarra-Ranges-Nationalpark und fantastische Sonnenuntergänge am Strand von St. Kilda. Fast immer war er mit einer Gruppe unterwegs, Kerrin erkannte Leute von den Mitarbeiterfotos wieder. Auf einigen Bildern war Lian selbst zu sehen. Man konnte erkennen, dass seine Hände in Bewegung waren und seine Mimik lebhaft das Gesagte unterstrich. Auf jedem Ausflug gab es mindestens ein Selfie zusammen mit einer asiatischen Kollegin. Sie war um die dreißig und trug einen süßen, fransigen Bob, der ihr hübsches Gesicht betonte. Auf allen Bildern lachte sie ungekünstelt in die Kamera. Sie sah aus wie jemand, mit dem man einfach eine gute Zeit haben musste.

In Melbourne war es jetzt halb sechs Uhr abends, und Lian war online. Ob er schon Feierabend hatte? Er befand sich ja noch in der Einarbeitungsphase, und es wurde viel von ihm verlangt.

Da poppte auf Instagram eine Direktnachricht auf.

Zeit für einen Klönschnack?, schrieb Lian. Ihr Herz machte einen Salto. Seit er weg war, hatten sie hin und wieder gechattet und einmal auch über Skype miteinander gesprochen. Meistens war die Initiative von ihm ausgegangen. Kerrin hatte sich zurückgehalten, sie wollte nicht klammern.

Doch jetzt konnte sie nicht widerstehen und drückte den Anruf-Button bei Skype. Einen Augenblick später erschien sein Gesicht auf dem Bildschirm, hinter ihm eine Palme und viel grüne Wiese.

»Wo bist du?«, fragte sie.

»Im Botanischen Garten. Er ist riesig.« Er schwenkte sein Smartphone, sodass sie mehr von der Umgebung sah. In der Ferne konnte man die Skyline Melbournes erkennen, die Lichter der Wolkenkratzer hoben sich bereits deutlich vom Abendhimmel ab.

»Heute mal kein Nationalpark und kein River-Rafting?«, versuchte sie zu scherzen.

»Morgen fahren wir zu einem Teambuilding-Seminar in die Berge. Skifahren steht auch auf dem Programm, hier ist ja schon wieder Winter.«

»Du scheinst echt Stress zu haben, du Armer.«

Er schmunzelte, doch das Lächeln erreichte seine Augen nicht. »Meine Kollegen sind echt nett, aber heute Abend musste ich mal allein sein.«

»Da kommt wohl der Nordsee-Insulaner durch«, sagte Kerrin. Offenbar gehörte sie nicht zu den Menschen, die sein Alleinsein störten.

»Es gibt so viel Neues zu verarbeiten. Die erste Zeit fühlte es sich an wie Urlaub, wahrscheinlich auch weil ich im Hotel wohne, aber so langsam sehne ich mich nach Routine. Klingt blöd, was?«

In Kerrins Leben war schon längst wieder Routine eingekehrt. Zu viel für ihren Geschmack, doch ihre Auftraggeber buchten sie ja auch wegen ihrer Erfahrung.

»Sobald du eine eigene Wohnung hast, wird es leichter«, sagte sie.

»Das hoffe ich. Ende des Monats ziehe ich mit meiner chinesischen Kollegin in eine WG. Stell dir vor, ihr Name ist Lian. Das bedeutet Lotusblüte.«

Musste er ausgerechnet mit einer Kollegin zusammenziehen? Und dann noch mit dieser? Die Lotusblüte war bestimmt die schrecklich sympathische Frau, die sie auf Instagram gesehen hatte. Dabei interessierte es sie kein bisschen, mit wem Lian seine Wohnung teilte oder gar sein Bett. Jedenfalls theoretisch.

»Wohnen ist nicht gerade günstig hier. Li und ich haben ein Haus gemietet.«

»Wie schön. Dann kannst du endlich richtig ankommen.« Kerrin bemühte sich um ein Lächeln.

»Hast du schon darüber nachgedacht, wann du mich besuchen kommst?«

»Nein«, sagte sie wahrheitsgemäß. »Ich glaube, es ist besser, wenn ich nicht komme.«

»Aber warum denn?«, fragte er überrascht.

»Wir können nicht einfach dort anknüpfen, wo wir aufgehört haben«, sagte Kerrin.

»So meinte ich das nicht«, sagte Lian, und Kerrin kam sich blöd vor. Vielleicht bedeutete ihm die gemeinsame Zeit auf den Inseln längst nicht mehr so viel wie ihr, und wenn er erst mal mit der Lotusblüte zusammenwohnte, würde er sie ganz vergessen.

Da fragte Lian: »Bist du mit jemandem zusammen?«

Das brachte sie aus dem Konzept. Das und der Blick aus seinen blauen Augen, dessen Intensität spielend Zeit und Raum überbrückte und sie fast körperlich berührte.

»Nein. Dafür habe ich gar keine Zeit. Lass uns ein andermal darüber reden, ob ich dich besuchen komme«, sagte sie schließlich.

»Okay.« Lian schien enttäuscht. »Aber gib mir rechtzeitig Bescheid, falls du dich doch noch entschließt. Ich bin nicht ständig in Melbourne. Ich soll die Zweigniederlassung in Sydney kennenlernen, außerdem will meine Chefin mir die Leitung für ein Projekt in Mumbai geben.«

»Aha«, sagte Kerrin. »Das ist dann ja höchstens halb so weit von hier wie Melbourne.«

Jetzt strahlte er plötzlich, er schien die Ironie in ihren Worten gar nicht zu bemerken. »Es ist genau das, was ich machen möchte. Quartiersentwicklung in einem Slum, da kann ich wirklich viel bewegen.«

Schon wieder fühlte Kerrin einen Stich. Lian machte nicht nur international Karriere, er tat es auch noch mit etwas Sinnvollem.

»Aber jetzt erzähl mal, wie geht es dir?«, fragte er.

»Ich habe gestern einen Auftrag am Bodensee abgelehnt ... Es ist zu weit für mich. Ich habe hier in der Umgebung genug zu tun.«

»Verstehe. Du bist ja Einzelkämpferin und kannst nicht überall gleichzeitig sein. Dann läuft es wohl ganz gut bei dir?«

»Ich warte noch auf eine größere Schlusszahlung, dann bin ich übern Berg.«

»Was heißt das, du wartest?«

»Dass mein Auftraggeber im Verzug ist. Ich habe schon eine Mahnung geschickt, aber es tut sich einfach nichts. Ausgerechnet jetzt, wo ich das Geld so dringend brauche.«

Eine Sorgenfalte erschien auf Lians Stirn, was sie noch nie an ihm gesehen hatte. »Ich würde nicht zu lange warten. Gib die Sache einem Inkassodienst oder deinem Anwalt.«

»Ich habe keinen. War bisher nicht nötig.«

»Dann such dir bitte einen.«

Kerrin versprach es. Dann hörten sie auf zu skypen, denn der Park war nur bis Einbruch der Dunkelheit geöffnet, und Lian musste sich beeilen.

Traurig blieb sie vor dem Bildschirm sitzen. Lian schien es noch nicht realisiert zu haben, aber er war nicht nur räumlich weit weg, sondern entfernte sich auch in jeder anderen Hinsicht immer weiter von ihr. Sie hatte das erwartet. Trotzdem tat es weh.

Überraschungen

Den ganzen Juni hindurch arbeiteten Kerrin und Sofia an den Planungen für eine Dorferneuerungsmaßnahme. Als Kerrin ihrer Freundin eines Morgens von Lians Entwicklungsprojekt in Mumbai erzählte, winkte diese ab: »Was wir hier machen, ist mindestens genauso sinnvoll. Bald bleiben die jungen Leute wieder gern in ihrem Ort, gründen Familien und Firmen, anstatt in die Ballungsräume zu ziehen.«

»Das kann man nicht vergleichen. Die sozialen Gegensätze in Indien sind krasser, und es geht um ein viel größeres Gebiet.«

»Mit so einem Mega-Büro im Rücken könnten wir auch ganz andere Sachen stemmen. Ich bin lieber meine eigene Chefin. Du nicht?«

»Schon, aber ...«

»Irgendwie idealisierst du alles, was Lian tut.«

»Ich kann immer noch nicht fassen, dass er in Australien ist. Es ging so schnell.«

»Für dich vielleicht. Er war doch seit Jahren in Wartestellung. Stell dir mal vor, du kannst nichts Neues mehr anfangen, weil du sowieso weggehst. Kein Umzug, kein neuer Job, keine feste Beziehung ...«

Kerrin schluckte schwer.

»... und jetzt kann er endlich richtig durchstarten«, schloss Sofia.

»Ich weiß«, sagte Kerrin. »Ich verstehe nur nicht, warum er mir immer wieder schreibt.«

»Was schreibt er denn?«

»Von seinem Alltag in Melbourne, wie es mit seiner Arbeit vorangeht und was er am Wochenende treibt.«

»Und heiße Liebesschwüre?« Sofia setzte ein schelmisches Lächeln auf.

»Nein. Im Gegenteil, er erzählt recht viel von seiner Mitbewohnerin Li. Sie haben zusammen ein Haus gemietet.«

»Bestimmt denkt er sich nichts dabei, weil er längst mit eurem Flirt abgeschlossen hat«, sagte Sofia.

»So wie Jan?«

Kerrin war ein Stein vom Herzen gefallen, als er sie zum ersten Mal wieder gefragt hatte, ob sie mit ihm und Sofia zum Mittagessen kommen wolle. Am Anfang waren sie beide etwas befangen gewesen, aber das hatte sich rasch gelegt. Ihr Verhältnis war fast wieder so freundschaftlich wie vor dem letzten Sommer, nur dass Jan jetzt viel mehr Zeit mit Sofia verbrachte. Da Kerrin ohnehin im Stress war, fiel das nicht ins Gewicht.

»Genau. Aber was ist mit dir?« Sofia sah sie prüfend an. Wie immer konnte Kerrin nichts vor ihr verbergen. »Ich vermisse ihn immer noch«, gab sie zu. »Dabei habe ich weder Nerven noch Zeit für Liebeskummer. Ich will auch durchstarten. Dazu muss ich endlich meine Außenstände eintreiben.«

Damit ging sie zurück in ihr Büro und wählte die Nummer der Firma UTX. Sie wollte ihnen noch eine Chance geben, schließlich hatte sie über Jahre hinweg gut mit UTX zusammengearbeitet, und ihre Rechnungen waren immer pünktlich bezahlt worden. Doch seit dem Projektleiterwechsel war der Wurm drin. Wenigstens ging der Neue heute mal ans Telefon.

Als Kerrin ihre beiden Mahnschreiben ansprach, gab er sich überrascht. Die Sache sei krankheitshalber liegen geblieben, er würde sich so schnell wie möglich darum kümmern. Missmutig legte Kerrin den Hörer auf. Sie würde später eine letzte Mahnung schreiben.

Am späten Vormittag bekam Kerrin Lust auf einen Kaffee. Im Flur passierte sie die offenen Bürotüren von Jan und Sofia. Beide waren nicht am Platz, stattdessen hörte sie ihre Stimmen aus der Küche. Es klang so vertraulich, dass sie beinahe Hemmungen hatte, die beiden zu stören.

Das wäre ja noch schöner, dachte sie dann. Sie hatte das gleiche Recht, die Kaffeeküche zu benutzen, wie ihre Kollegen. Immerhin war sie die Hausherrin! Sie schritt vorbei an den großformatigen Architekturfotos, die Sofia aufgehängt hatte, und öffnete schwungvoll die Tür am Ende des Flurs.

Sie sah, wie Jans und Sofias Hände auf dem Tisch auseinanderzuckten, als hätten sie sich eben noch berührt. Aber das konnte auch daran liegen, dass ihre Kaffeetassen sehr nah beieinanderstanden. Sofia stand auf, strich ihre Bluse und den Cordrock glatt, obwohl beide makellos waren, und sagte: »Hi, Kerrin. Möchtest du Kaffee? Ich mache dir einen.«

»Ja, gerne.« Unschlüssig schaute Kerrin zwischen den beiden hin und her. Was ging hier ab?

»Ich war vorhin auf dem Weg zu dir«, erklärte Sofia und wandte sich zur Espressomaschine um, »aber deine Tür war zu, und du hast gerade telefoniert.« Sie lächelte. »Ich wollte nicht stören.«

»Ich auch nicht«, sagte Kerrin. Das war ihr so herausgerutscht. Niemand hörte es, denn Sofia hatte sich schon umgewandt und klopfte lautstark das gebrauchte Espressopulver aus dem Siebträger. Jan folgte jeder ihrer Bewegungen mit den Augen.

Während Sofia den Kaffee zubereitete, ging Kerrin zur Haustür und schloss den Briefkasten auf. Er war ziemlich voll. Prima, dann konnte sie die Post gleich in der Küche sortieren und verteilen. Anschließend würde sie den Kaffee mit in ihr Büro nehmen.

So weit kam es allerdings nicht. Während Sofia noch mit dem Milchschaum beschäftigt war, blätterte Kerrin die Umschläge durch, die für sie bestimmt waren.

Einer davon kam von einer Anwaltskanzlei. *Dr. Porsche & Partner, Insolvenzanwälte.* Kerrin lachte spontan auf. »Ein Insolvenzanwalt, der heißt wie eine Luxusautomarke«, sagte sie.

Jan runzelte die Stirn. »Das klingt nicht gut.«

Kerrin merkte, wie ihr Brustraum enger wurde. Jan hatte recht. Und plötzlich war es ihr lieber, beim Öffnen des Umschlags nicht allein zu sein. Sie riss ihn auf und überflog den Brief. Mit jeder Zeile sank ihr Mut. Sie konnte nicht glauben, was sie da las.

»Das gibt´ s nicht«, sagte sie und sah Jan an. »UTX ist pleite.« In seinen Augen spiegelte sich ihr eigener Schrecken. Sofia stellte den Kaffee auf den Tisch. Kerrin bemerkte die glänzend rote Tasse und den perfekten Milchschaum darauf. Als wolle sich ihr Verstand an den Details festhalten, während ihre Hände mit dem Brief zu zittern begannen.

»Was ist los?«, fragte Sofia, die nur mit halbem Ohr zugehört hatte.

»Das tut mir leid«, sagte Jan gleichzeitig.

»UTX hat Insolvenz angemeldet«, wiederholte Kerrin.

»Ich hätte doch für dich zu dem Abnahmetermin gehen sollen, während du auf Kur warst«, sagte Sofia. »Dann hättest du die Rechnung früher stellen können.«

Jan sagte: »Vielleicht war schon damals was im Busch. Im Februar wollten sie noch ein Angebot von mir, aber dann hat niemand mehr auf meine Anrufe und Mails geantwortet. Tut mir leid, Kerrin, ich hätte es dir sagen sollen, aber ich hatte so viel anderes zu tun.« Davon abgesehen, dass damals Funkstille zwischen uns herrschte, dachte Kerrin.

»Wenn ich mein Geld nicht bekomme, kann ich ebenfalls zumachen«, sagte sie.

»Wie viel schulden sie dir denn?«, fragte Sofia.

Kerrin nannte den Betrag. Danach sprach niemand mehr, und der Cappuccino wurde kalt.

Den Rest des Vormittags verbrachte Kerrin am Telefon und mit Recherchen im Internet. Sie rief die Anwaltshotline ihrer Rechtsschutzversicherung an und erfuhr, dass sie nicht viel tun konnte. Falls überhaupt noch Geld da war, würden andere Gläubiger wahrscheinlich vor ihr bedient werden. Trotzdem suchte sie nach einer Kanzlei. Ein befreundeter Ingenieur empfahl ihr schließlich eine Anwältin. Sie hatte erst nächste Woche wieder einen Termin frei.

Danach rief sie auch noch den vorläufigen Insolvenzverwalter an, wurde aber nicht zur Sachbearbeiterin durchgestellt. Angeblich war sie auf einem Außentermin.

Am Nachmittag setzte sich Kerrin wieder an ihre reguläre Arbeit. Sie beantwortete Mails und sichtete Unterlagen, die sie für eine Planung bekommen hatte. Es fiel ihr schwer, sich zu konzentrieren. Vielleicht war sowieso alles für die Katz. Doch die anstehenden Aufträge würde sie auf jeden Fall abarbeiten. Als sie hörte, dass Jan das Büro verließ, ging sie hinüber zu Sofia.

»Mir brummt der Kopf«, sagte sie.

»Das glaube ich«, antwortete Sofia. »Kann ich etwas für dich tun? Kaffee, Schnaps, Gespräch?«

Kerrin musste schmunzeln. Sie ließ sich auf Sofias Besucherstuhl fallen, einen tiefen Schwingsessel mit bequemen Polstern. Es gab noch zwei davon, gruppiert um eine Art Couchtisch. Sie hatte nie verstanden, warum Sofia Kundengespräche in Wohnzimmeratmosphäre führte, aber jetzt war der Stuhl genau das Richtige. Das sanfte Schwingen brachte sie runter, auch wenn es unter ihrer Haut kribbelte wie tausend Ameisen. Sie schwankte zwischen Resignation und Tatendrang.

»Für heute habe ich alles getan, was ich konnte. Es sieht nicht gut aus.«

»Warte erst mal das Gespräch mit der Anwältin ab.«

»Das ist nur zur Gewissensberuhigung. Ich habe keine Reserven, um noch eine Durststrecke zu überstehen.«

Sofia kam hinter ihrem Schreibtisch hervor und setzte sich in den Sessel neben Kerrin. »Ich könnte dir ein bisschen mehr Miete bezahlen, falls dir das hilft. Die Räume sind vergleichsweise günstig, und du hast schon lange nicht mehr erhöht. Jan schließt sich da bestimmt an, ich rede mit ihm.«

»Lieb von dir, aber es wäre nur ein Tropfen auf den heißen Stein, und du brauchst auch jeden Euro.«

Wenn Kerrin mit der Miethöhe in einen Bereich kommen wollte, der ihr wirklich weiterhalf, dann müsste sie Jan und Sofia kündigen und die Räume an weitaus zahlungskräftigere Mieter vergeben. Vorher müsste sie in neue Fußböden, Wände, EDV-Verkabelung investieren. Außerdem wollte sie weder Jan noch Sofia vor die Tür setzen. Sofia war ihre Freundin, und sie wusste, dass sie sich auf beide verlassen konnte. Sie würden ihr langfristig als Büromieter erhalten bleiben. Falls nichts dazwischenkam wie bei Kerrin.

»Gewöhn dich lieber an den Gedanken, dass jemand anders in mein Büro einzieht«, sagte sie. »Ich suche mir eine Festanstellung.«

Sofia lächelte gequält. »Das wolltest du doch nie.«

»Langsam kommt mir der Gedanke verlockend vor. Bezahlter Urlaub, Lohnfortzahlung im Krankheitsfall ... ich brauche nur jemanden, der meine Erfahrung zu schätzen weiß und mir freie Hand lässt.«

»Das verlangen sie ja heutzutage überall. *Kreativität und unternehmerisches Denken*, auch als Angestellte.«

»Bla, bla«, sagte Kerrin. »Ich werde mich kreativ bewerben. Dann schauen wir weiter.«

»Hast du mal was von dieser Stelle auf Föhr gehört?«

»Die haben mir vor einer Weile abgesagt. Das war auch gut, sonst hätte ich extra hochfahren müssen für eine Stelle, die ich eh nicht will. Es war eine Schnapsidee, dass ich mich überhaupt beworben habe.«

Sie streckte sich ausgiebig und gab dem Sessel Schwung. »Ich möchte ein bisschen hierbleiben, wenn es dich nicht stört. Hast du eine Decke für mich?«

Kerrin wollte jetzt nicht allein sein, sondern vor sich hindösen, im Hintergrund Sofias Klicken am Computer. Sich eine Weile klein und hilflos fühlen dürfen, bevor sie sich wieder ihren Problemen stellte. Sie zog den Fußhocker an ihren Stuhl heran, während Sofia eine Decke aus dem Schrank holte. »Die ist noch vom Sommer hier«, sagte Sofia.

»Ich weiß«, murmelte Kerrin und schloss die Augen. Sie zog die Decke enger um sich und spürte etwas Strohiges an ihrer Wange. Es war ein getrockneter Grashalm. Mit etwas Fantasie konnte sie immer noch die Sommerwiese im Stadtpark riechen.

Sie dachte an den Juli vor einem Jahr, als sie zu dritt mit der Picknickdecke losgezogen waren, Leckereien vom Feinkostladen im Gepäck. Einmal schleppte Jan einen Campingkocher und eine Espressokanne mit, ein anderes Mal eine Flasche Rotwein. Sofia war für Wasser und Nachspeisen zuständig, und Kerrin nahm Geschirr und Besteck aus ihrer Wohnung mit. Es war während der Hitzewelle, als man nachmittags keinen klaren Gedanken fassen konnte. Oft legten sie noch eine Spätschicht ein, wenn es kühler wurde. Kerrin hatte sich selten so sorglos und entspannt gefühlt.

Die Sache mit Jan passierte an einem dieser Abende: Sofia war schon nach Hause gegangen, und Kerrin fragte ihn, ob er mit ihr auf dem Balkon etwas trinken wolle. Er wollte, und alles andere wollte er auch. Die Hitze, das Licht, die Farben – der ganze Sommer verlangte nach Sinnlichkeit. Es fühlte sich an, als würde er niemals enden. Dann war es Herbst geworden, und Kerrin hatte die Lungenentzündung bekommen. *Summer moved on …*

Wie anders es sich mit Lian angefühlt hatte! Er war ein Mann für alle Jahreszeiten. Doch er hatte beschlossen zu gehen, und sie war wieder allein.

Kerrin schreckte hoch, als Sofia Unterlagen in ihren Aktenschrank packte und dabei aus Versehen dessen Tür zuknallen ließ. »'tschuldigung«, sagte sie, und Kerrin setzte sich auf.

»Schon gut. Wie spät ist es?«

»Kurz vor fünf. Ich mache Feierabend«, sagte Sofia. »Ich will noch kurz nach Hause, bevor …« Sie verstummte, und eine leichte Röte überzog ihr Gesicht. Kerrin fiel die vertraute Szene von heute Vormittag wieder ein und viele andere Gelegenheiten, an denen sie auch so ein Gefühl gehabt hatte.

»Triffst du dich wieder mit Jan?«, fragte Kerrin.

Sofia senkte den Blick, und das blonde Haar fiel ihr ins Gesicht. Ihr scheues Lächeln erinnerte an Bilder von Prinzessin Diana in ihrer Verlobungszeit. Zu Sofia passte es kein bisschen.

»Hör sofort auf damit«, sagte Kerrin und atmete auf, als ein empörter Ausdruck auf das Gesicht ihrer Freundin trat.

»Womit denn? Ich kann mich mit Jan treffen, sooft ich will!«

Kerrin lachte. »Natürlich. Ich ertrage es bloß nicht, wenn du so ein Schüchterne-Prinzessin-Gesicht machst.«

»Tu ich das?« Jetzt schien Sofia aus dem Konzept zu sein. Sie setzte sich in den Sessel gegenüber Kerrin, verschränkte die Arme im Nacken und begann zu schaukeln.

»Jetzt nicht mehr«, sagte Kerrin zufrieden.

»Er wollte, dass wir es noch für uns behalten. Aber ich kann nicht so tun, als wäre nichts. Dazu kennst du mich viel zu gut.«

»Ihr seid also zusammen?«

»Ja«, sagte Sofia, und Kerrin schluckte. Da war ein klitzekleines Nagen in ihr, das an verletzten Stolz erinnerte. Auch wenn sie schon länger gespürt hatte, dass sich etwas zwischen den beiden anbahnte.

»Herzlichen Glückwunsch!«, sagte sie und zwang sich zu lachen. »Wolltest du nicht warten, bis Laura volljährig ist?«

»Das habe ich mir eingeredet. Ich wollte Jan schon immer, aber er war ja verheiratet, und nach der Scheidung stürzte er sich auf dich.«

»Er sagte zu mir, du wärst sein bester Kumpel, rein freundschaftlich. Ich war sogar ein bisschen eifersüchtig. Weil du schließlich *meine* beste Freundin bist.«

Kerrin war überrascht, wie schnell Jan sich umorientiert hatte – aber hatte sie das nicht auch getan? Wenigstens brauchte sie deshalb kein schlechtes Gewissen zu haben.

»So hab ich das nicht gesehen. Ich war schlicht enttäuscht, dass er nur eine Kummerkastentante in mir sah.«

Kerrin musste daran denken, was Jan zu ihr gesagt hatte, als sie mit ihm Schluss machte – über das Gefühlschaos nach seiner Scheidung. Vielleicht war er ebenso wenig bereit für eine Beziehung gewesen wie sie, nur dass sie es schneller gemerkt hatte. Kerrin suchte nach einer freundlichen Formulierung.

»Vielleicht musste er sich erst ... wieder finden«, sagte sie. »Immerhin war er vorher fünfzehn Jahre mit ein und derselben Frau zusammen.«

Sie hoffte, dass Jan jetzt wusste, was er wollte, und dass Sofia mit ihm glücklich wurde. »Wir müssen unbedingt mit Prosecco auf euch anstoßen«, sagte Kerrin.

»Den trinkst du doch nicht gern«, sagte Sofia. Kerrin zuckte mit den Schultern. »Na und? Ich wurde schon aus viel geringeren Anlässen dazu genötigt.«

Sofia lachte. »Hast du wirklich kein Problem damit, dass ich mit Jan zusammen bin? Ich dachte sowieso, du hättest dich mit Lian getröstet.«

Als Kerrin seinen Namen aus Sofias Mund hörte, wurde ihr gleich wieder elend. »Ich musste mich nicht trösten«, sagte sie. »Dafür vermisse ich Lian jetzt wie verrückt.«

»Wann seht ihr euch wieder?«, fragte Sofia.

»Gar nicht«, sagte Kerrin. »Es geht einfach nicht. Ich bin hier und er am Ende der Welt.«

»In Australien brauchen sie auch Ingenieurinnen.«

»Ich habe genug Probleme am Hals, und Auswandern steht nicht auf meiner To-do-Liste.«

Kerrin warf demonstrativ einen Blick auf ihre Uhr. Über Lian zu sprechen machte alles nur noch schlimmer. »Wolltest du nicht los und dich mit Jan treffen? Genieß es einfach. Lass es krachen!«

Sofias Augen bekamen einen beinahe fiebrigen Glanz: »Das tu ich, keine Sorge!« Dann packte sie ihre Sachen und war weg.

Als Kerrin später im Bett lag, fand sie keine Ruhe. Ihre Kopfschmerzen hatten sich zur Migräne ausgewachsen, und sie fiel in einen Halbschlaf voller Traumbilder. Da war Lian, der sie so liebevoll ansah, dass es wehtat. Sie fror, konnte sich aber nicht aufraffen, sich noch eine Decke oder eine Wärmflasche zu holen.

In ihrer Kindheit war die Wärmflasche so etwas wie Marions Allheilmittel gewesen. Zum Beispiel, als sie mit zehn Jahren diese schwere Grippe bekommen hatte. Da hatte ihre Mutter ihr ein Krankenlager auf dem Küchensofa hergerichtet und war in ihrer Nähe geblieben. Plötzlich fielen ihr noch mehr Situationen ein, in denen Marion für sie da gewesen war. Sie musste aufhören, sich ihr gegenüber so kühl zu verhalten. Klar war sie am Anfang sauer gewesen, als sie von Winter erfuhr, aber sie hatte nie gewollt, dass das zum Dauerzustand wurde. Doch dann überrollte sie der Alltagsstress und drängte das Gespräch mit ihrer Mutter in den Hintergrund. Auch ihre Kontaktversuche zu Flora und Jette kamen ihr jetzt halbherzig vor. Sobald es ihr besser ging, würde sie mit Marion telefonieren und es noch einmal bei Jette probieren.

Nachdem sie sich eine Stunde lang vergeblich hin und her gewälzt hatte, kroch Kerrin wieder aus dem Bett, kochte Tee und setzte sich vor den Fernseher. Sie blieb ausgerechnet an einem TV-Drama hängen, in dem Massen von Leuten bei einer Firmeninsolvenz ihre Arbeit verloren. Wollte sie sich das antun? Ja. Alles war besser als eine romantische Schnulze.

Der Film verfolgte die Schicksale einzelner Betroffener, und natürlich waren ihre Geschichten raffiniert miteinander verwoben. Kerrin tröstete sich damit, dass an ihrem Büro keine Arbeitsplätze hingen. Außer ihrem eigenen natürlich. Bei UTX war das anders. Sie dachte an die frühere Projektleiterin dort, mit der sie sich so gut verstanden hatte. Sie hatte die Firma bereits verlassen. Vielleicht hatte sie jetzt sogar einen besseren Job. Der Region ging es schließlich gut.

Auch Kerrin konnte sicher etwas Neues finden. Doch der Gedanke daran, ihre Selbstständigkeit aufzugeben, fühlte sich wie Scheitern an. Kerrin hatte hart dafür gearbeitet, sich in der Branche einen Namen zu machen – nun stand sie kurz vor dem Aus. Sie würde nicht kampflos aufgeben.

Familienbande

»Hast du wirklich keine weiteren Reserven?«, fragte Tobi. Der Bankangestellte kannte Kerrin, seit sie zum ersten Mal in den Sommerferien mit ihrer Oma in die Filiale gekommen war. Jetzt hatte sie ihre Festgeldanlage vorzeitig aufgelöst und den vorgesehenen Ertrag eingebüßt, außerdem lag ihr Kreditantrag vor ihm auf dem Tisch. Er sollte die Antwort auf seine Frage kennen.

»Auf meiner Kundenkarte vom Thermalbad ist noch Guthaben«, antwortete sie. »Ich fürchte, eine Rückzahlung ist ausgeschlossen.«

Tobi schien die Ironie ihrer Worte nicht zu bemerken.

»Prima«, sagte er. »Dann fahr ins Bad und entspann dich, während wir über deinen Kredit entscheiden. Ich würde ihn sofort bewilligen, aber du weißt ja ...«

Kerrin winkte ab. »Schon gut. Benzin ist auch noch im Tank.«

Die Bank wollte Kerrins wirtschaftliche Lage prüfen und eine Prognose erstellen. Es sah nicht gut aus. Der Zahlungsausfall war zu groß, und es würde Monate dauern, ehe Honorare für die neuen Aufträge flossen. Zwischenzeitlich summierten sich die Rechnungen für Versicherungen, Bürogeräte, laufende Kosten für Haus und Büro. Ihr Konto war bis zum Anschlag überzogen. Tobi hatte sie zu überzeugen versucht, ihr Haus als Sicherheit einzusetzen, aber das wollte sie nicht.

Sie stand auf und streckte die Hand aus. »Servus dann«, sagte sie, »und danke.« Tobi sprang ebenfalls auf. Er hatte wohl nicht damit gerechnet, dass sie das Gespräch beenden würde. Egal. Sie hatte jetzt keinen Nerv für Höflichkeiten.

»Du hörst so bald wie möglich von uns«, sagte Tobi, und Kerrin hoffte, dass es trotz allem etwas Gutes sein würde. Sein Lächeln war aufmunternd, der Händedruck fest.

Anschließend kehrte sie ins Büro zurück und setzte sich an den Computer. Nach einer Weile ertappte sie sich dabei, wie sie im Internet nach gebrauchten Handtaschen stöberte. Dabei mochte sie gar keine Handtaschen, ein kleiner Rucksack war ihr lieber, und natürlich musste sie jetzt erst recht sparen. Entschlossen klickte sie das Browserfenster weg. Bald ging es wieder los: Alle paar Minuten unterbrach sie ihre Arbeit am Bildschirm, um nach ihrem Handy zu sehen.

Sie hatte ihre Disziplin verloren. Ihre Gedanken galoppierten davon wie Wildpferde, machten, was sie wollten. Gern hätte sie ihre Kollegen zu einer Kaffeepause angestiftet, aber Sofia war heute Morgen zu einer zweitägigen Fortbildung in Berlin aufgebrochen. Und Jan arbeitete wie verrückt, damit er morgen ebenfalls hinfahren konnte. Sie wollten das Wochenende gemeinsam in der Hauptstadt verbringen. Also ging Kerrin in ihre Wohnung und packte die Saunatasche.

Die Therme lag im Nachbarort, was ihr etwas Distanz verschaffte. Sie überlegte, ob sie erst einmal ins Bad gehen und ein paar Runden im Außenbecken drehen sollte. Sich freischwimmen. Dann entschied sie sich doch für die Sauna. Sie hatte keine Lust, sich zu bewegen, sie wollte sich ordentlich durchwärmen lassen und anschließend auf einer Liege im Ruheraum abhängen. Zwei oder drei Saunagänge, und die Wildpferde in ihrem Kopf würden friedlich grasen.

Sie duschte und ging zielstrebig zu der neunzig Grad heißen Kabine. Darin lag nur ein Mann auf der obersten Bank. Kerrin grüßte und breitete ihr Handtuch gegenüber auf der mittleren aus.

Schon nach Kurzem begannen sich Schweißtropfen auf ihrer Haut zu bilden. Sie atmete den Duft von heißem Holz ein und spürte, wie ihre Anspannung nachließ und sich Müdigkeit in ihr ausbreitete. Eigentlich war sie erholt und voller Tatendrang von der Kur zurückgekommen, aber die viele Arbeit und die finanziellen Sorgen forderten ihren Tribut. Ein paar Mal atmete sie tief ein und aus.

Als die Saunatür sich bewegte und ein kalter Luftzug sie traf, fuhr Kerrin auf. Die Person vor ihr schien ebenfalls zu erschrecken, denn sie blieb abrupt stehen und wandte sich zu ihr um. »Alles in Ordnung?«, fragte eine Frauenstimme. Kerrin sah sich desorientiert um. Der männliche Saunagast von vorhin war verschwunden. Kerrin hatte den Wechsel nicht mitbekommen, und sie hatte keine Ahnung, wie lang sie schon hier drin war. Auf jeden Fall zu lang, denn ihr Herz trommelte hart gegen ihre Brust, ihr war unglaublich heiß und auch ein wenig übel.

Sie war tatsächlich in der Sauna eingeschlafen.

»Ich muss raus«, sagte Kerrin. Sie griff nach ihrem Handtuch und stand auf. Dann knickten die Beine unter ihr weg.

Sie kam auf dem Boden vor der Saunakabine zu sich. Sofort presste sie die Lider fest aufeinander. Das Licht war einfach zu grell. Plötzlich fror sie, und aus irgendeinem Grund war sie unglaublich wütend. Etwas berührte sie sanft an der Schulter. »Können Sie aufstehen?«, fragte eine männliche Stimme. Ein viel zu trockener Baumwollstoff streifte ihre Wange.

Kerrin ließ es zu, dass man ihr auf die Beine half und sie vorsichtig wegführte, links die Baumwolle und rechts das Frottee. Vermutlich ein Saunahandtuch. Ihr eigenes hielt sie immer noch fest an den Körper gepresst. Sie konnte zwar stehen, fühlte sich aber sehr wackelig, und ihr rechtes Knie tat weh.

»Gleich haben Sie's geschafft«, sagte die Frau neben ihr. Trotz ihrer Benommenheit erkannte Kerrin die Stimme wieder. Es war die Frau, die vor ihr die Sauna verlassen wollte.

»Egal«, murmelte Kerrin.

»Kommen Sie. Es wird alles gut.«

Ein diffuses Gefühl waberte durch Kerrins Kopf, und als die Frau sie losließ, sagte sie: »Vielen Dank.«

»Keine Ursache.«

Dann blieb sie mit dem Mann allein in einem kühlen, nüchtern ausgeleuchteten Raum. Im nächsten Moment klebte ihr Po unangenehm an der Papierauflage einer Sanitätsliege fest. Mühsam zog sie die Beine nach und streckte sich aus. Gesicht und Oberkörper des Mannes erschienen undeutlich in ihrem Blickfeld. Sie registrierte das Poloshirt mit kurzen Ärmeln, darauf das Logo des Thermalbades. »Na, geht's wieder?«, fragte er. Sie spürte den Luftzug, als er sie mit einem Laken zudeckte.

»Weiß nicht«, murmelte Kerrin. »Im Liegen geht's ja immer.«

Seine Mundwinkel zuckten, aber er riss sich zusammen.

»Im Ernst«, sagte Kerrin. »Mir wurde beim Aufstehen schwindlig. Jetzt fühle ich mich wieder halbwegs normal.«

»Sie haben Glück, dass Sie nicht allein drin waren.«

Wie unangenehm es sein musste, wenn in der Sauna plötzlich jemand neben einem umkippte! Kerrin hätte sich gern noch einmal richtig bedankt, aber vermutlich war die Frau schon weg, und sie hatte nicht die Kraft, nach ihr zu fragen. Der Mann legte ihr eine Blutdruckmanschette an, pumpte und nannte die Werte.

»War in letzter Zeit irgendwas auffällig bei Ihnen? Kreislauf- oder Herzprobleme?«

»Nein, nichts«, sagte Kerrin. Die Lungenentzündung war längst ausgeheilt, Liebeskummer und Firmenpleite schienen ihr medizinisch nicht bedeutsam. »Höchstens zu viel gearbeitet und zu wenig geschlafen. Ich bin einfach eingenickt. Ich weiß, das sollte nicht passieren ...«

»Schon gut. Lassen Sie sich sicherheitshalber vom Hausarzt durchchecken, und passen Sie nächstes Mal besser auf. Am besten stellen Sie sich einen Wecker.« Er lachte über seinen eigenen Witz, aber Kerrin war für heute bedient.

»Ihr Blutdruck und Ihr Puls sind jedenfalls wie nach einem normalen Saunagang. Trotzdem sollten Sie nicht allein nach Hause fahren. Haben Sie jemanden, der Sie abholen kann?«

Kerrin konnte nicht gleich antworten. Ihr Kopf arbeitete langsam. Sofia war in Berlin, und Jan wollte sie nicht fragen.

»Mein Nachbar«, sagte sie schließlich und diktierte Antons Festnetznummer. Es war eine der wenigen, die sie auswendig wusste.

Eine Stunde später stand sie in der Tiefgarage des Thermalbads. Anton war mit dem Bus gekommen, damit sie ihr Auto nicht dort stehen lassen musste, und sie stieg auf der Beifahrerseite ein. Dabei schmerzte wieder ihr Knie, aber sie konnte es problemlos abbiegen.

»Ich will nach Hause«, sagte sie. Sie gab sich keine Mühe, den Quengelton in ihrer Stimme zu unterdrücken.

Anton glitt geschmeidig hinter das Lenkrad. Kaum zu glauben, dass er mehr als doppelt so alt war wie sie.

»Wenn du dich angeschnallt hast, kann's losgehen«, sagte er und drückte kurz ihren Arm. »Soll ich dich nicht doch zu deiner Hausärztin fahren?«

»Nein, danke. Am Ende findet die noch was.«

Anton lachte und startete den Motor. »Also bei mir finden sie nie was, außer altersgemäßem Verschleiß an den Gelenken. Aber das ist mir egal, solange ich noch wandern und tanzen kann.«

»Tanzen?«

»Ich hab wieder angefangen. Lolo und ich nahmen damals an Turnieren teil, bis wir es zeitlich nicht mehr schafften. Jetzt habe ich eine Tanzschule gefunden, wo ich Kurse für Senioren anbiete.«

Kerrin dachte an den Weinhandel, den Anton immer noch für ausgewählte Kunden betrieb. »Für einen Rentner bist du ganz schön beschäftigt«, sagte sie, während Anton mit Schwung auf die Ausfahrtsrampe fuhr.

Er lachte. »Ja, weil es mir Spaß macht. Es ist schön, wenn man nicht arbeiten muss.«

»Klingt verlockend. Immer wenn ich denke, ich kriege beruflich die Kurve, passiert etwas, das mich ausbremst. Ich würde am liebsten auch nur noch zum Spaß arbeiten. Oder eine Weile gar nicht.«

»Das verstehe ich.«

»Dabei müsste ich gerade jetzt ranklotzen, damit wieder Geld reinkommt. Aber ich kann mich in letzter Zeit so schlecht konzentrieren. Das kenne ich gar nicht von mir.«

Anton hielt vor der Schranke an der Ausfahrt und sah kurz zu ihr hinüber. »Warum kommst du nicht mit zu mir und lässt dich ein bisschen verwöhnen? Morgen ist schon Freitag, und nach dem Wochenende schaut die Welt wieder besser aus. Du wirst sehen.« Kerrin fühlte sich nach ihrem Erlebnis in der Sauna so weichgekocht, dass sie zustimmte.

Zu Hause holte sie Klamotten für drei Tage aus ihrer Wohnung und ging ins Nachbarhaus hinüber. Anton führte sie in sein Gästezimmer im Erdgeschoss. Es war ein ganz entzückender kleiner Raum mit einem Bett aus Metallstäben, Blümchentapete und einem gut gefüllten Bücherregal.

»Wenn du willst, kannst du den ganzen Tag im Bett bleiben und lesen. Aber bloß nichts arbeiten!«

»Ich habe mein Laptop sowieso zu Hause gelassen.«

»Gut so. Um halb acht gibt's Abendessen, ist dir das recht?« Er lächelte sein liebenswürdiges Lächeln. Anton war definitiv der beste Vater-Opa-Familien-Ersatz, den sie sich vorstellen konnte. »Klingt super. Kann ich dir kochen helfen?«

»Das verbitte ich mir«, sagte er und räusperte sich. Er schien etwas sagen zu wollen, wusste aber offensichtlich nicht, wie er beginnen sollte.

»Hast du noch was auf dem Herzen?«, fragte Kerrin.

Anton nickte. »In diesem Zimmer übernachtete deine Mutter oft«, sagte er. »Immer dann, wenn es ihr drüben bei ihren Eltern zu viel wurde. Sie schlief schon als Kind hier, wenn die großen Feste gefeiert wurden. Und auch nach dem ... nach dem Tod ihres Vaters.«

»Wie ist er eigentlich gestorben?« Kerrin fiel auf, dass sie das noch nie jemanden gefragt hatte. Das Rätsel um ihren eigenen Vater hatte für sie immer im Vordergrund gestanden. Anton atmete tief ein und wieder aus. »Setz dich«, sagte er, und Kerrin war so verblüfft, dass sie gehorchte. Anton setzte sich neben sie auf das Bett.

»Er beging Suizid«, sagte er.

Kerrin schlug die Hand vor den Mund, und ein bitterer Geschmack entfaltete sich auf ihrer Zunge. Sie war geschockt, aber nicht völlig überrascht. Sie hatte eine Ahnung gehabt, die auf dürren Fakten, diffusen

Andeutungen und dem Verhalten ihrer Mutter und ihrer Oma beruhte. Lauter Puzzleteile, die nun ein Bild ergaben. »Noch etwas, das meine Mutter mir verschwiegen hat.«

Anton legte ihr eine Hand auf den Arm. »Es war sehr schlimm für sie.«

Kerrin kam ein schrecklicher Gedanke. »Wer hat ihn damals gefunden?«

»Deine Mutter. Er lag in seinem Zimmer auf dem Sofa. Er hatte Alkohol und Medikamente genommen. Sie rief sofort den Notarzt, aber es war nichts mehr zu machen.«

»Es ist das Zimmer bei mir unterm Dach, oder?« Gedanken und Gefühle überschwemmten sie. »Und ich habe ihr nichtsahnend angeboten, dort zu wohnen.« Kerrin wurde schwindlig. Zum Glück saß sie schon.

»Niemand hatte damit gerechnet«, erklärte Anton. »Ich meine, als die Firma fast bankrottging, da hatten Lolo und ich wirklich Angst um deine Familie. Sie sagte immer, hoffentlich tut er sich nichts an. Erst als Marlies den Karren aus dem Dreck gezogen hatte und wir alle aufatmeten, passierte es.« Anton rang nach Worten. »Weißt du, man sprach damals nicht so offen über seelische Leiden wie heute.«

Da war es, dieses unpersönliche *man*, das die Menschen immer dann benutzten, wenn sie es nicht fertigbrachten, über sich zu sprechen. Kerrin mochte das nicht. Sie versuchte immer persönlich Stellung zu beziehen. Aber sie verstand, dass Anton nicht anders konnte. Immerhin redete er.

»Als junger Mann dachte ich, wenigstens ist Herbert aus dem Krieg zurückgekommen. Anders als mein Vater. Ich habe ihn nie kennengelernt.«

»Das tut mir leid«, sagte Kerrin.

»Schon gut. Dir geht es ja ähnlich.«

Kerrin wurde wütend. »Winter war nicht lebensmüde, und es herrschte auch kein Krieg. Er hätte nicht so handeln müssen, wie er es tat.«

»Der scheiß Krieg hätte auch nicht sein müssen!«, sagte Anton und gestikulierte so energisch, dass das Bett wackelte. Kerrin erschrak über seine Heftigkeit. Schimpfworte waren ihm normalerweise zuwider. »Im Gegensatz zu vielen anderen überlebte Herbert den Krieg«, fuhr er etwas ruhiger fort. »Aber er machte ihn krank und belastete sein Familienleben. Deshalb war Marion so empfänglich für eine Vaterfigur wie Winter. Sie war Anfang zwanzig, er hatte schon Familie und eine Firma. Er fuhr ein großes Auto, führte sie in teure Restaurants und ins Theater. Ein paarmal fuhren sie auch nach München. Später zeigte sie Lolo das sündhaft teure Abendkleid, das er ihr geschenkt hatte.«

Kerrin versuchte, sich ihre Mutter in einem mondäneren Outfit vorzustellen als in ihren üblichen Klamotten, aber es wollte ihr nicht gelingen.

»So was kann meine Mutter doch nicht beeindrucken«, sagte sie. Marions modisches Vorbild lag näher an Pippi Langstrumpf als an Coco Chanel. Anton lachte auf. »Das glaubst du. Sie hat sich verändert. Die Verantwortung für dich hat sie schlagartig reifer gemacht. Es ist gut ausgegangen, aber ich finde, ihr solltet euch mehr umeinander bemühen. Es tut mir in der Seele weh, wie ihr euch entfremdet habt.« Damit stand er auf und ging hinaus, die Tür fiel unsanft hinter ihm zu. Kerrin blieb sprachlos zurück.

Sie stellte ihre Reisetasche ab, legte sich auf das Bett und verschränkte die Arme hinter dem Kopf. Sie dachte an ihre Mutter als Teenager. Hatte sie damals von einem Märchenprinzen geträumt? Und war Winter dieser Prinz gewesen? Mit Anfang zwanzig war man nicht mehr so naiv. Oder?

Arme Marion. Jetzt verstand Kerrin so einiges: ihr Streben nach Unabhängigkeit. Ihre Ängstlichkeit, sobald Kerrin mal einen Durchhänger hatte. Wie jeder andere Teenager hatte sich auch Kerrin eine Weile dem Weltschmerz hingegeben und schnell gespürt, dass ihre Mutter damit überhaupt nicht umgehen konnte. Deshalb hatte sie sich entweder zurückgezogen oder die Dinge, die sie belasteten, mit einem Lachen überspielt. Bis heute gab sie die starke Frau, die sie ja auch war. Aber sie hatte auch diese sensiblere, kindliche Seite, die sie Marion schon lange nicht mehr zeigte.

Kerrin musste tatsächlich eingenickt sein, denn als das Telefon klingelte, schreckte sie auf. Sie angelte nach ihrem Handy. Eine unbekannte Mobilnummer. Vielleicht ein neuer Kunde? Es war mitten am Tag, sie sollte rangehen.

»Würschinger.«

»Hallo, kleine Schwester«, sagte jemand am anderen Ende der Leitung.

»Ich glaube, Sie haben sich ...«

»Wenn du Kerrin bist, dann nicht. Hier ist Jette. Klar, du kennst meine Telefonstimme nicht ... ich habe das Überraschungsmoment auf meiner Seite. Aber du klingst genau wie Flora. Ist das nicht lustig?«

Kerrin bezweifelte das. Sie hatte Floras schrille Stimme immer noch im Ohr, wenn sie an die Begegnung in Marions Haus dachte.

»Wer will schon wie Flora klingen?«, rutschte es Kerrin heraus. Jette lachte laut. »Also, ihren Humor hast du jedenfalls nicht. Sie besitzt nämlich keinen.«

»Sicher?«

»Ganz sicher.«

»Arme Flora.«

»Abgesehen davon ist sie wirklich nett.«

Kerrin dachte, dass es vor allem nett von Jette war, so etwas über ihre Schwester zu sagen – und überhaupt endlich anzurufen.

»Ich freue mich, dass du dich meldest«, sagte Kerrin wahrheitsgemäß.

»Ich wollte dich gleich anrufen, nachdem meine Mutter uns die Hammergeschichte erzählt hatte«, sagte Jette. »Und als dein Brief kam, sowieso. Aber es war einfach zu viel los. Wir haben einen Reiterhof, das weißt du vielleicht? Ein Pensionspferd hatte einen Virus eingeschleppt und einige andere angesteckt, wir hatten alle Hände voll zu tun. Als die

Pferde übern Berg waren, grassierte bei uns selbst die Grippe. Erst lag ich flach, jetzt ist meine Lebenspartnerin dran.«

»Kaum zu glauben, dass die Föhrer sich auch erkälten.«

»Nur weil wir ein gesundes Klima haben, heißt das nicht, dass nie jemand krank wird. Das solltest du eigentlich wissen, du bist doch auch hier aufgewachsen. Warum bist du damals überhaupt weggegangen?«, fragte Jette unverblümt.

»Erst ging ich zum Studieren nach Regensburg, und dann habe ich hier das Haus meiner Oma geerbt. Es bot sich an, zu bleiben.« Falls Jette ahnte, dass es noch andere Gründe gab, kommentierte sie es nicht. Stattdessen erzählte sie von sich.

»Ich möchte nirgendwo anders mehr leben. Eine Zeit lang hab ich auf Fehmarn gearbeitet, das ist ja zum Glück auch eine Insel. Vermisst du Föhr denn gar nicht?«

»Doch«, sagte Kerrin, »ich wäre auch gern öfter da.«

Zu ihrer Überraschung stellte Kerrin fest, dass es stimmte. Die Zeit im Februar war wie im Flug vergangen, und es hatte sich falsch angefühlt, nur zu Besuch dort zu sein. Hier in Regensburg war alles, was ihr Erwachsenenleben ausmachte, und sie identifizierte sich mit der Stadt und ihrer Arbeit. Aber Heimat war es für sie nicht, das hatte sie inzwischen begriffen. »Ich habe ein Ingenieurbüro und kann nicht so oft weg. Es ist ja auch ganz schön weit.«

»Nicht so weit wie Australien«, sagte Jette und kicherte.

»Das nicht«, war alles, was Kerrin dazu sagen konnte. Tief in ihrem Innern knirschte es wie Eisplatten, die aneinanderstießen.

»Mal sehen, wie lange mein kleiner Bruder es dort aushält. Bestimmt bekommt er bald Heimweh. Als ich das letzte Mal mit ihm telefoniert habe, klang er längst nicht so begeistert wie am Anfang.«

»Ich glaube nicht, dass Lian großes Heimweh hat. Dazu ist sein neues Leben viel zu spannend. Ich hab mal gehört, dass Auswanderer fast immer so eine Phase durchlaufen. Nach der Euphorie kommen die ersten Enttäuschungen und etwas Frust, bevor sie wirklich in der neuen Heimat angekommen sind.«

»Hoffen wir, dass du recht hast. Es war ja immer sein Traum, dort zu leben.«

»Ich weiß.«

»Es ist nett, mit dir zu plaudern, Kerrin. Ich möchte gern mit dir in Kontakt bleiben. Du kannst jederzeit bei uns wohnen, wenn du nach Föhr kommst. Auch wenn meiner Mutter das nicht gefallen wird. Ich werde nicht schlau aus der Geschichte. Irgendwie wusste sie wohl von dir, aber es wurde nie darüber gesprochen. Es geht ihr total gegen den Strich, dass jetzt alles aufgewühlt wird. Vielleicht hat sie deshalb einen Anwalt auf deine Mutter gehetzt.«

»Sie hat was?« Kerrin war schlagartig beunruhigt.

»Sie hat Marion eine Eigenbedarfskündigung geschickt. Angeblich damit Flora in das Haus am Leuchtturm einziehen kann. Wir haben noch nicht mal einen Erbschein. Dabei prüft das Nachlassgericht schon ewig unsere Anträge. Hast du auch Ansprüche geltend gemacht?«

Jette nahm wirklich kein Blatt vor den Mund, und das war gut so. »Bis jetzt noch nicht«, antwortete Kerrin. Eigentlich hatte sie nichts in dieser Richtung unternehmen wollen. Doch jetzt, wo sie dringend Geld brauchte und sowieso einen Anwalt konsultieren musste, konnte sie sich ja mal beraten lassen.

»Gibt es denn kein Testament?«, fragte sie daher.

»Nicht dass ich wüsste. Alles was die Firma und das gemeinsame Vermögen betrifft, wurde noch zu seinen Lebzeiten geregelt. Es geht also nur um das Häuschen deiner Mutter und ein kleines Ferienhaus bei Borgsum, den *Regenpfeifer*.«

»Bist du sicher, dass niemand ein Testament verschwinden lassen hat?«, fragte Kerrin. Sie hatte das Gefühl, dass Jette sie für naiv hielt. Oder zumindest für zu gutmütig, weil sie ihren Erbteil nicht vehement beanspruchte. Das wollte sie nicht auf sich sitzen lassen.

»Schon möglich.« Jette kicherte. »Ich war's nicht. Vielleicht hat Lian es mit nach Australien genommen.«

»Wohl kaum.«

»Egal, melde dich, wenn du mal herkommst. Jetzt muss ich wirklich aufhören.«

»Tschüss dann«, sagte Kerrin. »Und danke für die Einladung. Ich komme gerne zu dir.«

Es fühlte sich tröstlich an, eine weitere Anlaufstelle auf Föhr zu haben.

Die Trauer der anderen

Seit über einer Woche versuchte Marion mit Gudrun zu reden. Das war nicht einfach. Beim ersten Versuch hatte Flora das Telefon abgenommen und gesagt, ihre Mutter sei nicht zu sprechen. Danach ging niemand mehr ran, und Gudrun rief auch nicht zurück, wenn Marion auf den Anrufbeantworter sprach. Sie selbst hatte es ja genauso gemacht, als Gudrun einen Termin für die Hausbesichtigung mit ihr vereinbaren wollte.

Am Freitag war sie sogar nach Süderende gefahren. Im Erdgeschoss der Winters brannte Licht. Niemand öffnete, und an der Hotelrezeption gegenüber saß eine Aushilfe. Marion war unverrichteter Dinge wieder nach Hause gefahren.

Seitdem nahm sie Anlauf zu einer Mail. Sie saß vor ihrem Laptop und überlegte, was sie schreiben sollte. Und wer ihre Mail lesen würde, wenn sie an die allgemeine Kontaktadresse des Hotels schrieb. Eine andere hatte sie nicht. Sie konnte nur hoffen, dass Flora ihre Nachricht nicht löschen würde, ohne sie an ihre Mutter weiterzugeben.

Sie starrte eine Weile auf ihren Posteingang. Es gab einen Unterordner namens *Niko*, in dem sich einiges angesammelt hatte. Seine letzte Nachricht war fast ein Jahr alt. Sie enthielt nur wenige Zeilen und endete: *Bin ziemlich müde. Machs gut für heute.* Nikos letzte Worte an sie.

Sie seufzte und rief das Kontaktformular des Hotels auf. Sie hatte bewusst bis Montag gewartet. Hoteliers waren immer im Dienst, aber es hätte sich seltsam angefühlt, Gudrun am Wochenende zu behelligen. Zu privat. Was sie zu besprechen hatten, war zwar persönlicher Natur, aber sie beide standen sich keineswegs nahe. Sie setzte mehrfach an, bevor sie mit ihrer Nachricht zufrieden war. Sie schrieb, löschte und schrieb neu, schließlich kehrte sie zu ihrer ersten Version zurück:

Hallo, Gudrun,

ich habe den Brief deines Anwalts bekommen. Ich bin bereit auszuziehen und würde gern den genauen Zeitpunkt mit dir abstimmen. Außerdem möchte ich mit dir über Familienangelegenheiten sprechen. Bitte melde dich.

Besten Gruß, Marion

Einem Impuls folgend fügte sie hinzu: PS: *Bin heute Abend zu Hause.*

Vierzig Minuten später klingelte es an der Haustür. Mit klopfendem Herzen ging Marion durch den Flur.

Es war tatsächlich Gudrun.

»Ich habe deine Mail gelesen«, sagte sie anstelle einer Begrüßung, und Marion trat zur Seite, um Nikos Frau durchzulassen.

»Komm rein«, sagte sie.

Mit Gudrun strömte ein Schwall kühler, feuchter Luft in den Hausflur. Sie trug einen taillierten dunkelbraunen Regenmantel und dazu ein rostrotes Seidentuch. Natürlich verlangte heutzutage niemand mehr, dass sich eine Witwe während des Trauerjahrs schwarz kleidete. Doch irgendwie hatte Marion erwartet, dass Gudrun genau das tun würde.

»Eine wunderschöne Farbe«, sagte Marion, den Blick auf das Tuch gerichtet. Das dunkle Braunorange harmonierte perfekt mit Gudruns dunklem Haar. Darin schimmerten Regentropfen und einige wenige graue Strähnen, was auf elegante Weise gut aussah.

Gudrun schaute sie irritiert an.

»Das Tuch hat mein Mann für mich ausgesucht«, sagte sie. Ihre Stimme klang brüchig, und auch Marion wurde von Gefühlen überflutet. Sie vermisste Niko und spürte gleichzeitig die Trauer der anderen Frau. Seiner Ehefrau.

Sie griff nach einem Kleiderbügel und gab damit sowohl sich als auch Gudrun die Möglichkeit, sich abzuwenden. Gudrun schlüpfte aus ihrer Jacke, und Marion hängte sie an die Garderobe. Dabei stieg ihr ein angenehm herber Duft in die Nase. Es war ein ledriger, zitroniger Geruch, den Marion auch an Niko öfters wahrgenommen hatte. Für sie war es immer ein Männerduft gewesen. Plötzlich war sie sich nicht mehr sicher.

»Bitte«, sagte sie und öffnete die Tür zur Wohnküche. Gudrun bewegte sich nicht.

»Kann ich erst deine Werkstatt sehen?«, fragte sie, fast schüchtern. Ohne eine Spur der herrischen Kälte, die sie auf dem Friedhof zur Schau getragen hatte – und fast immer dann, wenn Marion und sie einander in der Öffentlichkeit begegneten.

Nie zuvor hatten sie ein Gespräch unter vier Augen geführt.

»Warum nicht«, antwortete Marion. Auch wenn das Haus den Winters gehörte, die Werkstatt war immer noch ihr Territorium. Der Ort, an dem sie sich sicher fühlte.

Die Werkstatt war der größte Raum im Haus und derjenige, der am meisten von ihrer Persönlichkeit widerspiegelte. Keramik herzustellen hatte ihr immer Freude gemacht, und wann immer sie traurig oder verzweifelt war, fand sie Halt in den vertrauten Handgriffen. Es gab ihr ein gutes Gefühl, dass das Material sich nach ihrem Willen formen ließ.

Erst gestern Abend hatte sie ihren Ofen mit frisch hergestellten Tonwaren gefüllt und sie über Nacht gebrannt; es war angenehm warm im Raum, und Gudrun schien sich zu entspannen. Ihre Schultern lockerten sich, und sie richtete sich auf. Sie war mindestens zehn Zentimeter größer als Marion – mit den eleganten Pumps, die sie jetzt trug, vielleicht sogar fünfzehn.

Marion musterte das schmale Leinenkleid, das unter Gudruns Mantel zum Vorschein gekommen war. Es war ebenfalls rötlich, aber dunkler als ihr Tuch, und betonte Gudruns perfekte Figur.

»Niko mochte kein Schwarz«, sagte sie. »Warum sollte ich ausgerechnet jetzt welches tragen?«

Marion war schmerzhaft berührt. Sie hatte nicht damit gerechnet, dass Gudrun ihre Gedanken erriet. Deren Blick glitt über die Borde mit Schalen, Kannen, Tellern, die meisten davon in hellen Blau- oder Grüntönen gehalten. Manche auch in lichtem Grau oder schaumig weiß wie Gischt.

»Meeresfarben«, stellte sie fest.

Marion nickte. »Meine Lieblingselemente sind Wasser, Luft und Licht. Ein schöner Kontrast zu Erde und Feuer.«

Gudrun nickte und sah sich weiter um. »Es wird dir schwerfallen, das aufzugeben«, stellte sie fest, und Marion fragte sich, ob Gudrun sie verschaukeln wollte.

»Natürlich«, sagte sie. »Ich würde es nicht tun, wenn du mich nicht dazu zwingen würdest. Kann ich bis zum Jahresende bleiben? Das wäre eine große Erleichterung für mich. Danach habe ich etwas auf dem Festland in Aussicht.«

Gudrun zuckte mit den Schultern. »Okay. Ich sage meinem Anwalt Bescheid. Er soll was aufsetzen.«

»Danke.« Marion atmete auf. Das war ja leicht gegangen. Vielleicht, weil sie angeboten hatte, von der Insel zu verschwinden.

»Warum ist es dir so wichtig, dass ich gehe?«, fragte sie. »Nach all der Zeit ... Niko und ich haben uns seit über zwanzig Jahren kaum mehr gesehen.« Die heimlichen Mails erwähnte sie nicht. Die gingen niemanden etwas an. »Als ich ihn kennenlernte, wart ihr getrennt. Dann erfuhr ich, dass du ebenfalls schwanger bist. Die ganze Zeit über dachte ich, dass Lian sein Sohn ist. Er hat uns beide betrogen.«

Gudrun seufzte. »So einfach ist das nicht«, sagte sie.

Aufbruch

Hinter Kerrin lagen zweieinhalb Tage ohne Verpflichtungen. Nach dem Gespräch mit Jette hatte sie ihr Handy abgeschaltet und es genossen, dass niemand sie erreichen konnte. Nur Jan und Sofia wussten, wo sie war.

Kerrin hatte zwei Romane aus dem Bücherregal im Gästezimmer gelesen und sich von Anton verwöhnen lassen. Sie hatten zusammen gekocht und ausgiebig geredet. Über Marions Familie, Antons Erlebnisse als junger Erntehelfer in den Weinbaugebieten Südfrankreichs und Italiens, seine Töchter und Kerrins Zukunftspläne. Nun war es Zeit, wieder nach Hause in ihr eigenes Bett zu gehen. Morgen wollte sie früh aufstehen und wieder mit der Arbeit loslegen. Anton lud sie ein, noch zum Abendessen zu bleiben. Kerrin ließ sich gerne überreden. Die Quiche war schon im Ofen und duftete köstlich.

»Ich find's schön, dass du meinen Vater gekannt hast«, sagte sie, während sie den Tisch deckte.

Anton schaltete den Ofen ab und drehte sich zu ihr um. »Vielleicht hätte ich mich einmischen sollen. Ich mochte sowohl deine Oma als auch deine Mutter, aber in dem Punkt lagen sie falsch.«

»Wusste Oma, wer mein Vater ist? Sie wimmelte meine Fragen immer ab. Genau wie Marion.«

»Ich weiß nicht, ob Marion es ihr direkt gesagt hat. Aber es gehörte nicht viel dazu, eins und eins zusammenzuzählen.«

Kerrin seufzte. Nicht nur ihre Mutter hatte sie belogen, sondern vielleicht auch ihre Oma. Trotzdem spürte sie keinen Groll. Sie spürte überhaupt recht wenig. Als wären ihre Gefühle aufgebraucht.

Anton reichte ihr den Wein, diesmal ein solider Zweigelt aus dem Burgenland. Kerrin lächelte, als sie die bereits geöffnete Flasche entgegennahm. Anton trank nur kleine Mengen, aber ein Abendessen ohne Wein war für ihn nicht vollständig.

»Ich hätte meinen Vater so gern kennengelernt«, sagte sie.

»Das verstehe ich. Aber ... sei mir nicht böse, du hast nicht viel versäumt. Er hatte keinen Tiefgang.«

»Das glaube ich dir nicht«, protestierte Kerrin. »Lian fand ihn wunderbar. Er vermisst ihn sehr.«

»Wenn Lian nicht auch ein kleines bisschen treulos wäre, wäre er nicht nach Australien abgehauen, statt hier bei dir zu sein«, brummte Anton. Er war nicht davon abzubringen, dass Lian ihr das Herz gebrochen hatte. Kerrin zog es vor, nicht zu antworten.

»Vielleicht zeigte Winter ja bei deiner Mutter mehr von sich. Ich hatte jedenfalls irgendwann genug von seinen ewig gleichen Witzen und Geschichten. Ich fand es schlimm, dass er sich nicht zu dir bekannte. Deshalb haben wir uns verkracht. Er vertrug es nicht, dass ich ihm meine Meinung sagte. Geschweige denn, dass er sich ein Herz gefasst und etwas an dem Zustand geändert hätte. Danach hatten wir nur noch geschäftlichen Umgang miteinander.«

Kerrin war gerührt. Anton hatte sich für sie eingesetzt, noch bevor sie ihm zum ersten Mal begegnet war. Jetzt hob er fragend die Weinflasche. Kerrin schüttelte den Kopf. »Das eine Glas reicht mir«, sagte sie. »Ich möchte nachher noch klar denken können.«

»Aber ein Stück Quiche nimmst du noch?« Die Frage war rein rhetorisch, er hatte schon das Messer in der Hand. Kerrin lachte. »Okay.«

Den Rest packte er in eine Vorratsdose und überreichte sie ihr, als sie auf der Türschwelle stand.

»Du willst wohl nicht, dass ich morgen zum Resteessen rüberkomme?«, grinste sie, öffnete ihre Reisetasche und legte die Dose obendrauf.

Anstelle einer Antwort umarmte er sie.
»Du bist immer willkommen«, sagte er.
»Das weiß ich. Vielen, vielen Dank.«

Zurück in ihrer Wohnung, feierte Kerrin Wiedersehen mit ihrem Bad. Sie blieb unter der Dusche, bis der kleine Raum von warmem Dampf erfüllt war. Danach kuschelte sie sich ins Bett. Im Halbschlaf hörte sie noch, wie es zu regnen begann und die Tropfen gegen die Fensterscheiben klopften.

Am nächsten Morgen um halb sechs war der Himmel grau. Alles deutete auf einen dieser trüben Tage hin, an denen der Nebel zäh über der Stadt hing und es nicht richtig hell wurde – und das Ende Juli. Kündigte sich da schon zart der nächste Herbst an? Kerrin gönnte sich einen zweiten Kaffee und las Zeitung auf ihrem Tablet.

Dann ertappte sie sich dabei, wie sie Lians Instagram-Timeline durchscrollte, obwohl sie sich eigentlich Abstinenz verordnet hatte. Doch Kerrin konnte nicht widerstehen, er hatte Fotos von seiner Wohnung hochgeladen. Die Räume waren groß, hell und sparsam möbliert. Ein Schreibtisch und ein Regal, ein Schrank, ein großes Bett, keine Vorhänge oder andere Deko.

Die Küche hingegen wirkte äußerst stylish. Auf einem Bild saß Lian in Jeans und T-Shirt auf der Kochinsel. Er hatte den Kopf eingezogen und die Augen nach oben gerichtet, so als hätte er sich gerade an der Dunstabzugshaube gestoßen. Die Lotusblüte saß dicht neben ihm. Sie trug ein Tanktop und dazu kurze Hosen an den ausgestreckten Beinen. Die Sohlen ihrer pinkfarbenen Sneakers schauten direkt in die Kamera, während in ihrem Gesicht gerade eine ebenfalls pinkfarbene Kaugummiblase platzte.

Unter dem Foto stand: *Ready for dinner, darling?*

Die beiden hatten offensichtlich Freude an der Selbstinszenierung. Ein glückliches Paar, das vor Kurzem in die erste gemeinsame Wohnung gezogen war. Kerrins Herz zog sich schmerzhaft zusammen.

Ausgerechnet jetzt kam eine Direktnachricht von Lian! Sie nahm sich vor, ihren Onlinestatus bei Instagram zukünftig zu verbergen.

Guten Morgen, schöne Regensburgerin. Du hast den ganzen Tag noch vor dir!

Und du schon wieder Feierabend. Wie geht's dir?

Sie schickte ihm ein Kaffeetassen-Icon, er antwortete mit einem Schlafmützen-Smiley – und mit der Zeichnung, die er im Winter auf Föhr von ihr gemacht hatte.

Erinnerst du dich?

Wie kam er plötzlich darauf? Natürlich erinnerte sie sich, sie hatte das Bild auf ihrem Handy gespeichert. Er offensichtlich auch. Sofort nagte die Sehnsucht an ihr.

Eine meiner besten Zeichnungen, schrieb er, und Kerrin starrte ungläubig darauf. Sie hätte ihm nicht antworten sollen. Es war quälend, wie er immer wieder auf ihre gemeinsame Zeit zu sprechen kam. Und ein Beweis dafür, dass sie in der Gegenwart nichts mehr verband. Bestimmt hatte er längst unzählige Skizzen von der Lotusblüte angefertigt.

Mal wieder was Neues gezeichnet?, fragte sie.

Es kam ihr vor wie Minuten, bis er antwortete. Vielleicht war die Frage zu persönlich gewesen. Dann schrieb er: *In letzter Zeit nicht.*

Ich dachte, du kannst ohne dein Skizzen-Tagebuch nicht leben ☺

Hast recht. Ich nehme es am Wochenende mit auf die Great Ocean Road.

Entschuldige. Es geht mich gar nichts an, ob du dein Tagebuch benutzt oder nicht.

Wieder dauerte es eine Weile, bis er zurückschrieb.

No worries. Mir ist gerade etwas klar geworden.

Kerrin hätte zu gern gewusst, was es war, aber jedes weitere Wort würde ihr Gefühlschaos verstärken. Deshalb schrieb sie nur: *Muss jetzt los.*

Hab einen schönen Tag, liebe Kerrin.

Danke.

Sekunden später war er offline, und sie starrte eine Weile auf das Smartphone in ihrer Hand. Dann löschte sie entschlossen ihren Instagram-Account, um nicht noch einmal in Versuchung zu geraten.

Zehn Minuten später war sie auf dem Weg ins Büro. Schon im Treppenhaus hörte sie das Telefon klingeln. Sie sagte sich, dass die Arbeit schon seit Donnerstag ruhte und nun auch noch etwas länger warten konnte. Aber es half nichts. Das Klingeln erinnerte sie an alles, was sie über die letzten Tage hinweg ausgeblendet hatte, und es machte sie nervös. War es die Bank mit der Kreditzusage oder eher ein erzürnter Gläubiger? Trotz des Klingelns zwang sie sich, bewusst langsam die Treppe hinunterzugehen. Ihr von der Sauna-Episode lädiertes Knie tat zwar seit gestern nicht mehr weh, aber sie wollte nichts riskieren. Während sie Stufe um Stufe nahm, verstummte das Klingeln, und das Treppenlicht erlosch. Schlagartig kam die Erinnerung an den dämmrigen Vormittag zurück, als sie mit einer Plüschrobbe bewaffnet auf der Treppe im Haus ihrer Mutter gestanden hatte. Und sie sah ein Paar eisblauer Augen vor sich. Lians Augen.

Erneutes Klingeln bohrte sich in ihr Bewusstsein. Als sie endlich den Schlüssel ins Schloss schob, hörte sie, wie der Anrufbeantworter ansprang. Ihre eigene Ansage endete in dem Moment, als sie den Flur betrat.

»Guten Morgen, Frau Würschinger«, sagte eine Frauenstimme. »Hier ist Kühn vom Amt Föhr-Amrum. Sie hatten sich Anfang des Jahres auf eine Stelle bei uns beworben. Wir starten eine neue Bewerbungsrunde. Rufen Sie mich doch bitte zurück, wenn Sie Interesse haben. Meine Nummer ist …«

Endlich war Kerrin in ihrem Büro und riss den Hörer an sich. »Hallo, Frau Kühn«, sagte sie ohne nachzudenken. »Schön, dass Sie anrufen.«

»Frau Würschinger? Gut, dass ich Sie endlich erreiche.«

Anscheinend versuchte Frau Kühn es nicht zum ersten Mal. Vielleicht hatte sie es auch auf dem Handy oder per Mail probiert. Monate nachdem ihre Behörde eine Absage verschickt hatte. Was bedeutete das? Und warum musste Kerrin sich gerade jetzt damit befassen? Sie hatte genug Probleme.

Doch mit einem Mal sehnte sie sich nach Föhr. Sie wollte Marion sehen und Jette besuchen. Bei der Gelegenheit konnte sie ja das Bewerbungsgespräch einplanen. Einfach mal sehen, wie es so lief. Also sagte sie: »Ich war die letzten Tage auf einem Außentermin und hatte nur sporadisch Netzempfang, tut mir leid.«

Das war zwar gelogen, klang aber authentisch. Kerrins Einsatzorte lagen oft auf dem platten Land, wo es das ein oder andere Funkloch gab. Frau Kühn durfte ruhig denken, dass Kerrin auch am Wochenende arbeitete.

»Verstehe. Sie haben sicher nicht mit einem Anruf von uns gerechnet. Wir hatten uns damals für einen Bewerber entschieden, der bereits Erfahrungen im öffentlichen Dienst hatte. Leider ist er uns während der Probezeit abhandengekommen.« Täuschte Kerrin sich, oder lag da ein Schmunzeln in Frau Kühns Stimme? Sie schien Humor zu haben. Das war gut. Gleichzeitig fragte sie sich, warum der andere Bewerber es nicht lange ausgehalten hatte.

»Es eignet sich wohl nicht jeder zum Insulaner«, sagte sie.

Frau Kühn lachte wieder, ließ sich aber nicht in die Karten schauen. »Also, wie sieht es bei Ihnen aus? Kommen Sie zu uns nach Föhr?«

Kerrin hatte in ihrer Bewerbung geschrieben, dass sie Familie auf der Insel hatte, die sie regelmäßig besuchte.

»Ich kann es mir einrichten, ja«, sagte sie.

»Diesen Freitag?«, fragte Frau Kühn. »Zum Beispiel um elf?«

Es würde eine arbeitsreiche Woche werden, aber der Termin war machbar. »Perfekt«, sagte Kerrin.

Kaum hatte sie aufgelegt, ließ sie sich in ihren Stuhl sinken. Ihr Herz stampfte wie ein Schiffsmotor, der gegen die Strömung kämpfte. Dafür gab es eigentlich keinen Grund, das Gespräch war schließlich unverbindlich.

Bevor sie es sich anders überlegen konnte, schrieb sie Jette eine SMS und fragte, ob sie ihre Gastfreundschaft in Anspruch nehmen dürfe.

Die Antwort kam postwendend.

> Schön, dich so bald zu sehen! Hab nicht viel Zeit, Zimmer & Essen sind da.

In diesem Moment hörte sie Sofia ins Büro kommen. Heute würde Kerrin rücksichtslos ihre Kaffeepause beanspruchen, so viel war klar.

»Warum bist du so hibbelig?«, fragte Sofia, kaum dass sie einander begrüßt hatten. Sie kannte Kerrin einfach zu gut.

Kerrin hatte Glück, denn Sofia ließ es nach der Fortbildung und dem Wochenende in Berlin langsamer angehen, und Jan hatte einen Außentermin.

Bei einem ausgedehnten Mittagessen erzählte Kerrin ihrer Freundin, was sie in den letzten Tagen erlebt und erfahren hatte. Nur den Chat mit Lian ließ sie aus. Sie würde einfach so tun, als hätte es Lian nie gegeben. Irgendwann würde sie es schon selber glauben und ihn vergessen.

»Es ist höchste Zeit, dass ich zu meiner Mutter fahre«, sagte Kerrin.

»Es ist so traurig, was sie durchmachen musste. Ich wusste nichts davon, sonst hätte ich einiges schon früher verstanden.«

Sofia schwieg einen Moment lang nachdenklich. »Und du? Wie geht es dir damit, dass dein Großvater auf deinem Dachboden gestorben ist?«

Kerrin schluckte. »Ich weiß nicht. Es ist so unwirklich. Ich war noch nicht wieder oben, seit Anton mir davon erzählt hat. Das möchte ich jetzt nachholen.«

»Soll ich mitkommen? Wir könnten ein Glas Prosecco auf ihn leeren.«

Kerrin musste lachen. »Dir ist wohl jeder Anlass recht, um Sekt zu trinken.«

Doch als sie nach der Mittagspause zurück in Kerrins Haus kamen, bat Kerrin ihre Freundin, im Erdgeschoss zu bleiben. »Es tut gut zu wissen, dass du in der Nähe bist, aber ich möchte allein hinaufgehen«, sagte sie.

Das Dachgeschoss war weitgehend leer. Von der Diele hätte man ohne Weiteres noch einen Raum abtrennen können, zum Beispiel für eine Wohnküche. Außerdem gab es ein ungenutztes Bad mit Retrofliesen und ein geräumiges Zimmer. Kerrins Oma hatte darauf geachtet, dass hier kein Gerümpel abgestellt wurde, und Kerrin hielt es bis heute ebenso. Die wenigen Dinge, die sie nicht dauerhaft in der Wohnung benötigte, lagerten im Keller.

Im Zimmer gab es lediglich eine Hängelampe mit fünf tütchenförmigen Schirmen und einen leicht verschlissenen roten Perserteppich. An einem Ende des Zimmers zeichnete sich ein etwas dunkleres Rechteck auf dem Teppich und den Bodendielen ab. Hier hatte vermutlich Opas Sofa gestanden.

Kerrin hatte ein Kissen aus dem Wohnzimmer mit heraufgebracht und legte es gegenüber auf den Boden. Als sie sich setzte und an die ausgebleichte Tapete lehnte, stieg ihr leichter Staubgeruch in die Nase.

Durch die beiden großen Dachfenster fiel trübes Licht. Der Himmel war wolkenverhangen, leichter Nieselregen ging auf die Scheiben nieder.

Kerrin war zu sehr Ingenieurin, um an eine Welt außerhalb des Messbaren zu glauben. Und doch hatte sie das Gefühl, etwas zu spüren: Erleichterung.

Nicht nur ihre eigene, weil sie sich endlich getraut hatte heraufzukommen. Sondern auch die von Opa Herbert. Sie hatte Respekt vor seiner Entscheidung und fühlte sich auf einmal sehr zuversichtlich, so als hätte sie etwas von seinem Unternehmergeist und dem Mut aus besseren Tagen in sich aufgenommen. Vielleicht gab es ja doch so etwas wie Botschaften aus dem Jenseits.

Gudruns Geschichte

Sie saßen in Marions Küche, eine Kanne Friesentee zwischen sich. »Ich wollte diese sogenannte Auszeit nicht«, sagte Gudrun. »Aber Niko packte einfach sein Auto voll und fuhr weg, ohne zu sagen, ob und wann er wiederkommen würde. Erst nach Regensburg zu Anton, dann weiter nach Italien. Ein guter Freund von uns hatte dort ein Haus. Irgendwann hielt ich es nicht mehr aus und reiste ihm hinterher.«

»Entschuldige, aber das grenzt an Selbsterniedrigung«, sagte Marion. »Er verlässt dich, und du klammerst dich an ihn.«

Gudrun machte ein Gesicht, als wolle sie Marion gleich ihren Tee ins Gesicht schütten.

»Und du? Du bist sogar seinetwegen auf die Insel gezogen, obwohl du wusstest, dass er verheiratet war.«

Marion schluckte. »Als ich ihn in Regensburg kennenlernte, behauptete er, eure Ehe bestünde nur noch auf dem Papier.«

»Für ihn vielleicht«, schnaubte Gudrun. »Aber nicht für mich. Er war meine große Liebe. Ich war siebzehn, als wir uns kennenlernten. Ich begann meine Hotel-Lehre in Berlin, und Niko nahm mich unter seine Fittiche. Er hatte nur zwei Jahre vor mir angefangen, tat aber so, als wäre er ein alter Hase im Geschäft. Er sah gut aus, war charmant zu den Kollegen – Männern wie Frauen – und gewandt im Umgang mit den Gästen. Alle himmelten ihn an! Aber er liebte nur mich. Dachte ich jedenfalls. Am Anfang war alles aufregend. Er liebte Theater und Kino, schicke Restaurants und Bars, kurz: alles, was die Großstadt zu bieten hat.«

Marion lachte. »Und dann kam er nach Föhr. Muss eine ziemliche Umstellung gewesen sein.«

»Meine Eltern hatten eine Pension. Sie war nicht groß, aber sehr beliebt. Außerdem besaß mein Vater einige Grundstücke, die später Bauland wurden. Niko hatte einen Riecher dafür. Er war zuvor noch nie auf Föhr gewesen und fühlte sich auf Anhieb wohl, und er ließ sich gern von meiner Mutter verwöhnen. Sie und meine Tanten mochten ihn, nur mein Vater blieb skeptisch. Ich bin sein einziges Kind. Er überschrieb mir zwar die Grundstücke, drängte mich aber zu einem Ehevertrag. ›Wenn du diesen Windhund schon heiraten musst‹, sagte er. Und nun hat er Niko überlebt.« Gudrun lachte kurz und trocken auf. Marion konnte ihre Verbitterung beinahe auf der Zunge schmecken.

»Niko hat dich also nur ausgenutzt?«

All die Jahre hatte Marion seine Schattenseiten verdrängt. Dabei wusste sie Dinge über ihn, die er Gudrun nie erzählt hatte. Weil er befürchtete, dass sie es nicht verstehen oder sich von seiner Vergangenheit abgestoßen fühlen würde. Dabei hatte Niko Gudruns Nähe auch deshalb gesucht, weil sie eine intakte Familie im Hintergrund hatte. Dafür konnte Marion genauso wenig wie Niko für seine schwere Kindheit. Trotzdem hatte es immer zwischen ihnen gestanden.

»Am Anfang schmiedeten wir begeistert Pläne für die Zukunft«, erklärte Gudrun. »Wir heirateten, bekamen Jette und Flora. Niko und ich funktionierten als Team, aber nicht als Paar. Er konnte Arbeit und Liebe gut trennen. Irgendwann blieb bei ihm nur noch die Arbeit übrig.«

»Ich dachte wirklich, ihr hättet von Anfang an eine Zweckehe geführt.«

»Das glauben viele hier. Ich hatte keine Lust, die Rolle der Inselprinzessin zu spielen, die einem Mitgiftjäger auf den Leim gegangen war. Also tat ich so, als würde mir die Geschäftsbeziehung genügen. Als wäre ich ... gefühlskalt.«

»Als wäre dir das Geschäft wichtiger als die Familie«, sagte Marion. Einen Moment lang starrte Gudrun sie an, und Marion dachte schon, das Gespräch sei beendet. Dann sagte Gudrun: »Es wäre einfacher für mich gewesen, wenn er ein notorischer Fremdgänger gewesen wäre. Dann hätte ich glauben können, dass es nicht um Gefühle ging. Aber da warst nur du.«

Wie schwer es Gudrun fallen musste, das einzugestehen. Sie hätte auch so tun können, als wäre Marion eine von vielen. Allerdings wussten sie beide, dass das nicht stimmte.

»Als ich dich auf der Beerdigung sah, wurde mir endgültig klar, dass du ihn auch liebst. Bis heute, ganz egal, ob ihr das ausleben konntet oder nicht.«

Marion standen die Bilder von der Beerdigung vor Augen: Gudrun, äußerlich emotionslos und mit leerem Blick. Neben ihr Flora, deren dünne Arme herabhingen, als gehörten sie nicht zu ihr. Und Lian in Trotzhaltung. Nur Jette hatte ihre Lebenspartnerin Thea an ihrer Seite gehabt. Diese hatte während der gesamten Zeremonie fest den Arm um Jette gelegt.

»Wusstest du von Kerrin?«, fragte Marion.

»Ich habe es geahnt. Warum sonst hätte er sich so um dich kümmern sollen? Am Anfang ließ er dich sogar umsonst hier wohnen. Als ich einmal angefangen hatte, in diese Richtung zu denken, entdeckte ich auch die Ähnlichkeit zwischen ihm und deiner Tochter.«

Sie blinzelte kurz, als müsse sie Tränen zurückhalten. Im nächsten Moment wurde ihr Blick hart und kühl. Marion fragte sich, ob Gudrun Genugtuung darüber empfand, dass eine andere Frau unter Nikos Tod genauso litt wie sie.

»Jetzt will ich endlich damit abschließen. Es tut mir weh, dir und Kerrin immer wieder über den Weg zu laufen, verstehst du?«

Marion nickte. »Klar. Mir geht es ähnlich. Vergiss nicht, dass er sich letzten Endes für euch entschieden hat. Für seine Familie.«

»Für das Hotel, meinst du wohl. Irgendwann glaubte ich beinahe selbst, dass wir nur noch Geschäftspartner sind. Es war schrecklich, als er krank wurde und ich begriff, dass ich ihn bald verlieren würde.«

Sie begann zu weinen. Erst zuckten nur ihre Schultern, dann schluchzte sie immer heftiger.

Da Marion nicht wusste, wie sie auf den Ausbruch angemessen reagieren sollte, holte sie nur eine Packung Taschentücher und legte sie vor Gudrun auf den Tisch. Dann öffnete sie den Kühlschrank.

»Ich mache uns Brotzeit«, sagte sie und begann Wurst, Käse und Gemüse auf den Tisch zu stellen. Tatsächlich beruhigte sich Gudrun. Sie schnäuzte sich und sagte: »Entschuldige. Kann ich kurz ins Bad?«

»Natürlich.« Marion zeigte ihr den Weg und deckte den Tisch fertig, während Gudrun draußen war. Marion wurde einfach nicht schlau aus ihr: Mal wirkte sie umgänglich, sogar mitfühlend und verletzlich, dann wieder hart und unnahbar.

Niko mochte von ihrem Vermögen profitiert haben, emotional war er von ihr überfordert gewesen.

»Diese verdammte heile Welt«, hatte er einmal zu Marion gesagt, bevor er zu einem Familientreffen bei Gudruns Eltern aufbrach. »Diese ständige Harmonie halte ich gar nicht aus.«

Und Marion wusste genau, wie er sich fühlte. Oft, wenn ihr Vater so unnatürlich gut drauf oder depressiv gewesen war, hatte sie sich in Antons Haus geflüchtet. Es hatte ihr beinahe wehgetan zu sehen, wie entspannt Anton und Lolo mit ihren Töchtern umgingen. Selbst wenn Konflikte auf den Tisch kamen. Anton stritt und diskutierte mit den Mädchen auf Augenhöhe, und sie schienen gar nicht zu merken, welches Netz aus Beständigkeit und Liebe sie dabei umfing.

Nikos Leben dagegen war ein Drahtseilakt gewesen. Er hatte früh lernen müssen, auf eigenen Beinen zu stehen und die Welt auf seine Weise zu erobern. Nach und nach hatte er sich das Image des lebenslustigen, sorglosen Draufgängers zugelegt, als den Gudrun ihn kennenlernte. Von seiner Vorgeschichte wusste sie wenig. »Sie würde es nicht verstehen«, hatte er oft gesagt, und Marion hatte gespürt, dass er Gudruns Unbeschwertheit sowohl bewunderte als auch verachtete.

Es war sehr seltsam, den Abend mit ihr zu verbringen. Marion machte sich nichts vor: Dies war nicht der Beginn einer Freundschaft. Wahrscheinlich würden sie anschließend kein persönliches Wort mehr miteinander reden.

Nur heute Abend war alles möglich.

Als Letztes nahm Marion eine Flasche Wein aus dem Kühlschrank. Dann kam Gudrun aus dem Bad zurück.

»Entschuldige«, sagte sie noch einmal. »Du musst denken, dass ich übergeschnappt bin. Es war ein bisschen viel die letzten Monate.«

»Du schlägst dich gut«, sagte Marion und meinte es auch so.

Gudrun setzte sich wieder an den Tisch und nahm die Weinflasche zur Hand. »Das ist ja derselbe ... ach, natürlich. Von Anton, nicht wahr.« Sie griff nach der Weinflasche und schenkte zwei Gläser ein. »Du wolltest wissen, warum ich Niko damals nach Italien gefolgt bin. Erst war ich tatsächlich wütend auf ihn. Dann hoffte ich, dass er zurückkommt. Als das nicht geschah, begann ich mir Sorgen zu machen. Ich konnte ihn nicht einfach so gehen lassen, verstehst du? Ich war nicht bereit dazu. Und ja, natürlich dachte ich dabei auch ans Geschäft. Also fuhr ich nach Neapel. Ich wusste, wo ich ihn finden konnte. Dachte ich.«

»Erzähl weiter.«

»Als ich dort ankam, war Niko schon weg. Ich war am Boden zerstört. Gleichzeitig freute ich mich, Leonardo wiederzusehen. Er war ein alter Freund, hatte zusammen mit uns in Berlin gelernt, bevor er nach Italien zurückkehrte und dort ein Gästehaus übernahm. Seine Einladung stand schon lange, und sie galt für uns beide. Niko hatte ihm irgendeine Geschichte aufgetischt, warum ich nicht mitgekommen war. Als ich dann kurz nach seiner Abreise allein bei Leonardo auftauchte, dachte der sich seinen Teil. Er stellte keine Fragen, sondern gab mir erst mal ein Zimmer. Ich war mit dem Zug gekommen und völlig kaputt. Ich schlief einen Tag durch, bevor ich wieder einen klaren Gedanken fassen konnte. Leonardo servierte mir Wein und ein fantastisches Abendessen. Wir redeten darüber, wie es uns in den letzten Jahren ergangen war, und da sprudelte alles aus mir heraus ... dass Niko nur an das Geschäft dachte und dass wir kaum mehr das Nötigste miteinander redeten ...«

»... und dass du dich vernachlässigt fühltest«, unterbrach Marion sie. Es war klar, worauf die Geschichte hinauslief.

»Leonardo war ein grundanständiger Typ. Vielleicht bin ich deshalb mit ihm im Bett gelandet. Es war so *tröstlich.*« Sie lächelte. »Er war verliebt in mich, aber wegen Niko hatte er keine Chance gehabt. Bis dahin.«

Gudrun nahm einen Schluck von ihrem Wein. »Die Wärme, das Licht, die Entfernung von zu Hause und dass ich mich bei ihm fallenl assen konnte ... all das schuf eine ganz besondere Atmosphäre. Ein paar Wochen später merkte ich, dass ich schwanger war. Da waren Niko und ich längst wieder zu Hause.«

»Wie reagierte er? Hast du nicht darüber nachgedacht, so zu tun, als ob das Kind von ihm wäre?« Marion schloss kurz die Augen. Sie wollte es jetzt einfach wissen.

»Er nahm es erstaunlich gelassen. Ich musste ihm sagen, dass Leonardo der Vater ist. Niko konnte es nicht sein.«

Sie schwieg bedeutungsvoll, während Marion sich das auf der Zunge zergehen ließ.

»Ich hatte ein schlechtes Gewissen«, sagte Gudrun. »Dann kamst du ins Spiel. Und Kerrin.«

»Warum hast du ihn nicht mit deinem Verdacht konfrontiert?«

»Du meinst, ich hätte den Spieß umdrehen sollen? Ich wollte doch, dass er zu mir zurückkommt. Ich hatte Angst, dass er mich sofort verlässt, wenn ich eure Affäre auf den Tisch bringe.«

Marion stöhnte auf. »Das Gleiche behauptete er von dir. Dass du ihn verlassen würdest, wenn du es erfährst. Und er ließ mich glauben, dass Lian sein Sohn ist.«

Täuschte sie sich, oder las sie so etwas wie Betroffenheit in Gudruns Blick? Und war es eher Mitgefühl für Marion oder Schmerz über Nikos schäbiges Verhalten?

»Es war schon eine schräge Situation damals. Leonardo, Lians leiblicher Vater, hätte Lian gerne zu sich nach Italien genommen, doch Niko und ich haben uns durchgesetzt. Leonardo litt sehr darunter. Unsere Freundschaft ist daran zerbrochen.«

»Das wundert mich nicht«, murmelte Marion.

»Ich bin froh, dass du mir geschrieben hast, Marion. Wir hätten längst einmal miteinander reden sollen.«

»Das hättest du auch einfacher haben können«, sagte sie. »Nachdem die Bauarbeiter mir den Garten verwüstet hatten und jetzt ein Drohbrief von deinem Anwalt kam, war ich nicht scharf darauf, dich persönlich zu treffen.«

»Nur, weil du zuvor nicht auf meine Anrufe und Briefe reagiert hattest.«

»Scheiß drauf«, sagte Marion plötzlich. »Jetzt bekommst du, was du willst. Ich ziehe weg. Ich habe nur noch eine Bitte. Lass es nicht an Kerrin aus, ja? Sie würde Jette und Flora gerne kennenlernen, aber sie antworten nicht. Ich hoffe, du machst bei ihnen keine Stimmung gegen meine Tochter.«

Gudrun riss die Augen auf. Sie schien ehrlich erstaunt zu sein. »Sicher nicht! Aber Flora hat es gerade nicht so leicht, und Jette ist immer nur am Arbeiten.«

Wie Kerrin, dachte Marion.

»Als du geschrieben hast, es ginge um Familienangelegenheiten, war ich ehrlich gesagt etwas beunruhigt«, sagte Gudrun jetzt. »Ich dachte, du willst mir damit drohen, dass Kerrin Erbansprüche geltend macht. Um zu erreichen, dass du bleiben kannst.«

»So ein Schmarrn«, brach es aus Marion heraus. »Ich habe mit Nikos Erbe nichts zu tun. Wenn, dann betrifft es Kerrin. Falls sie der Sache nachgehen will, kann und will ich sie nicht daran hindern, aber im Moment sieht es nicht danach aus.«

»Gut«, sagte Gudrun. »Dann wäre ja alles geklärt.« Als sie aufstand, schwankte sie leicht. Die Weinflasche war halb leer, und Gudrun hatte das meiste davon getrunken. Trotzdem stabilisierte sie sich schnell.

Marion begleitete sie zur Tür, reichte ihr den Mantel und sah ihr nach, wie sie kerzengerade in Richtung Straße ging. Der Vorgarten sah ganz manierlich aus; Annette und ihr Sohn Ben hatten Marion dabei geholfen, ihn wiederherzurichten.

Zurück auf der Insel

Am Donnerstag fuhr Kerrin mit dem Zug bis Dagebüll und checkte abends in einem Hotel in Hafennähe ein. So brauchte sie am Freitagmorgen nur noch die Fähre zu nehmen. Sie hatte beschlossen, erst kurz vor dem Vorstellungsgespräch anzureisen. Ihrer Mutter hatte sie nur erzählt, dass sie Jette besuchen und am Wochenende auch bei ihr vorbeikommen würde. Ihre beruflichen Schwierigkeiten ließ sie unerwähnt; sie wollte jetzt keine besorgten Fragen beantworten müssen. Sie würde ihr nach dem Vorstellungsgespräch davon erzählen.

Um sieben Uhr morgens ging sie an Bord der Fähre. Sie bestellte sich Kaffee, dabei zitterte sie jetzt schon leicht vor Aufregung. An Essen war nicht zu denken.

Sie fragte sich, warum sie so nervös war. An dem Bewerbungsgespräch allein konnte es nicht liegen. Schließlich präsentierte sie sich regelmäßig bei Auftraggebern und auf Bürgerversammlungen.

Das hier fühlte sich anders an. Sie hatte eine Vorahnung. Sie stellte sich vor, wie es wäre, die Stelle tatsächlich anzunehmen und zurück nach Föhr zu ziehen. Dabei blieb es erstaunlich ruhig in ihr. Was war es dann, das sie so nervös machte?

Sie schaute auf ihr Handy-Display: eine Nachricht von Jette. Sie hatte die erste Arbeit im Stall hinter sich und erwartete sie zum Frühstück; ihre Partnerin Thea würde Kerrin am Hafen abholen.

Wenig später zog Kerrin ihren Rollkoffer über den Parkplatz und sah sich suchend um. Da kam auch schon eine große Frau mit Reitkleidung und blondem Kurzhaarschnitt auf sie zu.

»Moin, ich bin Thea.« Sie drückte Kerrins Hand so fest, als müsse sie eine schwer beladene Schubkarre stabilisieren. Ohne zu überlegen verstärkte Kerrin leicht den Druck ihrer eigenen Hand. Auf neue, mitunter überraschende Gesprächspartnerinnen zu reagieren gehörte zu ihrem Repertoire wie das Stallausmisten vermutlich zu Thea.

»Freut mich, dich kennenzulernen«, sagte sie. Thea wirkte vertrauenerweckend und verlässlich, nicht nur wegen ihres Händedrucks, sondern wegen des offenen Blicks und der Art, wie sie nach Kerrins Rollkoffer griff und sagte: »Gib mal her. Wie war dein Hotel? Du siehst ein bisschen müde aus.«

Keine Viertelstunde später erreichten sie den Reiterhof bei Nieblum. Auf der Fahrt hatte Thea unermüdlich geplaudert, genau wie Jette. Die beiden Frauen hatten sich auf der Insel Fehmarn kennengelernt, wo sie als Pferdepflegerinnen arbeiteten. Mit dem Reiterhof bei Nieblum hatten sie sich einen gemeinsamen Traum erfüllt.

Nachdem Kerrin die weitläufigen Ställe und die Reithalle bewundert hatte, gingen sie auf das Wohnhaus zu, ein klassisches Friesenhaus. Es war ebenso gepflegt wie die Wirtschaftsgebäude und ziemlich groß.

»Jette ist begeistert, dass du ihre Einladung so schnell angenommen hast. Komm rein.«

Eine Minute später saß Kerrin mit den beiden Frauen in der riesigen Wohnküche am Frühstückstisch: Es gab frische Brötchen, Orangensaft, selbst gemachte Stachelbeermarmelade, Lachs und die obligatorische Kanne Friesentee. »Oder möchtest du lieber Kaffee?«, fragte Jette.

»Danke, Tee ist perfekt.« Kerrin nahm sich ein Brötchen. Ihr Magen war immer noch wie zugeschnürt, aber sie brachte es nicht über sich, abzulehnen. Außerdem war es unvernünftig, nichts zu essen. »Halte ich euch von der Arbeit ab?«

»Nur ein bisschen«, sagte Jette. »Thea reitet heute mit einer Gästegruppe aus, und ich gönne mir eine Pause.«

Tatsächlich stand Thea bald auf und ließ Kerrin mit Jette allein. Die Küche war urgemütlich und alles andere als aus dem Landhauskatalog: Die robuste, blau lackierte Küchenzeile schien recht neu zu sein, der alte Esstisch hingegen hatte garantiert schon etliche Jahre auf dem Buckel. An manchen Stellen waren Ringe und Flecken zurückgeblieben, es gab Kerben und raue Stellen im Holz. Auf der Sitzbank lagen mindestens fünf nicht zueinander passende Kissen, von denen Kerrin sich zwei in den Rücken schob. Sie schrak auf, als von unten etwas an ihr Bein stupste: ein braun-weiß gefleckter Hund, der unbemerkt unter der Bank gelegen hatte. »Oh, hallo. Wer bist du denn?«, fragte Kerrin, und Jette lachte auf: »Das ist Maila, unser Jack Russell Terrier. Sie ist schon ziemlich alt und schläft gerne hier in der Küche. Du hast sie offenbar aufgeweckt und neugierig gemacht.«

Tatsächlich kam der Hund unter der Bank hervor und schnüffelte an Kerrins Hand. Sie hatte wenig Erfahrung mit Hunden und ließ es geschehen. Maila schien ein umgängliches Wesen zu sein, denn sie ließ sich streicheln und plumpste dann auf den Boden, dicht neben Kerrins Knöcheln.

»Sie mag dich«, sagte Jette.

»Mag sie denn nicht jeden?«, erkundigte sich Kerrin, und Jette schüttelte den Kopf. »Nein, Flora zum Beispiel meidet sie. Aber Lian hatte immer einen guten Draht zu ihr.«

Kerrin zuckte zusammen. Sie wollte jetzt nicht über Lian sprechen. Es brachte sie aus dem Konzept. Immer noch.

»Bist du schon aufgeregt wegen des Vorstellungsgesprächs?«, fragte Jette. »Hab gehört, dein Vorgänger hat nicht lang ausgehalten. Er hatte sich das wohl anders vorgestellt. Kam aus der Großstadt und konnte sich nicht daran gewöhnen, dass er hier für alles zuständig ist und nicht nur für einen kleinen Spezialbereich.«

Das klang ja interessant. »Woher weißt du das?«, fragte Kerrin.

»Theas Bruder arbeitet im Bauamt.«

»Mir würde es Spaß machen, etwas Neues zu lernen und mich um alles zu kümmern.«

»Damit kannst du sicher punkten.«

Kerrin ertappte sich dabei, wie sie ihren Pferdeschwanz löste, sich die Haare mit den Fingern durchkämmte und das Haargummi von Neuem um den Zopf wand. Das tat sie manchmal, wenn sie nervös war.

Nach dem Frühstück zeigte Jette ihr das Zimmer, in dem sie schlafen würde. Es lag nach hinten mit Blick über die Pferdekoppeln. Das schmale Bett und der Schrank, der eher einem Spind glich, passten gerade so hinein. Die Tür zum Zimmer nebenan war nur angelehnt. Durch den Spalt konnte sie ein ungemachtes Bett erkennen.

»Wir überlassen die Gästezimmer manchmal unseren Aushilfen oder Azubis«, erklärte Jette, als sie Kerrins neugierigen Blick sah. Wer im Moment neben Kerrins Bleibe residierte, sagte sie nicht. Aber es war auch kein großes Problem für Kerrin, das Bad mit einem oder einer Unbekannten zu teilen.

Als sie ihre Sachen auspackte, war es schon nach zehn, und sie musste sich beeilen. Sie wollte sich noch umziehen und ihre Haare zu einem Knoten frisieren. Zum Glück lieh Jette ihr das Auto.

Um Viertel vor elf stand Kerrin schließlich vor dem Amtsgebäude. Sie hatte schneller einen Parkplatz gefunden, als sie dachte, Wyk war schließlich nicht Regensburg. Die Sonne strahlte, und der Himmel war blau, der Spätsommer drehte noch einmal richtig auf. Am anderen Ende des Gebäudekomplexes sah sie einen Mann. Es lag etwas Vertrautes in seinen Bewegungen, und eine Schrecksekunde lang dachte sie, es wäre Lian.

Sie schüttelte den Kopf über sich selbst und holte ihren Notizzettel aus der Tasche. Sie hatte zwar die Zimmernummer im Kopf, wollte aber sichergehen. Als sie wieder aufblickte, war der Mann immer noch da. Er kam sogar auf sie zu.

Und dann blickte sie in ein Paar eisblauer Augen.

Kerrin fühlte sich wie vom Blitz getroffen.

»Lian«, stammelte sie. »Was machst du denn hier?«

Er trug ein weißes Hemd, das die Farbe seiner Augen zum Leuchten brachte, und hatte einen blauen Pullover um die Hüften gebunden. Seine engen Jeans steckten in verdreckten Lederboots, so als wäre er über einen schlammigen Feldweg gegangen. Er hatte die Hände in den

Hosentaschen vergraben und wirkte so lässig, als ob es völlig normal wäre, sich mal eben aus Australien rüberzubeamen.

Er hatte die gleiche Wirkung auf sie wie an dem Tag, an dem sie ihn zum letzten Mal gesehen hatte. Ihr Herz klopfte schneller. Träumte sie, oder war das hier Realität?

»Erbangelegenheiten«, sagte er. »Tut mir leid, wenn ich dich irritiere, so kurz vor deinem Termin. Jette hat´s mir erzählt. Ich wollte auf dich warten, wenn du von dem Gespräch zurückkommst. Jetzt bin ich wohl zu früh.«

Lian sah sie aufmerksam an. Sie stand in ihrem figurbetonten dunkelbraunen Hosenanzug vor ihm, samt ihren Glücksbringern: Omas Manschettenknöpfen und Opas Uhr. Er griff nach ihrem linken Handgelenk und drehte es behutsam so, dass er die Zeit ablesen konnte. »Wenigstens kommst du heute nicht zu spät.«

Obwohl seine Berührung ihr tief unter die Haut ging, musste Kerrin lachen. Ihre Spannung ließ ein wenig nach. »Ich habe sie reparieren lassen.«

»Du siehst toll aus«, sagte er.

Kerrin schluckte. »Danke. Wohnst du auch bei Jette? Ich glaube, das halte ich nicht aus.«

»Wie meinst du das? Du freust dich doch genauso wie ich, gib es zu. Ich sehe es in deinen Augen.«

»Das ist es ja. Wir müssen endlich loslassen, damit wir unser Leben leben können. Du in Australien und ich hier. Ich hole nachher meine Sachen bei Jette ab und gehe stattdessen zu meiner Mutter.«

Er schüttelte den Kopf: »Den Teufel wirst du tun. Sobald du hier fertig bist, gehen wir Kaffee trinken. Ich warte auf dich.«

»Bitte«, flüsterte Kerrin und sah auf die Uhr, einfach, um ihr Gesicht abwenden zu können. Sie würde ihm später sagen, dass er verschwinden sollte. Zurück über das Meer, nach Hause zu seiner Lotusblüte.

»Na, los«, sagte er. »Rein mit dir. Viel Glück!«

Kerrin stolperte los. Noch sechs Minuten. Zeit genug, um auf die Toilette zu gehen und ihr Aussehen im Spiegel zu überprüfen. Man sah ihr den inneren Aufruhr nicht an, im Gegenteil: Ihre Augen strahlten, der Haarknoten saß weder zu schlampig noch zu streng. Ihr Teint war gleichmäßig wie immer, leicht gebräunt mit einigen Sommersprossen. Dabei hatte sie eben noch das Gefühl gehabt, ihre Haut würde unter Lians Blicken brennen. Sie lehnte sich einen Moment an die geflieste Wand und schloss die Augen. Dann straffte sie die Schultern, holte tief Luft und ging hinaus. Sie hatte schon schwierigere Termine hinter sich gebracht, aber noch nie hatte sie kurz zuvor mit einem Mann gesprochen, der ihr so viel bedeutete. Und mit dem eine Beziehung unmöglich war.

»Wieso haben Sie sich ausgerechnet nach Föhr beworben?«, fragte Frau Kühn, und das gesamte Auswahlgremium – drei Frauen und ein Mann – sah Kerrin erwartungsvoll an. Es war die erste Frage, die sie ihr stellten. Kerrin war beinahe enttäuscht, dass es nicht um ihre fachlichen Qualifikationen ging.

»Meine Mutter lebt in Wyk«, sagte sie. »Ich bin hier aufgewachsen, und es zieht mich zurück in die Heimat. Außerdem würde ich für eine interessante Stelle wie diese überall hinziehen.«

Frau Kühn, eine Endvierzigerin mit weißblonden Locken, schmunzelte, und Kerrin schob hinterher: »Fast überallhin.« Dann lächelte sie ebenfalls, und das Eis war gebrochen.

Als Nächstes wurde sie nach ihrem beruflichen Werdegang gefragt, nach ihren Stärken und Schwächen und all den Dingen, von denen sie in einem Internetratgeber gelesen hatte, dass moderne Personalleute sie schon lange nicht mehr fragten. Zum Glück hatte sie den Artikel bald weggeklickt und sich auf die altmodische Weise vorbereitet. Kerrin war überrascht, dass sie sich in der Runde auf Anhieb wohlfühlte. Fast so, als gehöre sie dazu. Schade, dass das hier nur ein Testballon war.

Planänderung

Nach einer knappen Stunde war das Gespräch beendet. Währenddessen hatte sie sich ganz in ihrem Element gefühlt und die Welt außerhalb des Besprechungszimmers vergessen. Doch langsam drang wieder in ihr Bewusstsein, wer draußen auf sie wartete. Kerrin klaubte ihren Business-Rucksack von dem Stuhl neben sich und verabschiedete sich wie in Trance, ein verbindliches Lächeln auf dem Gesicht. Ihr Hals war so rau, dass sie hastig nach ihrem halb leeren Wasserglas griff und es austrank. »Entschuldigung«, sagte sie, »ich bin ein wenig erkältet.«

Frau Kühn nickte verständnisvoll. »Danke, dass Sie gekommen sind. Wir entscheiden uns noch diese Woche. Sie hören von uns.«

Als Kerrin den Raum verließ und den Flur hinunterging, wusste sie, dass sie bei dem Bewerbungsgespräch eine gute Figur gemacht hatte. Doch wenn sie an Lian dachte, krampfte sich ihr Herz zusammen. Leider kam es nicht infrage, verstohlen nach einem Hinterausgang zu suchen und so schnell wie möglich wegzurennen, weg von Lian und seiner magnetischen Ausstrahlung. Außerdem wäre ihr das wenig erwachsen vorgekommen. Sie musste sich der Situation stellen.

Als sie aus dem Schatten des Eingangsbereichs auf den Vorplatz trat und in die Sonne blinzelte, sah sie erst einmal gar nichts. Dann entdeckte sie Lian auf einer Bank neben dem Seehundbrunnen. Er hatte sein Handy noch am Ohr und sprach aufgeregt hinein. Er war so in das Gespräch vertieft, dass er sie noch nicht bemerkt hatte. Ob er mit seiner australisch-chinesischen Freundin telefonierte? Noch konnte sie nicht hören, ob er Englisch oder Deutsch redete.

Es wäre ein Leichtes für Kerrin gewesen, sich an Lian vorbei zum Parkplatz zu schleichen. Dachte sie, denn im nächsten Moment sah er zu ihr auf. In seinem Gesicht war Überraschung zu lesen und noch etwas anderes, das sie schwer deuten konnte. Erleichterung? Vielleicht war ihm endlich klar geworden, dass sie einen klaren Schnitt machen mussten, und er brannte darauf, es hinter sich zu bringen.

»Kerrin kommt zurück. Wir unterhalten uns später«, sagte er brüsk in sein Smartphone. »Und danke.« Es klang eher *wie du kannst mich mal*, und er hatte es auf Deutsch gesagt. Also war jemand anders am Telefon.

»Ich wollte dich nicht unterbrechen«, sagte sie.

»Kein Problem. Das Wesentliche ist gesagt.«

»Wer war es denn?«, fragte sie, obwohl sie das natürlich nichts anging. Lian stand auf. Sie spürte, dass er aus dem Gleichgewicht war. Er schwankte sogar leicht, und sie griff instinktiv nach seiner Hand. Sie war warm, und seine Finger schlossen sich bereitwillig um ihre. Es fühlte sich schmerzhaft gut an.

»Lass uns ein Stück gehen«, sagte er und drückte kurz ihre Hand, bevor er sie wieder losließ. »Ich brauche Bewegung.«

Sie schlugen den Weg zum Hafen ein. Er atmete ein paar Mal heftig aus und fuhr sich nervös durch das Haar.

»Ich habe eben etwas Unerfreuliches erfahren. Eigentlich spielt es keine Rolle, aber es ärgert mich trotzdem.«

»Hat es mit dem Erbe zu tun?«, fragte Kerrin.

»Ja.«

Er schien nicht darüber reden zu wollen. Stattdessen fragte er: »Wie war dein Gespräch?«

»Gut«, sagte Kerrin. »Es klingt alles sehr interessant, und die Chemie stimmt auch. Womöglich bieten sie mir die Stelle an.«

»Du solltest sie annehmen.«

»Einfach so?«

»Einfach so.«

Kerrin konnte nur ungläubig lachen. Er wirkte so überzeugt, als ob er genau wüsste, was das Beste für sie war. Als ob es ihn etwas anginge, was sie mit ihrem weiteren Leben anfing.

»Und woher nimmst du diese Gewissheit?«

»Komm mit«, sagte er und stiefelte los.

Bald passierten sie den Jachthafen und erreichten das Café Klein Helgoland. Ohne hinzusehen lief Lian daran vorbei. Auch Kerrin hatte nichts dagegen, spazieren zu gehen, statt in ein Café, wo sie ihm gegenübersitzen und ihm in die blauen Augen sehen musste.

Die frische Luft, das Gehen und der Blick ins Weite taten ihr gut. Von hier aus konnte man das Watt bis zum Festland überblicken und am Deich entlang weiterwandern, auf dem einige Schafe grasten. Die Gegenwart von Schafen hatte schon immer eine besänftigende Wirkung auf sie ausgeübt, der sich auch Lian offenbar nicht entziehen konnte. Endlich schlug er eine gemächlichere Gangart ein.

»Die frische Luft tut gut«, sagte er. »Sonst könnte ich auf der Stelle einschlafen, wegen des Jetlags. Ich bin erst gestern angekommen.«

»Wolltest du nicht nach Mumbai?«

Die Erbangelegenheit musste ja enorm wichtig sein, wenn er deshalb seinen Job vernachlässigte. Oder gab es noch einen anderen Grund?

»Kein Problem. Montag in einer Woche fliege ich nach London und treffe einige Kollegen. Von dort aus geht es dann weiter nach Indien.«

Kerrin merkte, dass sie schon vom Zuhören atemlos wurde. »Was für ein Leben«, murmelte sie.

Da sagte er: »Ich gehe nicht nach Melbourne zurück.«

»Was?« Kerrin glaubte, sich verhört zu haben.

»Ich kann das einfach nicht. Das ist mir nach unserem letzten Chat klar geworden.«

»Was kannst du nicht?«, fragte Kerrin. Sie musste es einfach wiederholen, um sicherzugehen, dass sie es richtig verstanden hatte. Überhaupt hatte sie Mühe, Lian zu folgen. Er schien sehr aufgeregt zu sein und stolperte nur so durch die Sätze. »Ich kann nicht am anderen Ende der Welt sein, während du hier bist. Das wurde mir endgültig klar, als du mich nach meinem Tagebuch gefragt hast.«

»Das musst du mir erklären.«

»Wenn ich schreibe oder zeichne, versuche ich ehrlich zu mir zu sein. Nicht so wie in einem Gespräch, wo man sich rauswinden kann. Ich hätte mir eingestehen müssen, dass mein großer Traum geplatzt ist. Ich war plötzlich in diesem großartigen Land und erlebte alles wie durch einen Filter. Ohne dich war es, als hätte jemand mein Leben von Farbfernsehen auf Schwarz-Weiß gestellt. Ich wünschte mir ständig, du wärst bei mir. In meinem Kopf führten wir endlose Gespräche. Ich redete mir ein, dass das vorbeigehen würde. Aber das tat es nicht. Weil ich dich liebe. Ganz egal, wie viele Ozeane zwischen uns sind.«

Sie waren stehen geblieben, und Kerrin sah ihn lange an. Da hatte sie sich so viel Mühe gegeben, ihn zu vergessen. Und nun stand er da und tat so, als wäre seine Auswanderung eine Art Ausrutscher gewesen. Oder ein Traum in schwarz-weißen Bildern.

»Dabei stand Liebe gar nicht auf deinem Plan, erinnerst du dich?« Das klang schärfer als beabsichtigt, doch er ignorierte es einfach. Er kam auf sie zu und nahm ihre Hände.

»Pläne können sich ändern«, sagte er. »Ich will mit dir zusammen sein.«

Kerrin war so überrascht, dass sie erst einmal gar nichts antwortete. Dann sagte sie: »Wie stellst du dir das vor? Willst du Homeoffice machen und einmal die Woche nach Australien fliegen, um deine Chefin und deine Kollegen zu sehen?«

Er lachte, immer noch völlig unbeeindruckt von ihrem schnoddrigen Ton. »So ungefähr. Ich kann das Mumbai-Projekt von London aus managen und in zwei, drei Jahren die geplante Niederlassung in Hamburg aufbauen. Meine Chefin hat's mir angeboten. Sie hat ja auch gemerkt, dass mit mir was nicht stimmt, wollte mich aber nicht verlieren.« Plötzlich grinste er. »Ich denke, das spricht für mich.«

»Aber du bist doch gerade erst mit der Lotusblüte zusammengezogen.«

»Du meinst Li?« Er zog die Augenbrauen zusammen, als hätte er sie nicht richtig verstanden. »Sie wird einen anderen Mitbewohner finden.« Dann entspannte sich sein Gesichtsausdruck plötzlich. »Dachtest du etwa, dass wir ein Paar sind? Li ist verheiratet. Ihr Mann arbeitet im Moment in Sydney. Das ist übrigens von Melbourne fast so weit wie von Regensburg nach London.«

Kerrin war sprachlos. »Aber ihr ... habt auf den Fotos immer ausgesehen wie das perfekte Paar.«

»Das war nur Show. Fürs Netz. Da ist nicht immer alles so, wie es scheint.«

Kerrin schüttelte den Kopf. Mit dieser Art der Selbstinszenierung konnte sie nichts anfangen. Lieber stellte sie gar nichts von sich ins Internet.

»Li ist eine zuverlässige Kollegin und ein super Kumpel, nicht mehr und nicht weniger. Warst du etwa eifersüchtig auf sie?«

Kerrin schüttelte den Kopf, obwohl er natürlich recht hatte. »Es tat so weh«, sagte sie. Warum grinste er so? Kerrin war nicht zum Lachen zumute. Dann erinnerte sie sich an ihre ersten Begegnungen. Da hatte er fast ständig über sie gelacht. Oder war es am Ende das, was manche ein verliebtes Dauergrinsen nannten? Warum hatte er dann so lang gebraucht, sich seiner Gefühle für sie klar zu werden? Sie dachte an den Morgen in dem Café auf Amrum zurück. Da hatte es diesen Moment gegeben, in dem er an seinen Auswanderungsplänen zu zweifeln schien. Warum hatte sie nichts gesagt? Weil sie sich erst so kurz kannten? Weil ihr die Vorstellung Angst machte, dass er ihretwegen seinen Lebenstraum aufgab?

Kerrin spürte einen Kloß im Hals. Noch ein Wort von ihm, und sie würde losheulen. Vor Anspannung, vor Wut, vor Bedauern und Verwirrung. Und ein klitzekleines bisschen vor Freude, ein Gefühl, das langsam immer stärker wurde.

»Hast du deshalb deinen Instagram-Account deaktiviert?«, fragte er.

»Nein! Doch. Ich wollte endlich ... drüber wegkommen.« Ihre

Stimme bebte, und sie fühlte sich vollkommen durcheinander, doch Lian ließ einfach nicht locker.

»Vor einer guten Stunde sagtest du, du würdest es in einem Haus mit mir nicht aushalten. Wie wäre es, wenn wir uns auf einen Kontinent einigen, mit nur einem klitzekleinen Meer zwischen uns?«

»Vor einer Stunde wusste ich noch nicht, dass du meinetwegen alles hinschmeißen willst ...«

»Ich schmeiße nichts hin. Ich bleibe bei meiner Firma und muss immer noch viel reisen. Aber meine Basis wäre hier in Europa, in deiner Nähe. Wenn du den Job auf Föhr bekommst und ich später nach Hamburg gehe, können wir sogar eine gemeinsame Wohnung haben. Ich könnte am Wochenende nach Wyk pendeln, falls du den Job dort bekommst. Oder wir finden eine andere Lösung.«

Kerrin spürte, wie ihre Bedenken unter seinem Blick zu schmelzen begannen. Wie konnten eisblaue Augen so viel Wärme ausstrahlen? Sie musste sich zusammenreißen, um ihn nicht sofort zu küssen. Aber das wäre die Antwort gewesen, die er sich erhoffte, und die konnte sie ihm nicht geben. »Ich bin total überrumpelt«, sagte sie. »Gib mir ein bisschen Zeit, um das alles zu verarbeiten.«

Seine Augenfarbe verblasste zu einem stählernen Grau wie die Oberfläche eines Sees, über den Gewitterwolken zogen.

»Ich verstehe, dass du überrascht bist«, sagte er. »Li hatte recht. Ich hab ihr erzählt, wie es um mich steht. Sie sagte, ich solle meinen Hintern so schnell wie möglich zu dir bewegen – und mich nicht wundern, wenn du mir nicht sofort um den Hals fällst.« Er fuhr sich schon wieder durchs Haar und wirkte so kleinlaut, dass Kerrin einfach lächeln musste.

»Ich glaube, ich mag deine Kollegin.« Dann sagte sie: »Wir reden bald noch mal darüber. Aber jetzt brauche ich was zu essen, und kalt ist mir auch.«

Der Wind hatte aufgefrischt, und auf dem Deichweg waren sie ihm ungeschützt ausgeliefert. Lian knotete seinen Pullover von den Hüften und legte ihn über Kerrins Schultern.

Ein Schaf schaute ihm dabei zu, bevor es einen lang gezogenen Mäh-Laut ausstieß.

»Du brauchst gar nicht so vorwurfsvoll zu blöken«, sagte Lian zu ihm. »Du hast schließlich deine Wolle.«

In seinem dünnen Hemd musste Lian selbst frieren, und Kerrin nahm den Pullover umso dankbarer entgegen. Dann drehte sie sich um und marschierte los. Diesmal gab sie das Tempo vor.

Lian hatte Mühe, mit ihr Schritt zu halten, aber das war ihr egal. Sie wollte jetzt Wärme und Kalorien, die hatte sie sich nach diesem aufregenden Vormittag verdient.

Lian gähnte. »Verflixter Jetlag. Wenigstens habe ich keine Probleme mit der Klimaumstellung. Der Sommer hier ist wie der Winter in Melbourne.«

Kerrin lachte und zog den Pullover enger um ihre Schultern. »Du übertreibst.«

»Nicht sehr.«

Von Weitem sahen sie schon die Fahnen vor dem Café Klein Helgoland flattern. Wenige Minuten später waren sie dort. Die meisten Gäste saßen auf der windgeschützten Terrasse, Kerrin und Lian bekamen einen Logenplatz im Wintergarten. Von hier aus hatten sie einen wunderbaren Ausblick auf das Meer.

Kerrin lehnte sich an die Wand und ließ die Beine baumeln. Als Erstes bestellte sie eine Kanne Friesentee. »Zucker, Milch, Koffein – alles drin«, sagte sie und spürte, wie langsam ihre Lebensgeister zurückkehrten. Lian nahm den ersten Schluck von seinem Pils, und ein verträumter Ausdruck trat auf sein Gesicht. »Das habe ich echt vermisst«, sagte er. Kerrin knuffte ihn in die Seite. »Mehr als mich?«

»Klar. Interessante Frauen gibt es schließlich überall, aber dieses Bier …«

»Habe ich dir so viel Hoffnung gemacht, dass du schon wieder frech werden kannst?«

»Ich bin von Natur aus Optimist«, sagte er und schob die Speisekarte in die Mitte des Tisches. Trotzdem musste Kerrin nah an ihn heranrutschen, um sie ebenfalls lesen zu können. Für einen Moment fühlte es sich an, als wäre Lian niemals weg gewesen.

Bald hatte Kerrin einen Teller Krabbensuppe vor sich stehen und Lian Flammkuchen. Er war wohl ebenso ausgehungert wie sie, denn kaum war das Essen da, schnitt er großzügige Stücke davon ab und schob sie sich genussvoll in den Mund. Anschließend lehnte er sich zurück und schloss die Augen. Als Kerrin ihn fragte, ob er noch eine Nachspeise nehmen wolle, schreckte er auf.

»Was?«, fragte er desorientiert, und Kerrin wurde klar, dass er einfach eingeschlafen war. »Komm, wir fahren zurück zu Jette, du Armer«, sagte sie. »Wie bist du eigentlich vom Reiterhof hierhergekommen?« Schließlich war Olof in einem Schuppen eingemottet, den Ben organisiert hatte.

»Zu Fuß, am Meer entlang. Ich hatte Lust auf einen Spaziergang. Jetzt habe ich mein ganzes Pulver für heute verschossen, fürchte ich. Vor drei Tagen lag ich um diese Zeit längst in meinem Bett in Melbourne und habe von dir geträumt.« Dabei zwinkerte er frech, und Kerrin bekam schon wieder Lust, ihn zu küssen.

Stattdessen schaute sie schnell weg und renkte sich fast den Arm aus, um die Kellnerin herbeizuwinken. Zum Glück kam sie gleich an den Tisch. Kerrin zahlte die gesamte Rechnung und stand abrupt auf. Draußen hakte sie sich bei Lian ein.

»Du kannst dich ja kaum auf den Beinen halten«, sagte sie.

Er atmete ein paarmal tief durch. »Es geht schon.« Dann sah er auf die Uhr. »Ich kann jetzt noch nicht schlappmachen. Meine Mutter hat für heute Abend den Familienrat einberufen.«

»Geht es um das Erbe?«, fragte Kerrin.

»Ja. Das Treffen findet bei Jette statt, und du sollst auch dabei sein.«

»Ich?« Bei dem Gedanken an Floras missmutige Art und Gudruns kalten Blick lief ihr ein Schauder über den Rücken. Aber es musste wohl sein. Außerdem war sie neugierig, was sie mit Winters Erbe zu tun hatte. Sonst hätte Gudrun sie wohl kaum dazugebeten.

»Ja, du. Du gehörst zur Familie. Es ist ein Testament aufgetaucht, unter etwas mysteriösen Umständen. Deshalb war ich vorhin so sauer. Aber nicht wegen des Inhalts. Da wartet nämlich eine kleine Überraschung auf dich.«

Wie hatte sie nur denken können, die größte Aufregung für heute hinter sich zu haben?

Das Vermächtnis

Zurück auf dem Hof, verschwand Lian sofort in seinem Zimmer und legte sich hin. Der Familienrat würde erst um sieben Uhr tagen, sie hatten noch mehr als drei Stunden Zeit. Auch Kerrin war froh, dass sie sich zurückziehen konnte. Jette gab gerade Reitunterricht und hatte ihnen nur von Weitem zugewinkt, als sie vorbeifuhren. Thea war vermutlich noch mit den Gästen unterwegs.

Kerrin packte ihren Koffer aus und ging ins Bad. Obwohl es klein war, gab es eine Wanne. In dem Regal daneben fand Kerrin flauschige Handtücher, einen Bademantel und ein Körbchen mit verschiedenen Badezusätzen. Sie entschied sich für das Rosenschaumbad und versank kurz darauf in zart und sinnlich duftendem Wasser. Sie summte leise vor sich hin, um die Gedanken zu verscheuchen. Sie wollte jetzt nichts denken, sondern nur spüren, wie das Wasser ihren Körper umfing. Sich mit Wärme und Zuversicht aufladen, um für das Kommende gewappnet zu sein. Es standen so viele Entscheidungen an, die sie nur teilweise beeinflussen konnte.

Wenig später saß sie im Bademantel und mit einem Handtuchturban im Bett und scrollte sich durch ihre Anrufliste. Unter anderem hatte Marion schon dreimal versucht sie zu erreichen, und es gab mehrere SMS von Sofia. Sie schrieb ihr kurz zurück, dass das Vorstellungsgespräch gut gelaufen war.

Von Lian würde sie ihr später erzählen. Wenn sie wusste, wie es mit ihnen beiden weiterging.

Sie widerstand der Versuchung, auch noch ihre Mails abzurufen.

Das würde sie sofort in ihren Arbeitsalltag zurückkatapultieren und die wohltuende Wirkung des Rosenbads zunichtemachen. Stattdessen lehnte sie sich in die Kissen und döste vor sich hin.

Sie wusste nicht, wie lange sie so dagelegen hatte und ob sie sogar eingeschlafen war. Das Klopfen an der Tür kam jedenfalls wie aus dem Nichts und jagte ihr einen gehörigen Schrecken ein. Es dauerte einen Moment, bis sie wieder wusste, wo sie sich befand und was in den letzten Stunden passiert war. Es klopfte noch einmal. War das Lian? Wenn er sie hier im Bademantel sah, kam er womöglich auf dumme Gedanken, und sie selbst konnte auch für nichts garantieren. Sie wollte nichts tun, was sie später vielleicht bereuen würde.

»Moment! Ich muss mich erst anziehen«, rief sie. Sie stand auf und griff nach ihrer Unterwäsche.

Dann flog die Tür auf.

»Kerrin!«, hörte sie Marion rufen, und bevor Kerrin wusste, wie ihr geschah, hatte ihre Mutter sie stürmisch umarmt. Da war kein Funken Zurückhaltung, keine Distanz mehr zwischen ihnen. Kerrin erwiderte die Umarmung von ganzem Herzen. Das Handtuch rutschte herunter, und ihre feuchten Haare fielen auf Marions Schultern. Lange hielten sie einander fest und setzten sich schließlich nebeneinander auf das Bett.

»Als du nicht rangegangen bist, habe ich mir alles Mögliche ausgemalt«, sagte Marion. »Dann hat Gudrun mich angerufen und mir was von einem Testament erzählt, das plötzlich aufgetaucht ist – und dass wir uns alle hier treffen würden.« Sie stand auf und setzte sich in den Korbsessel Kerrin gegenüber. »Anton sagte mir, dass du Bescheid weißt. Wegen Opa. Es tut mir so leid.«

»Was denn? Dass du´s mir nicht gesagt hast? Ich stelle es mir schrecklich vor, so was zu erleben. Wer weiß, was ich an deiner Stelle getan hätte. Wir müssen nicht drüber reden, wenn du nicht willst.«

»Jetzt nicht, aber wenn du noch ein paar Tage hier bist, möchte ich schon noch ein paar Dinge loswerden. Ich war ja bereits schwanger mit dir, als er sich umbrachte. Ich erlitt einen Schock und hatte Angst, dass dir das schadet.«

Kerrin schluckte.

»Ich habe sofort alle Hebel in Bewegung gesetzt, um von dort wegzukommen«, fuhr Marion fort. »Verstehst du jetzt, warum ich nicht zu dir ziehen wollte? Tatsächlich war ich seitdem nie mehr dort.«

»Ja, das verstehe ich.« Sie dachte an die vielen Sommer, in denen ihre Oma sie auf Föhr abgeholt hatte. Oder ihre Mutter hatte sie bis nach Hamburg begleitet und dort in den Zug nach Regensburg gesetzt. Ziemlich früh hatte Kerrin gelernt, allein zu reisen.

»Aber jetzt möchte ich doch einmal kommen. Sehen, was aus der Stadt geworden ist und wie du lebst.«

»Wirklich gerne, Mama. Aber bei mir ist gerade alles durcheinander.«

Sie gab Marion einen kurzen Abriss über die letzten Wochen, vom drohenden Ende ihres Ingenieurbüros bis hin zu Lians plötzlichem Erscheinen heute. Marion wusste bereits, dass er hier war. Gleich nach seiner Ankunft hatte er in Annettes Laden eingekauft und dieser Grüße an Ben aufgetragen.

»Dann ist er also nicht nur wegen des Erbes gekommen, sondern deinetwegen?«

Kerrin seufzte. »Ja. Er will seinen Job umstrukturieren, um in meiner Nähe zu sein, in London oder Hamburg. Es klingt, als hätte er schon alles in die Wege geleitet. Aber wer sagt mir, dass das hält? Wir würden trotzdem eine Fernbeziehung führen, zumindest am Anfang.«

»Das ist schwierig, aber machbar.«

»Ich dachte, er käme nie wieder. Monatelang habe ich versucht, mich damit abzufinden. Und jetzt meint er, es reicht, wie aus dem Nichts zu erscheinen und *Ich liebe dich* zu sagen?«

»Ein bisschen mehr hat er schon getan, wenn ich dich recht verstehe. Er scheint zu wissen, was er will, und er ist sich ziemlich sicher, dass er es bekommt. Du wirst ihm schon entsprechende Signale gegeben haben. Mal ehrlich: Einen Typen wie ihn würde ich nicht mutwillig von meiner Bettkante stoßen. Was du ja im Februar auch nicht getan hast.«

Kerrin fühlte ihr Gesicht heiß werden.

»Jetzt kommst du mir vor wie sechzehn.« Dabei kicherte Marion selbst wie ein junges Mädchen. »Du musst nicht rot werden. Ich bin deine Mutter.«

»Eben«, sagte Kerrin und stand wieder auf, wobei sie ihren Bademantel und einen Rest von Würde zusammenhielt. »Darf ich mich wenigstens alleine anziehen?«

Marion war ebenfalls aufgestanden und hatte die Hand schon an der Türklinke. »Na klar. Ich warte unten.« Dann drehte sie sich noch einmal um und flüsterte verschwörerisch: »In der Höhle der Löwin.«

Kerrin lachte, dann fiel die Tür hinter Marion ins Schloss. Kerrin schlüpfte in die bequemsten Jeans, die sie mitgenommen hatte, und in ein langärmeliges T-Shirt. Erst als sie es anhatte, fiel ihr auf, dass es das rote war, das Lian so sehr an ihr mochte.

Dann hörte sie Jette von unten brüllen: »Kerrin, Lian! Kommt ihr endlich?!« Meine Güte, ihre Halbschwester hatte wirklich eine laute, tragende Stimme. Was wahrscheinlich von Vorteil war, wenn man auf einem Reitplatz im Wind stand und Reitschülern Anweisungen zurufen musste.

Als Kerrin in den Flur hinaustrat, stand Lian in T-Shirt und Shorts vor ihr. Seine Haare waren verstrubbelt, und seine Augen verrieten, dass er bis eben geschlafen hatte. Er blinzelte sie an, als fragte er sich, wie sie beide hierhergekommen waren. Dann verzog er den Mund zu einem süßen Lächeln.

In diesem Moment fuhr ihr der Schrecken durch den ganzen Körper, und Kerrin wusste, dass ihr Herz sich längst entschieden hatte.

»Lass es uns versuchen«, sagte sie.

Lian verstand sie sofort. Verzweiflung, Erleichterung, Freude – unzählige Gefühle zeichneten sich innerhalb von Sekunden auf seinem Gesicht ab. Dabei atmete er aus, als habe er über Stunden hinweg die Luft angehalten, und zog sie in seine Arme.

»Danke«, sagte er mit dieser Stimme, die war wie zart schmelzendes Karamell, und löste sich von ihr. »Ich bin gleich wieder bei dir.«

Damit drehte er sich um und ging in sein Zimmer zurück.

Jetzt atmete Kerrin ebenfalls erleichtert aus, lehnte sich an die Wand und lauschte der Geräuschkulisse aus dem Untergeschoss. Sie erkannte Gudruns und Floras Stimmen, Stühle wurden hin und her geschoben, jemand klapperte mit Geschirr.

Keine Minute später kam Lian aus seinem Zimmer. Er trug Jeans und ein T-Shirt, und Kerrin musste einfach das Tattoo an seinem Oberarm berühren, während Lian sie versonnen ansah und mit den Fingern über ihre Wange fuhr. Die Welt um sie herum schien zu versinken, und mit einem Mal war in Kerrin alles ruhig.

Hand in Hand gingen sie die Treppe hinunter.

Als sie die Wohnküche betraten, spürte Kerrin sofort die angespannte Stimmung, doch das kümmerte sie nicht. An Lians Seite fühlte sich jeder Schritt wie Tanzen an.

Sie rutschte neben Lian auf die Bank. Maila drängte sich sofort zwischen sie und machte es sich auf Kerrins Füßen bequem. Jette und Flora saßen ihnen gegenüber, während Gudrun und Marion die Stirnseiten des Tisches einnahmen. Kerrin schaute ihre Mutter an: die kurzen braunen Haarwirbel, die lässige Jeansjacke, den Pullover und das blau-weiß gepunktete Halstuch. Auf ihre Art strahlte sie genauso viel Autorität aus wie Gudrun. Zwar nannte sie kein Hotel-Imperium ihr Eigen, war aber eine erfolgreiche Kunsthandwerkerin. Zwei Unternehmerinnen an einem Tisch. Kerrin war stolz auf Marion.

Thea machte sich im Hintergrund an der Küchenzeile zu schaffen, als wäre dies eine offizielle Sitzung, für die sie nur das Catering erledigte. Irgendwie stimmte das ja auch. Nur dass der Familienrat an ihrem und Jettes Küchentisch, in ihrem Haus tagte. Sie machte sich am Herd zu schaffen, aus dem es nach Kräutern und Knoblauch duftete. Sie holte einen Stapel Teller aus dem Schrank und setzte ihn auf der Anrichte ab, Gläser und eine Karaffe mit Wasser standen bereits auf dem Tisch.

Gudrun hatte eine lederne Dokumentenmappe vor sich liegen. Sie sah erschöpft aus, aber das tat ihrer attraktiven Erscheinung keinen Abbruch. Die tiefbraunen Haare mit den Silberfäden glitzerten unter dem warmen Licht der Deckenlampe. Selbst die rote Lesebrille, die sie nun aus der Tasche zog und aufsetzte, wirkte wie ein hochmodisches Accessoire. Sie räusperte sich, und Kerrin fühlte sich wie im Theater, kurz bevor sich der Bühnenvorhang öffnete.

»Bringen wir's hinter uns«, sagte Gudrun und schaute vor allem Flora an. Sie hockte mit zusammengepressten Lippen da und wirkte übel gelaunt, aber nicht so, als ob etwas Neues auf sie zukäme.

Kerrin versuchte den Blick ihrer Mutter einzufangen. Die hatte sich entspannt zurückgelehnt und blinzelte leicht, während sie Gudrun anschaute. Sie schaukelte sogar leicht mit ihrem Stuhl. Alle warteten gespannt, nur Floras Blick schweifte unstet durch den Raum.

»Hier drin«, Gudrun hob die Mappe hoch und beschrieb damit einen Bogen in der Luft, »ist Nikos Testament.«

Sie schaute Lian und Kerrin an. »Es betrifft euch beide.«

Lian drückte unter dem Tisch ihre Hand. Was immer Winters Letzter Wille war, Gudrun würde es ihnen gleich verkünden. Sie wirkte nicht gerade vergnügt, aber gefasst. Sie machte eine kunstvolle Pause, vielleicht um die Spannung zu erhöhen.

»Ich mach es kurz«, sagte sie schließlich. »Er hat Lian den *Regenpfeifer* vermacht, und Kerrin bekommt das Haus am Leuchtturm.«

Flora stöhnte, während Marion einen überraschten Laut ausstieß und dann ein Lächeln mit Kerrin tauschte. Gudrun hätte sich und Marion eine Menge Ärger sparen können, wenn sie früher gewusst hätte, wer das Häuschen am Leuchtturm erben würde.

»Woher kommt denn das auf einmal?«, fragte Jette. Sie schien komplett ahnungslos gewesen zu sein, anders als Lian und Flora. Kerrin dachte an das Telefonat, dessen Ende sie heute vor dem Amtsgebäude mitbekommen hatte. »Unser Vater ist vor Monaten gestorben«, sprach Jette weiter. »Bisher war nie von einem Testament die Rede.«

Gudruns Blick wanderte zu Flora, die unbehaglich auf ihrem Stuhl hin und her rutschte und sich räusperte.

»Ich hab's in seiner Wohnung gefunden«, sagte sie. »Am Tag nach seinem Tod. Es war in einer Klarsichtfolie, sauber abgeheftet bei seinen privaten Dokumenten. Ich hatte nach Zeugnissen gesucht, um seinen Lebenslauf mit der Pastorin zu besprechen. Sie brauchte ein paar Stichpunkte für die Trauerrede.« Sie schaute Gudrun an. »Du warst ja damals zu nichts fähig.«

»Das stimmt«, sagte Gudrun leise. »Ich bin dir ewig dankbar, dass du dich um die Beerdigung und ums Geschäft gekümmert hast. Aber das mit dem Testament ist ein starkes Stück.«

»Ich war so geschockt, dass ich erst mal nichts gesagt habe. Immerhin erfuhr ich aus dem Testament, dass du seine Tochter bist, Kerrin.«

Ihre Blicke trafen sich. Der Schmerz in Floras Augen berührte Kerrin unangenehmer, als ihre Unfreundlichkeit es tat. Wenigstens wusste sie nun, warum Flora sich ihr gegenüber so abweisend verhalten hatte.

»Es ist so ungerecht«, sagte ihre Halbschwester. »Du hattest dein Leben lang nichts mit uns zu tun.«

»Das ist nicht meine Schuld, Flora«, verteidigte sich Kerrin. »Und deine auch nicht.«

»Warum hast du das Testament nicht verschwinden lassen, wenn es dir so gegen den Strich ging? Niemand hätte was gemerkt«, sagte Jette. Plötzlich füllten sich Floras Augen mit Tränen. »Dass du mir so was zutraust«, sagte sie. »Es war eine Kurzschlusshandlung, dass ich es für mich behalten habe. Ja, ich habe überlegt, es zu vernichten, aber ich brachte es nicht über mich. Und dann bist du auch schon auf der Bildfläche erschienen, Kerrin. Ich kam überhaupt nicht damit zurecht. Die Zeit verging, und es wurde immer schwerer, mit der Wahrheit herauszurücken.«

»Das kommt aufs Gleiche raus«, insistierte Jette. »Ist dir klar, dass du dich strafbar gemacht hast?«

Flora antwortete nicht, und Gudrun sagte: »Ich konnte nicht glauben, dass er wegen der beiden Häuschen nichts geregelt hatte. Sie gehörten ihm allein und sind von unserem Ehevertrag ausgenommen. Ich war mir fast sicher, dass er für dich und Kerrin sorgen würde, Marion. Trotzdem versuchte ich, dich zum Auszug zu bewegen.«

Kerrin schaute ihre Mutter an. Marion wirkte nicht überrascht, obwohl sie doch immer geglaubt hatte, dass Gudrun nichts von ihr und Kerrin wusste. Oder?

»Ich erkläre es dir später«, sagte Marion, und Kerrin nickte.

»Ich habe Flora also gebeten, noch einmal alle alten Ordner durchzugehen«, fuhr Gudrun fort. »Und Lian auch.«

Kerrin spürte, wie ein Ruck durch seinen Körper ging. »Das war lustig«, sagte er, aber niemand wirkte amüsiert. »Ich hatte zwar die wichtigsten Erinnerungsstücke mit nach Australien genommen, aber der Rest ist in Frankfurt in einem Container eingelagert. Unter anderem seine Unterlagen aus dem Anbau.«

Kerrin erinnerte sich noch lebhaft an den Nachmittag, als Flora sie in dem dunklen Hausflur überrascht hatte. Sie hatte ihnen die Schachtel praktisch vor die Füße geworfen.

»Ich hätte hinfliegen und die Sachen aus dem Depot holen müssen. Ich wäre sowieso nach Deutschland gekommen, trotzdem bin ich froh, dass das Testament vorher aufgetaucht ist.«

Zu Kerrin gewandt, sagte er: »Die genauen Umstände habe ich erst heute am Telefon erfahren.«

»Nachdem Mutter nicht lockerließ, habe ich ihr schließlich alles erzählt und ihr das Testament gegeben. Erst letzte Woche war das«, sagte Flora, während sie intensiv ihre Hände zu betrachten schien, die auf dem Küchentisch lagen. Kerrin fiel zum ersten Mal auf, wie gepflegt sie waren. Und dass die Fingernägel die gleiche Form wie ihre eigenen hatten. Sie waren breit und rund und hatten hübsche weiße Monde.

Plötzlich hatte Kerrin den Impuls, über den Tisch zu greifen und Floras Hände zu berühren. Wie das wohl angekommen wäre? Flora hob den Blick und sah sie direkt an. »Ich weiß, dass ich Mist gebaut habe. Aber erst musste ich mich um so vieles kümmern wegen Vaters Tod, und gleichzeitig lief meine Scheidung ...«

Kerrin bekam beinahe Mitleid mit ihr. »Wenigstens liegen jetzt alle Fakten auf dem Tisch«, sagte sie.

»Genau«, sagte Gudrun. »Wir sollten nach vorne schauen. Ich respektiere natürlich Nikos letzten Willen, und euch beiden rate ich, das auch zu tun.«

»Natürlich«, sagte Jette, und Flora senkte den Blick.

»Ihr habt euren Erbteil schon zu seinen Lebzeiten bekommen«, erklärte Gudrun. »Die Hälfte des Hotels gehört dir bereits, Flora. Bis Ende des Jahres überschreibe ich dir meinen Anteil, Jette und Lian werden ausbezahlt. Außerdem hat Lian sein Studium samt Auslandsaufenthalten finanziert bekommen.«

»Und was ist mit dir, Jette?«, fragte Kerrin. Sie realisierte erst langsam, dass sie schon wieder ein Haus geerbt hatte. Es fühlte sich stimmig an. Immerhin war das Haus am Leuchtturm der Ort, der einem Elternhaus am nächsten kam.

»Mein Erbe ist der Reiterhof«, erklärte Jette. »Mein Vater hat uns großzügig unterstützt.«

»Moment mal, Mutter«, sagte Flora. »Wieso überschreibst du mir deinen Firmenanteil schon jetzt?« Angst funkelte in ihren Augen. »Du bist doch nicht krank?«

Das stimmte Kerrin etwas milder gegenüber Flora. Man konnte spüren, dass die Firma ihr Lebensinhalt war, doch ihre Sorge galt tatsächlich Gudrun. Die schüttelte den Kopf. »Nein, im Gegenteil. Ich ziehe mich zurück, solange es mir gut geht. Ich bin jetzt Mitte sechzig und möchte noch etwas vom Leben haben. Hier sind mir zu viele Erinnerungen, deshalb gehe ich aufs Festland. Vielleicht nach Bremen, dort wohnt eine gute Freundin von mir.« Sie nickte Marion zu. »Die Idee, aufs Festland zu ziehen, habe ich von dir. Jetzt, wo Kerrin das Haus bekommt, bleibst du sicher hier.«

Erst jetzt machte sich Thea wieder bemerkbar. Sie kam mit den Tellern an den Tisch und sagte: »Der Auflauf ist gleich fertig. Ich hoffe, ihr habt alle Hunger?«

Flora stand auf und schubste dabei heftig ihren Stuhl zurück. »Nein, danke.«

Jette legte ihr eine Hand auf den Arm. »Bitte bleib hier. Es ist alles in Ordnung, niemand ist dir böse.«

Kerrin fragte sich, woher Jette das wissen wollte. Sie war durchaus sauer auf Flora, aber sie würde die Sache trotzdem auf sich beruhen lassen. Mit ihren Gewissensbissen musste Flora allein zurechtkommen.

»Genau«, sagte sie deshalb. »Es ist alles geklärt. Ich bin mit der Situation zufrieden, wie sie ist. Und du, Lian?«

Lian gähnte. »Ich stelle auch keine weiteren Ansprüche. Ich hätte nur gern einen Kaffee«, sagte er. »Meine innere Uhr sagt nämlich, dass es früher Morgen ist.«

Fast alle lachten, und der Bann war gebrochen. Flora setzte sich nicht wieder hin, verließ aber auch nicht das Zimmer. Sie zog sich aus der Affäre, indem sie sich an der Kaffeemaschine zu schaffen machte.

»Noch jemand außer Lian?«, fragte Thea. »Oder was Stärkeres? Wein, Bier oder vielleicht einen kleinen Cognac?« Kerrin suchte den Blickkontakt zu Marion, die tatsächlich ein Grinsen zu unterdrücken schien. »Zu einem Cognac sage ich nicht Nein«, meinte sie.

Ein Jetlag hat auch seine guten Seiten

Kerrin lag ganz still. Auch wenn noch vieles offen war: Lian und sie hatten eine Chance. Sie lag auf der Seite hinter Lian, hatte einen Arm um ihn geschlungen und wollte ihn einfach nur festhalten. Ihm schien es genauso zu gehen. Er hatte seinen Unterarm über ihren gelegt und hielt ihre Hand, seine Zehen suchten nach ihrem Fuß. Sein Körper strahlte Wärme ab wie ein Kachelofen. Es war mitten in der Nacht, doch Lian schien hellwach zu sein. In Melbourne war es jetzt elf Uhr vormittags. Sie spürte die unbändige Energie, die von ihm ausging. Und auch sie selbst konnte jetzt unmöglich schlafen.

»Woran denkst du?«, fragte er leise. »Ich höre deine Gehirnwindungen rattern.«

»Hoffentlich bereust du es nicht irgendwann, wenn du Australien für mich aufgibst«, sagte sie.

»Niemals«, sagte er. In seiner Stimme lag Entschlossenheit. »Ich möchte es anders machen als mein Vater. Er hatte nicht den Mumm, zu seiner Liebe zu stehen. Weil ihm seine Hotels wichtiger waren.«

»Ich glaube, es war komplizierter. Erstens hat meine Mutter hat nie versucht, ihn zu überreden ...«

»... so wie du mich nie gebeten hättest zurückzukommen.«

»Natürlich nicht.«

»Siehst du, es ist ganz allein meine Entscheidung. Und zweitens?«

»Zweitens hatte er mehr Verantwortung. Flora und Jette waren noch klein, und seine Frau war schwanger von einem Mann, den sie nicht liebte. Deine leiblichen Eltern wären nie ein Paar geworden.«

»Stattdessen hätten sie mich vielleicht jahrelang zwischen Deutschland und Italien hin und her gereicht. Es war unfair gegenüber Leonardo, aber ich bin nun mal bei Niko aufgewachsen. Für mich wird er immer mein Vater bleiben. Er hat mir das geboten, was er selbst nicht hatte, eine halbwegs intakte Familie und ein Leben ohne finanzielle Sorgen.«

Kerrin dachte an das, was Anton über Nikolaus Winter gesagt hatte: dass er ein Mensch ohne Tiefgang gewesen sei. Anscheinend hatte Winter jedem Menschen eine andere Seite von sich offenbart. Er hatte auf das reagiert, was er in dem anderen Menschen spürte, und dabei zu wenig eigenes Rückgrat entwickelt. Doch bei Lian hatte er einen guten Job gemacht. Lian *hatte* Rückgrat. Und den Mut, seinem Herzen zu folgen.

»Wieso hat Jette mir eigentlich nicht gesagt, dass du hier bist? Sie kann es doch unmöglich vergessen haben.«

»Sie wusste seit Februar, dass da etwas zwischen uns ist. Als klar war, dass du nach Föhr kommen würdest, schickte sie mir sofort eine Nachricht. Da entschied ich mich, den Flug zu buchen. Wegen der Erbsache hätte ich nicht unbedingt kommen müssen. Ich bat Jette, dir vorerst nichts von meinem Besuch zu sagen. Ich wusste ja nicht, wie du reagieren würdest, und ich wollte dich vor deinem Jobinterview nicht durcheinanderbringen.«

»Das hat sich dann ja nicht vermeiden lassen.« Kerrin lächelte in die Dunkelheit. »Allerdings war ich eh schon durch den Wind. Ich hoffe, dass ich bald klarer sehe, wie es mit mir und meiner Firma weitergeht.«

»Bestimmt. Hast du gesehen, wie Jette uns vorhin angeschaut hat? Sie freut sich sehr für uns. Und Flora wird sich auch bald einkriegen.«

Er lachte leise und drehte sich zu ihr herum. Sie waren beide nackt, und Kerrins Hände strichen wie von selbst begehrlich über seinen Körper. Er zeigte keine Anzeichen von Müdigkeit.

»So ein Jetlag hat auch seine guten Seiten«, murmelte Lian, während er sie noch einmal an sich zog.

Alles findet seinen Platz

Dann ging alles rasend schnell. Am Montag kam ein Stellenangebot von Frau Kühn, und Kerrin sagte Ja. Zu Hause in Regensburg wartete die Kreditzusage der Bank auf sie, aber Kerrin nahm nicht an. Stattdessen wickelte sie ihr Büro ab und vermietete das ganze Haus an Jan und Sofia. Die beiden suchten dringend eine bezahlbare Wohnung in Regensburg, denn Sofia war schwanger.

Einen Teil des Dachgeschosses würden sie auf ihre Kosten für Laura ausbauen. Sie und Jan kamen zwar gut miteinander aus, aber das junge Mädchen sollte einen Bereich im Haus bekommen, der ihm allein gehörte. Für Kerrin würde ein kleines Gästezimmer mit eigenem Bad entstehen, dort wo früher das Zimmer ihres Opas gewesen war. Sie hatte ein gutes Gefühl dabei.

Falls es Kerrin zu eng wurde, konnte sie auch bei Anton oder Sofias Eltern wohnen. Allzu oft würde sie ohnehin nicht in Regensburg sein. Seit sie beschlossen hatte, nach Föhr zurückzukehren, zog es sie mit aller Macht dorthin. Sie bezog die untere Wohnung im Haus Regenpfeifer, und Lian richtete sich oben ein Büro ein, damit er hin und wieder auch von Föhr aus arbeiten konnte. Das gemeinsame Schlafzimmer befand sich ebenfalls oben, doch es war Kerrins Bedingung gewesen, dass sie für das Erdgeschoss einen eigenen Mietvertrag bekam. Auch wenn sie keine Zweifel mehr daran hatte, dass es mit Lian und ihr klappen würde.

Fester Boden unter den Füßen

Siebzehn Jahre später

Lian und Kerrin schlenderten Hand in Hand über den Platz vor dem neuen Kurhaus, einem schlichten Bau aus Beton und Glas. Nach all den Jahren empfand sie immer noch ein Glücksgefühl, wenn sie einander berührten.

Die Zwillinge Ole und Nike saßen auf einer der Bänke, die großzügig über die Fläche verteilt waren. Als die beiden klein gewesen waren, hatten sie einige Zeit zusammen in London gelebt, später war Kerrin mit den Kindern nach Föhr und in ihren Job zurückgekehrt. Seit die Zwillinge auf weiterführende Schulen gingen, wohnten sie dauerhaft in Hamburg als Familie zusammen, und es tat ihnen gut. Das Haus auf Föhr hatten sie als Wochenend-Domizil behalten. Lian und Kerrin hatten zusammen ein kleines, feines Planungsbüro gegründet. Damit endeten die Jahre, in denen Lian regelmäßig um die halbe Welt geflogen war. Er war froh darüber. Kerrins Radius hingegen hatte sich wieder erweitert.

Beruflich waren sie in ganz Norddeutschland unterwegs und hatten gerade ein Projekt in der Nähe von Husum abgeschlossen.

»Na, haben wir das nicht gut hinbekommen?«, fragte Lian und ließ den Blick durch den neuen Ortskern schweifen.

Kerrin lächelte: »Du hast recht. Auch wenn ich manchmal ein bisschen neidisch bin. Deine Arbeit ist sichtbar, meine verschwindet im Boden.«

»Auf dem Boden, meinst du wohl. Schau dich mal um, die Leute lieben den neuen Dorfplatz.« Er deutete auf die vielen besetzten Bänke. Nach einer Reihe von stürmischen Herbsttagen schien noch einmal die Sonne und brachte die warmen Farben der gepflasterten Fläche zur Geltung. Lian hatte das Material ausgesucht und die Platzgestaltung vorgegeben, Kerrin hatte die Ausführung geplant und dafür gesorgt, dass alles rechtzeitig umgesetzt wurde.

»Du hast doch die Ministerin bei der Einweihung gehört. Das hier ist das schönste Dorf von ganz Schleswig-Holstein«, sagte Lian, und Kerrin lachte. »Ich glaube, sie meinte dein Kurhaus.«

Eine der Bänke stand vor einem Baum, der in den nächsten Jahren noch wachsen würde. Die sechzehnjährigen Zwillinge aßen Eis und saßen einträchtig nebeneinander, was sie seit Beginn der Pubertät nur noch selten taten.

Es war eine Herausforderung für Kerrin und Lian, beiden gleichermaßen gerecht zu werden. Sie besaßen ganz unterschiedliche Temperamente und Bedürfnisse. Nike schrieb und zeichnete gerne, Ole hasste die Schule und war am liebsten den ganzen Tag draußen. Während Nike in der Großstadt aufgeblüht war, vermisste Ole die Natur. Nächstes Jahr würde er auf die Insel zurückkehren, um eine Lehre als Pferdewirt bei seinen Tanten Jette und Thea zu beginnen. Nike wollte das Abitur machen und Architektur studieren wie ihr Vater.

»Das haben wir erst recht gut hinbekommen.« Kerrin deutete auf die beiden rotblonden Haarschöpfe. »Bald gehen sie getrennte Wege«, sagte sie. »Aber egal, wann und wo sie wieder zusammentreffen: Jeder kann sehen, dass sie Geschwister sind.«

Für Ole und Nike war das normal, doch Kerrin erinnerte sich gut an die aufreibenden Monate, bevor sie Lian wiederbegegnet war. Es kam ihr immer noch wie ein Wunder vor, dass sie ihr Glück gefunden und eine ganz gewöhnliche Familie gegründet hatten, in der es keine störenden Geheimnisse gab.

Ohne Lian loszulassen, schlenderte sie auf ihre Kinder zu.

Nachwort

Alle handelnden Personen und die Ereignisse sind frei erfunden. Eine Stellenausschreibung wie im Roman hat tatsächlich stattgefunden, aber ich weiß nichts darüber, wie das Bewerbungsverfahren ablief und wer daran beteiligt war. Stattdessen habe ich Kerrins Bewerbung so beschrieben, wie sie am besten zur Handlung und zu ihrem Charakter passt. Ebenso habe ich Lians Job entsprechend der Romanhandlung gestaltet. Architekten, Ingenieurinnen und Amtspersonen mögen mir kleine Ungenauigkeiten verzeihen.

Ich habe alles darangesetzt, damit Kerrin, Lian und ihre Freunde und Familien lebendig werden wie gute Freunde, die man ein Stück des Lebens begleitet.

Warum der Roman im Winter spielt? Die kalte Jahreszeit an der Nordsee hat ihren eigenen Reiz, und ich kann nur hoffen, dass der Roman all denen gefällt, die das Meer im Winter genauso lieben wie ich.

Ich bedanke mich bei meiner Lektorin bei Forever, die mir geholfen hat, die Geschichte zu einem ordentlichen Plot zu bändigen, sowie bei meinen Testleserinnen Petra und Sonja – und bei allen, die mich während der heißen Phase des Schreibens und Überarbeitens mit Informationen und Motivation versorgt und mich zwischendurch zum Spazierengehen verführt haben.

Und last but not least: Danke an die Leserinnen und Leser, die meine Geschichten verfolgen!